ANDREA NAGELE

Tod in den Karawanken

KRIMINALROMAN

emons:

Bibliografische Information der Deutschen Nationalbibliothek
Die Deutsche Nationalbibliothek verzeichnet diese Publikation in der Deutschen Nationalbibliografie; detaillierte bibliografische Daten sind im Internet über http://dnb.d-nb.de abrufbar.

MIX
Papier aus verantwortungsvollen Quellen
FSC® C083411
FSC
www.fsc.org

Umschlagmotiv: mauritius images/Simone Wunderlich
Umschlaggestaltung: Tobias Doetsch
Gestaltung Innenteil: César Satz & Grafik GmbH, Köln
Lektorat: Marit Obsen
Druck und Bindung: CPI – Clausen & Bosse, Leck
Printed in Germany 2016
ISBN 978-3-95451-961-3
Originalausgabe

Für meine Mutter,
die mir die Freuden des Lesens
und infolgedessen jene
des Schreibens geschenkt hat

1

Ein Handy schrillt.
Ich schrecke hoch.
Das muss Lena sein.
Verdammt, ich habe verschlafen!
Wo liegt das Telefon?
Die Balken vor den Fenstern haben alles Licht ausgesperrt und den Raum in eine Höhle verwandelt. Zwischen den Büchern auf dem Boden blinkt es grün.
»Lena?«
Statt meiner dreizehnjährigen Tochter antwortet Hanno: »Ich dachte, du meldest dich, sobald sie angekommen ist?« Seine Stimme klingt kratzig und vorwurfsvoll.
»Ja, ja«, murmle ich und fische das T-Shirt vom Bettrand.
Das Handy ans Ohr gepresst, schlüpfe ich in meine Jeans. Ich muss zum Busbahnhof. Lena verzeiht es mir nicht, wenn ich sie warten lasse.
»*Ja, ja?* Ist sie noch nicht da, oder was? Sag schon«, fährt Hanno mich an, so wie er es seit der Trennung häufig tut.
Seine Stimme, die mich früher verzauberte, löst nur noch Ärger in mir aus.
»Gleich. Ich rufe zurück.« Schnell unterbreche ich die Verbindung.
Ungeduldiger Hanno. Zornige Lena. Schlaftrunkene Lilo.
Die Flip-Flops stehen im Vorzimmer. Prompt stoße ich in der Dunkelheit gegen die Zimmertür. Verschlafen kann ich die Entfernungen noch nicht richtig einschätzen.
Es riecht nach frischer Wandfarbe – nach Essig und Kalk. Die Wohnung ist neu.
Und sie gehört mir.
Schon fünf.
Warum hat der Wecker nicht geklingelt?
Ich erinnere mich ganz genau, ihn auf sechzehn Uhr dreißig programmiert zu haben, als ich mich nach der Pasta und

dem Glas Ribolla Gialla für ein Stündchen aufs Ohr legen wollte.

Der Autobus aus Udine soll um sechzehn Uhr fünfundfünfzig hier in Grado ankommen. Na ja, beruhige ich mich und springe das schummrige Stiegenhaus hinunter – meistens verspätet er sich ohnehin. Ich beschließe, Lena nicht anzurufen, da ich mir ihr wütendes Schimpfen ersparen will. Wenn ich mich beeile, bin ich in drei Minuten ohnehin bei ihr.

Draußen schlägt mir dieselbe bleierne Hitze entgegen, die mich vorhin so müde gemacht hat. Kaum dass meine Gummisohlen den Gehsteig berühren, krümmen sich meine Zehen. Der heiße Asphalt dampft mir entgegen. Unbeeindruckt scheuert Giorgio, der Pizzabäcker, den Gehsteig vor seiner Take-away-Bude. »Salve!«, rufe ich ihm vorbeieilend zu, doch er schaut nicht hoch.

Ach Giorgio, denke ich, wie viele Pizzen haben wir schon bei dir geholt? Trotzdem bin ich dir noch immer keinen Gruß wert.

Ich schaue nach links zu Salvatores Bar. Dort trinke ich gern meinen Espresso. Die Schirme über dem Sitzgarten lassen mich einen Moment an Schatten denken, an wohltuend kühlenden Schatten. Doch unter den aufgespannten Stoffen sammelt sich bloß feuchte Hitze.

Salvatore winkt mir zu und zieht dabei seine dunklen Augenbrauen in die Höhe. So als wolle er mich fragen, warum ich bei dieser Temperatur, um diese Zeit, so schnell unterwegs bin.

Nickend fächle ich mit der Hand unter meiner Nase. Er soll nicht glauben, dass die dumme österreichische Touristin zur Siesta-Zeit freiwillig joggt.

Ich überquere die Straße und laufe durch die schmale Gasse zum großen Platz.

Vor mir die vielen leeren Haltestellen. Dann biegt ein Autobus ein, und ich atme auf. Zum Glück hat der Bus auch heute Verspätung. Sofort drossle ich das Tempo. Lena soll nicht bemerken, wie spät ich dran bin.

Obwohl sie sich in einer heftigen Pubertätsphase befindet und die Trennung ihrer Eltern sie noch zusätzlich in ihrer Auflehnung bestärkt, freue ich mich von Herzen auf mein widerspenstiges Kind. Diesmal, beschließe ich, wird Lena es nicht verhindern können, dass ich sie in die Arme nehme. Ich werde sie so fest drücken, dass sie nicht die geringste Chance hat, mir zu entkommen.

Lächelnd nehme ich mir vor, geduldiger zu sein, ihre Launen liebevoll zu ertragen. Leicht wird das nicht.

Die Türen schwingen auf, und zwei ältere Frauen mit vollen Einkaufskörben klettern vorsichtig die Stufen hinab. Eine Gruppe Jugendlicher folgt lärmend, doch Lena ist nicht unter ihnen.

Jetzt muss sie doch kommen?

Doch von Lena nach wie vor keine Spur.

Die Türen falten sich zusammen, so als würde der Bus im nächsten Moment losfahren. Erschrocken laufe ich vor und klopfe gegen die Scheibe. Der Fahrer sieht mich überrascht an und drückt auf den Öffner.

Möglicherweise ist Lena eingeschlafen und kauert auf einem der Sitze. Doch die Bankreihen sind leer. Nur der stechende Geruch heißer Plastiküberzüge dringt in meine Nase.

Ungeduldig fordert der Fahrer mich auf, ein Ticket zu lösen, mich zu setzen oder auszusteigen.

Mit einem mulmigen Gefühl frage ich, ob ein junges Mädchen in Udine zugestiegen ist. Lena ist leicht zu beschreiben. Ihre langen roten Locken übersieht keiner so schnell.

Doch der Schaffner verneint. »Wir kommen nicht von Udine. Das hier ist die Haltestelle, an der die Busse aus Görz stoppen.«

»Wo, verdammt, ist dann der Autobus aus Udine?«

»Längst wieder auf dem Weg zurück«, meint der Fahrer lakonisch und schließt mit einem Achselzucken die Türen.

Ich beiße mir auf die Unterlippe und suche den Busbahnhof ab, laufe gehetzt zwischen Kanal, Kreisverkehr und den Gassen hin und her.

»Lena!«

Sie muss hier irgendwo sein. Vermutlich versteckt sie sich, um mich für meine Unpünktlichkeit zu bestrafen. Das würde zu meinem selbstgerechten kleinen Monster passen. Und mir würde es recht geschehen.

Ans Handy geht sie nicht. Sie scheint es ausgeschaltet zu haben, trotz unserer Ermahnungen, immer erreichbar zu sein. Vor allem dann, wenn sie irgendwohin unterwegs ist. Na toll.

Schließlich gehe ich zum Fahrkartenschalter und erkundige mich bei der gelangweilten Beamtin nach dem Bus aus Udine. Der sei zeitgerecht angekommen und längst wieder weg, wiederholt sie die Aussage des Fahrers. An ein Mädchen mit roten Locken könne sie sich nicht erinnern, aber sie sehe sich aussteigende Fahrgäste sowieso nicht an.

Verdammt.

Wo ist meine Tochter?

Inzwischen reichen mir ihre Versteckspielchen. Meine Wangen glühen. Schweiß rinnt unter dem T-Shirt meinen Rücken entlang. Und mein Herz pocht heftig.

Was du kannst, meine Süße, das kann ich schon lange.

Zielstrebig, ohne mich noch einmal umzudrehen, verlasse ich den Platz und marschiere im Schatten der Häuser zurück zur Wohnung. Denn jetzt bin ich mir sicher, dass Lena auf ihrem blitzblauen Trolley lümmelnd vor der Haustür auf mich wartet. Doch schon von Weitem sehe ich, dass mir niemand entgegengrinst.

Ich klatsche mir auf die Stirn. Ja, wie denn auch? Weder Lena noch Hanno kennen meine neue Wohnung. Nie hätte sie allein hierherfinden können. Also wieder zurück zum Busbahnhof.

Es riecht durchdringend nach frisch gebackener Pizza.

Das Handy in der Tasche meiner Jeans beginnt zu plärren.

Das wird sie sein. Das muss sie sein.

Es ist Hanno.

Nervös nehme ich den Anruf entgegen.

»Lilo, was soll das? Du wolltest mich zurückrufen, sobald Lena angekommen ist. Gib sie mir.«

»Das geht nicht. Lena ist nicht hier aufgetaucht.«

»Was?«

»Ich versteh es auch nicht.«

»Was verstehst du nicht? War sie nicht im Bus?«

»Also …«, beginne ich zögernd.

Hanno bemerkt sofort, dass etwas nicht stimmt. Seine Antennen für meine Ausweichmanöver haben sich nicht abgenützt.

»Stopp«, unterbricht er mich wütend, »du willst mir doch nicht allen Ernstes erklären, sie verpasst zu haben? Du hast vergessen, unsere Tochter vom Bus abzuholen? Sag, dass das nicht wahr ist!«

»Hanno«, mein schlechtes Gewissen ist unüberhörbar, »es waren nur fünf Minuten, die ich mich verspätet habe, und der Bus war noch nie pünktlich. Das weißt du so gut wie ich. Also fahr mich nicht an, es hätte auch dir passieren können«, füge ich lahm hinzu.

»Hätte es nicht. Nicht ich treibe mich mit meinen italienischen Liebhabern in Grado herum und vergesse dabei das eigene Kind, sondern du.« Hanno hört sich an, als wolle er mich durch das Telefon ohrfeigen.

»Wann hattest du zuletzt Kontakt mit Lena?«, frage ich schnell, denn es bringt nichts, auf seine Unterstellungen einzugehen. Außerdem habe ich diese langen, unergiebigen Streitgespräche unendlich satt.

»Als ich sie beim Bus abgeliefert habe. Nein, warte, etwa eine halbe Stunde später hat sie mir eine SMS geschickt.«

»Und?«

»Willst du das wirklich wissen?«

Ich gebe mir einen Ruck: »Wieso nicht?«

»Mama soll bei ihren neuen Freunden bleiben. Papa, ich will lieber bei dir sein.«

Unwillkürlich schlucke ich. Doch obwohl es wehtut, lasse ich mir nichts anmerken. »Das klingt ja, als müsste die arme Lena in die Wüste übersiedeln und nicht eine Woche mit mir in Grado Urlaub machen.«

»Ich weiß«, sagt Hanno eine Spur versöhnlicher, »aber so ist sie nun mal, unsere Kleine.«

»Glaubst du, dass Lena gemütlich in einem Café sitzt und mich in der Hitze herumrennen und sie suchen lässt?«

Ein Auto donnert an mir vorüber.

»Verdienen würdest du es.«

Ich sehe ihn vor mir, wie er seine Stirn runzelt und eine lästige Haarsträhne zurückstreicht. Wenn er zornig ist, schillern seine Augen grün. Früher hatte mir das gefallen, jetzt bringe ich es nur noch mit seiner mürrischen Stimmung in Verbindung.

»Okay. Ich nehme das Rad und drehe eine Runde, vielleicht wartet sie am Strand. Wir verständigen uns sofort, falls einer von ihr hört.«

Ich will noch etwas sagen, aber Hanno hat bereits aufgehängt.

Nach wenigen Minuten bin ich zurück im zweiten Stock der alten Villa, in der meine Wohnung liegt. Trotz der Hitze ist mein Körper mit Gänsehaut überzogen. In der Küche lasse ich Wasser aus der Leitung in ein Glas laufen. Es schmeckt schal. Hanno trinkt auswärts nur Mineralwasser aus der Flasche, er meint, die Rohre wären aus Blei, rostig und mit Bakterien übersät. Nicht nur in diesem Punkt unterscheidet sich unsere Betrachtungsweise.

Nervös suche ich nach dem Fahrradschlüssel, den ich ständig verlege. Ich finde ihn neben der Gießkanne auf der Balkonbrüstung.

Unter mir lässt sich eine Möwe auf dem Abfalleimer nieder und beginnt, wild mit dem Schnabel auf ein Stück Brot einzuhacken. Sofort schwirrt eine zweite herbei. Mit lautem Gekreische versucht sie, der ersten das Brot zu entreißen. Wer gesagt hat, dass diese Vögel friedlich sind, muss sich geirrt haben. Raubtiere sind das. Keine Spur von Möwe Jonathan.

Schnell radle ich durch die Gassen hinunter zum Meer. Vielleicht wartet Lena in der Strandbar auf mich. Früher sind Hanno und ich Sommer um Sommer mit ihr nach Grado gefahren und haben Jahr für Jahr dieselbe Kabine an der »Spiaggia Principale«, dem Hauptstrand, genommen. Auch diesmal reservierte ich Lena zuliebe die Nummer 52. Mir selbst habe ich solcherlei Sentimentalität längst abgewöhnt.

Erfolglos presse ich den Magnetstreifen meiner Eintrittskarte an die Maschine am Strandeingang. Das Gerät hat den Geist aufgegeben. Der Kontrolleur winkt mich achselzuckend durch.

Die Hitze des Sandes durchdringt meine Gummisohlen. Noch schlimmer ist die schweißtreibende Luftfeuchtigkeit von über achtzig Prozent.

Unbeeindruckt von alldem klatschen die Wellen ans Ufer. Die Flut hat begonnen. Um mich herum vermischen sich die unterschiedlichen Strandgeräusche zu einem einschläfernden Singsang. Es riecht nach Algen. Wahrscheinlich gab es heute Nacht Sturm, der Seegras und Tang ans Ufer getrieben hat.

Vor unserer Kabine erwartet mich eine leere Sonnenliege.

Mist!

In der Hektik habe ich die Schlüssel in meiner Wohnung vergessen. Die Tür bleibt verschlossen, sosehr ich auch am Knauf rüttle.

Ich frage Benedetto, den Bademeister, ob meine Tochter hier war. Mit den Spitzen meiner Flip-Flops bohre ich dabei Löcher in den heißen Sand. Bedauernd schüttelt er den Kopf. Er kennt Lena schon seit ihrer Geburt.

Ein einzelner Gedanke jagt durch mein Hirn, doch ich schiebe ihn sofort beiseite. Die Narbe an meiner linken Hand beginnt zu kribbeln. Keine Zeit für Erinnerungen.

Die Strandbar ist überfüllt, die Luft flirrt im gleißenden Licht. So angestrengt ich auch gegen die Sonne blinzle, nirgends kann ich den leuchtenden Rotschopf meiner Tochter entdecken. Ich erkundige mich bei der Serviererin, der Ticketverkäuferin und dem Kartenkontrolleur nach ihr. Niemand will sie gesehen haben.

Immer verunsicherter trete ich in die Pedale und nähere mich der steinernen Uferpromenade. Gerade als ich das Rad mit der Kette sichere, biegt mein Kind um die Ecke.

»Lena!«

Zornig und erleichtert zugleich laufe ich auf sie zu – nur um Zehntelsekunden später erkennen zu müssen, einem Trugbild meiner überreizten Phantasie aufgesessen zu sein.

Ein fremdes Mädchen wirft seinen hennafarbenen Zopf

zurück und sieht mich erstaunt an. Entschuldigend hebe ich meine Arme und drehe die Handflächen nach außen.

So hat die Suche keinen Sinn.

Ich radle zu Salvatore. Alles in mir sehnt sich nach dem eiskalten cremig-schwarzen Espresso, den nur er so hinkriegt, wie ich ihn mag.

»Was ist los?«

Seinen aufmerksamen Augen entgeht nichts.

Stöhnend lasse ich mich auf einen der Plastikstühle unter den Sonnenschirmen fallen. Schweiß sammelt sich unter meinen Achseln. Meine Haare kleben am Nacken.

Erst als mein Getränk vor mir steht und ich einen Schluck genommen habe, antworte ich. Ihm gegenüber kann ich meine Verunsicherung zeigen. Er streicht mit dem Zeigefinger leicht über meinen nackten Oberarm, auf dem sich alle Härchen aufstellen.

»Kann ich dir helfen?«

»Nein. Ich weiß nicht. Warte …«

Heftig ziehe ich meinen Arm weg und greife nach meinem Handy, das schnarrend klingelt.

»Lilo!« Die Stimme meines Mannes hat den aufgeregten Klang, den ich nur zu gut kenne. Doch inzwischen habe ich verlernt herauszuhören, ob diese Tonlage etwas Gutes oder Schlechtes bedeutet.

»Hanno, ist Lena bei dir aufgetaucht?«

Viel zu laut frage ich, und einige Barbesucher drehen ihre Köpfe zu mir. Also springe ich auf und marschiere mit dem Handy am Ohr zum Hafen.

»Ich dachte, sie ist bei dir?«

Er ist kaum zu verstehen. Im Hafenbecken rufen sich Fischer etwas zu, das Ausflugsboot Richtung Laguneninsel legt gerade ab. Vom Fischgeschäft auf der anderen Straßenseite weht mir ein dumpfer Geruch entgegen.

»Dann hätte ich dich angerufen, Hanno. Wie vereinbart.«

»So wird das nichts«, bellt er in mein Ohr und unterbricht die Verbindung. Wie ich dieses Auflegen hasse. Es ist verantwortungslos.

Benommen starre ich ins trübe Hafenbecken. Während ich den schillernden Ölfilm beobachte, der an manchen Tagen die Wasseroberfläche bedeckt, spüre ich wieder, wie das Narbengewebe an meiner Hand zu prickeln beginnt. Wut steigt hoch.

»Verdammt!«, schleudere ich den Möwen entgegen.

Hanno gibt mir die Schuld an Lenas Verschwinden. Damit macht er es sich so einfach. Zugegeben, ich habe ein paar Minuten verschlafen. Doch Lena saß nicht im Bus, sonst wäre sie von irgendjemandem hier gesehen worden. Also hätte ich auch eine Stunde zu spät kommen können.

Siebenmal schlägt die Turmuhr der Basilika Santa Eufemia.

Mein Magen verknotet sich schmerzhaft, denn meine Italienischstunde hat bereits begonnen.

Auch das noch.

Wäre alles nach Plan gelaufen, hätte ich Lena mit einem Stück Pizza und einer Cola in meiner neuen Wohnung zurückgelassen. In dieser Hinsicht ist sie unkompliziert. Ein Ventilator, das frisch bezogene Bett, eine DVD – schon ist mein Kind zufrieden.

Jetzt muss ich mich wieder beeilen.

Wie sehr ich meinen Italienischlehrer verabscheue!

Zu keinem Scherz bereit, griesgrämig und zutiefst pessimistisch verdüstert er mir Stunde um Stunde. Doch ich mache gute Miene zum bösen Spiel. Außerdem war Signor Zuberti der Einzige, der bereit war, mich zu meinen Bedingungen zu unterrichten. Das heißt, ich gebe Themen und Zeit vor – so, wie es mir gefällt. In meinem Sabbatjahr bin ich nicht bereit, Zugeständnisse zu machen. Immerhin zahle ich gut für seine Leistung.

Es ist ja nicht so, dass ich diese Sprache nicht längst bis ins kleinste Detail beherrschen würde, schließlich unterrichte ich sie seit über zehn Jahren. Trotzdem erfordert mein Beruf an einem Gymnasium, das sich auf moderne Sprachen spezialisiert hat, ständige Weiterentwicklung. Das war jedoch nur einer der Gründe, warum ich mir dieses Auszeitjahr nahm.

»Sollte Ihre Tochter nicht heute Nachmittag mit dem Bus aus

Udine kommen? Ich dachte, Sie bringen die Kleine vielleicht mit?« Signor Zuberti zieht eine buschige Augenbraue fragend in die Höhe und zupft an seinem Ziegenbart.

»Nein. Sie hätte zwar ankommen sollen, war aber nicht im Bus. Und mitgebracht hätte ich Lena sowieso nicht. Sie versteht kein Wort Italienisch und hätte sich nur gelangweilt«, entgegne ich verärgert.

»Wie ... Verstehe ich richtig? Ihre Tochter ist nicht in Grado angekommen? Aber wo ist sie dann? Und warum sitzen Sie hier bei mir, statt sie zu suchen?« Er wirft mir einen Blick zu, der unmittelbar das Gefühl einer großen Schuld in mir auslöst.

»Wahrscheinlich, weil ich eine Rabenmutter bin. Nein, im Ernst, mein Mann und ich glauben, dass Lena uns nur ein wenig zum Narren hält. Sie wird bald wiederauftauchen. Falls es Sie beruhigt, sie macht gerade eine wilde Phase durch. Man nennt das Pubertät«, verteidige ich mich angriffslustig.

Verständnislos sieht er mich an und verzieht dabei geringschätzig die Lippen. Um ihn von weiteren Fragen abzuhalten, bitte ich ihn, mir Substantive, Adverbien und Adjektive zu nennen, die den Begriff Rabenmutter beschreiben. Dabei schmunzle ich über seine Verwunderung und blinzle ihm verschwörerisch zu.

Wer so eindeutig seine Defizite als Mutter definiert, kann vollkommen schlecht doch nicht sein.

Signor Zuberti erwidert mein Lächeln nicht. Kühl nimmt er das Geld für die Stunde entgegen. Als unsere Finger sich berühren, zuckt er zurück.

Ich werde mir eine geeignetere Person für den Italienischunterricht suchen müssen. Wie komme ich dazu, mir die Launen und Schrullen dieses ältlichen Mannes gefallen zu lassen?

Paula, die Besitzerin der kleinen Bar, in der wir uns regelmäßig zur Konversation treffen, wirft mir über den Tresen hinweg einen bedauernden Blick zu. Signor Zuberti ist für seine mürrische Art bekannt. Fragend deutet sie auf meinen fast leeren Aperol Spritz. Sofort schüttle ich verneinend den Kopf. In stillem Einvernehmen zwinkert sie mir zu.

Gerade heute Abend habe ich noch einiges vor.

Es ist ein besonderer Abend. Seit Tagen habe ich mich auf ihn gefreut, ihn herbeigesehnt. Und das lag nicht nur an Lenas erwarteter Ankunft.

Nach dem hastigen Ausmachen des nächsten Konversationstermins und dem Begleichen der Rechnung – natürlich zahle ich auch Signor Zubertis Orangensaft – verlasse ich eilig die Bar.

Mein Smartphone hat während der Unterrichtsstunde keinen einzigen Ton von sich gegeben. Wieder versuche ich, Lena zu erreichen. Nach wie vor ist ihr Handy ausgeschaltet.

»Wo bist du? Ich habe deine Dramen so satt. Melde dich, und zwar pronto«, tippe ich zornig. Irgendwann wird sie ihr Telefon einschalten. Hauptsächlich, um die Nachrichten ihrer Freundinnen abzurufen. Früher habe ich Lenas Aktivitäten durch WhatsApp recht gut überprüfen können, zumindest wusste ich immer, wann sie das letzte Mal online war. Bis mein raffiniertes Töchterchen das durchschaute und diese Funktion fallweise deaktivierte.

Doch wenn ich ehrlich bin, will ich im Moment weder eine Antwort, noch dass Lena mit anklagendem Blick in meiner Wohnung sitzt. Deutlich kann ich den vorwurfsvollen Ton in ihrer hellen Stimme hören: »Musst du ausgerechnet unseren ersten gemeinsamen Abend mit jemand anderem verbringen? Wo ich doch gerade erst angekommen bin? Mama, du bist unmöglich.«

Vielleicht bin ich unmöglich, und ja, ich muss.

Weil ich es so will.

Nie würde ich das sagen, aber es ist die Wahrheit. Viel zu lange habe ich nur nach Hannos und Lenas Pfeife getanzt. Damit ist endgültig Schluss.

Ich lasse mich von keinem der beiden mehr einschränken. Heute Abend wird geschehen, worauf ich seit Wochen hingearbeitet habe. Das lasse ich mir von niemandem verderben.

Um meinem Ehemann zuvorzukommen, wähle ich seine Nummer. Schon nach dem ersten Freizeichen geht er ran.

»Lilofee?«

Wie Strom fährt dieser längst vergessene Name meiner Vergangenheit durch mich hindurch. Ein brennender Stich in der

Narbe an meiner Hand bleibt zurück. Was erlaubt Hanno sich, mich so anzusprechen?

»Lena ist immer noch nicht aufgetaucht.« Ich bin erstaunt, wie kühl meine Worte klingen, sprengt das Trommeln meines Herzens mir doch fast den Brustkorb entzwei.

»Oh mein Gott!«, brüllt er, anscheinend gläubig geworden, in mein gepeinigtes Ohr.

Ich will diese angsterfüllte Stimme nicht in mein Inneres lassen.

»Hanno, reg dich ab. Du machst dich lächerlich. Deine kleine, süße Tochter buhlt um Aufmerksamkeit, und du fällst wie üblich darauf herein. Wie ich das satthabe.« Selbst ich bin bestürzt, wie viel Herzlosigkeit in meinen Worten mitschwingt. »Es wird ihr schon nichts passiert sein«, versuche ich, das Gesagte abzuschwächen.

»Du bist unmöglich. Sie ist ebenso deine Tochter, auch wenn du das mitunter vergisst«, zischt er.

Zornig drücke ich auf den Ausschaltknopf.

Träge schwappt das Wasser gegen das Steinufer der Kaimauer vor Paulas Bar. Ein leichter Schwefelgeruch liegt in der Luft. Vordergründig beschwingt, innerlich jedoch tief beunruhigt, mache ich mich auf den Weg zurück zur Villa.

In weniger als einer halben Stunde treffe ich Ricardo. Endlich erfüllt sich mein Traum.

Ricardo arbeitet als Architekt in Grados historischer Altstadt. Wir haben uns vor Jahren über ein Projekt von Hanno kennengelernt. Die Chemie zwischen uns stimmte von der ersten Sekunde an. Daran konnten weder seine Frau noch mein Mann etwas ändern, abgesehen davon, dass die beiden ohnehin nichts davon bemerkten. Dafür waren sie viel zu sehr mit ihren eigenen Befindlichkeiten beschäftigt.

Es ist beileibe nicht so, dass Ricardo und ich diese geistige Abwesenheit ausgenützt hätten. Wir haben uns zurückgehalten, einander nie allein getroffen, nicht ein einziges Mal eine verräterische SMS oder E-Mail geschickt, uns nie angerufen. Bis zu dem Nachmittag, als wir uns zufällig in einem der kleinen

Cafés gegenüber der Basilika wiedertrafen. Beide hatten wir uns kurz zuvor von unseren Partnern getrennt. Wer also hätte uns ein Date verübeln können?

Hanno mit Sicherheit nicht.

Den Spiegel über dem Waschbecken werde ich austauschen müssen. Mein Gesicht blickt mir daraus allzu verhärmt entgegen. Ist es wirklich nur das Licht, das mit vierzig Watt meine Falten allzu genau ausleuchtet?

Heute Abend will ich diesem Rätsel nicht auf die Spur kommen.

Meine glatten dunkelblonden Haare, einst hellblond und mein ganzer Stolz, fallen, geteilt durch den Mittelscheitel, weit über meine Brüste. Was mich in meinen jungen Jahren wie eine Fee aussehen ließ, macht mich jetzt älter. Morgen werde ich zum Friseur gehen und mir einen neuen Haarschnitt verpassen lassen. Etwas Peppiges, vielleicht auch eine andere Farbe.

Die Feen-Zeit ist eindeutig vorüber. Kein wirklicher Verlust. Die Männer haben mir ebenso wenig Glück gebracht wie der armen jungen Lilofee aus dem alten Volkslied.

Wieder macht sich die Narbe unangenehm bemerkbar.

Ich seufze und betrachte meine helle, fast durchscheinende Gesichtshaut. Mit geübten Strichen verteile ich Creme und Make-up auf meinen müden Zügen, tupfe etwas Rouge auf die Wangenknochen und tusche meine Wimpern. Ein Hauch Lipgloss, ein letzter Blick in den Spiegel und ein Lächeln, das meine Züge weicher macht.

Die Bodylotion lässt meine zarte Bräune samtig schimmern. Die Farbe meines kurzen Sommerkleides ist vom gleichen Wasserblau wie meine Augen.

Fast wäre ich barfuß die Stiege hinabgelaufen. Grinsend schlüpfe ich in meine neuen Sandaletten. Als ich die Tür hinter mir ins Schloss ziehe, wird mir speiübel.

Lena.

Wo treibt sie sich nur herum? Und warum muss sie mir das antun?

Gerade heute Abend.

Entschlossen kämpfe ich das aufkeimende Gefühl bohrender Besorgnis nieder und lasse das Telefon achselzuckend im Badezimmer liegen.

So leicht, kleines Fräulein, mache ich es dir nicht.

Zufrieden strecke ich zwei Etagen tiefer Ricardo meine kühle Hand entgegen. Er legt den Arm um meine nackten Schultern. Seine Nase ist in einem interessanten Winkel nach unten gebogen, und die düsteren Brauen über seinen Augen nehmen seinem Gesicht den allzu smarten Ausdruck.

»Und? Hat deine Tochter sich mit einer Pizza zufriedengegeben?«

»Nein, Lena zog es vor, uns einen bösen Streich zu spielen. Sie war nicht im Autobus, wird wohl bei einer Freundin geblieben sein. Wahrscheinlich will sie, dass wir vor Sorge um sie ausflippen.«

Ricardo wirft mir einen seltsamen Blick zu. »Ist das denn nicht so? Wenn mein Luca einfach verschwände … Ich wüsste nicht, wie ich reagieren würde. Vermutlich wäre ich vor Angst völlig aus dem Häuschen.«

»Du redest schon wie Hanno. Aber ich kenne meine Tochter besser als ihr beide zusammen.«

Auch wenn ich es mir nicht eingestehen will, ärgere ich mich, das Handy aus kindischem Trotz im Badezimmer liegen gelassen zu haben. Wenn sie ihr Telefon irgendwann wieder einschaltet und meine Nachricht liest, könnte es ja sein, dass sie darauf reagiert.

Unangenehm, wenn der störrische Hanno mitbekäme, dass ich böse Rabenmutter nicht erreichbar bin.

Schluss damit. Natürlich wäre dieser Abend um einiges entspannter, harmonischer und romantischer, wenn ich wüsste, dass Lena, nach Duschgel duftend, schmollend im Doppelbett auf mich wartet. Nach der notwendigen Versöhnung würden wir uns gemeinsam ein paar Folgen unserer Lieblingsserie ansehen und aneinandergekuschelt friedlich einschlafen.

Andererseits bedeutet Lenas Abwesenheit auch, dass dieses frisch bezogene Bett heute Nacht nur auf mich wartet. Doch vielleicht nicht auf mich allein.

Verliebt schmiege ich mich an Ricardo und atme seinen leichten Schweißgeruch ein.

Als könnte er meine Gedanken lesen, schiebt er mich ein wenig von sich. »Heiß heute, nicht? Sogar am Abend steht einem die Luftfeuchtigkeit bis zur Stirn.«

Seine merkwürdige Wortwahl bringt mich zum Lachen. Möglicherweise bin ich seiner Sprache doch nicht so mächtig, wie ich glaube.

Während des Abendessens schaue ich immer wieder über seine rosa-weiß gestreifte Schulter hinaus in die Nacht. Vielleicht läuft Lena dort irgendwo durch die Menschenmenge, auf der Suche nach mir?

Ricardo nimmt meine Hand in seine und sagt freundlich: »So wie ich ihn kenne, kümmert sich Hanno bestens um die Angelegenheit. Mach dir nicht zu viele Sorgen. Alles wird gut.«

Genau darauf habe ich gewartet. Endlich ist da jemand, der mir den Kummer nimmt, mich tröstet, meine verborgenen Befürchtungen errät. Schnell schiebe ich die leichte Unstimmigkeit, die vorhin zwischen uns aufkam, beiseite.

Hanno hat mich in unseren letzten gemeinsamen Jahren stets beschuldigt, mir ungerechtfertigte Vorwürfe gemacht, war aufbrausend, sogar aggressiv zu mir. Ricardo hingegen … Zwischen uns beiden scheint ein Band der Übereinstimmung, eine innige Verbindung zu bestehen. Während ich ihn mit Hanno vergleiche, muss ich über meine umständliche Art, zu denken, lächeln. Es ist fast so, als hielte ich mir selbst einen inneren Vortrag über nonverbale Kommunikationstechniken.

Dabei ist alles so einfach. Ich stehe nicht mehr auf Hanno, dafür umso mehr auf Ricardo, und dieser wunderbare Mann ist augenscheinlich in mich verliebt.

Lena.

Irgendetwas schwappt bedenklich hoch in mir. Es werden wohl die Miesmuscheln in Weißwein sein. Dann beginnt das Narbengewebe zu jucken.

»Lass uns gehen«, murmle ich gegen die Übelkeit an und konzentriere mich beim Laufen auf die Steine unter mir.

Grau, weiß, zackig und rund.

Es riecht nach Seetang. Ob es morgen wohl regnen wird?

Als wir Hand in Hand an der Kirche vorbeischlendern, beruhigt sich mein Magen.

»Wollen wir auf einen Digestif bei Salvatore vorbeischauen?« Ricardo bleibt neben dem Obelisken stehen und mustert den alten Stein.

»Nein«, sage ich ein wenig zu schnell, »ich habe uns einen guten Tropfen gekühlt. Die neue Wohnung muss begossen werden. Und wenn nicht mit dir, mit wem dann?«

Hanno fällt mir ein. Ohne sie zu kennen, hat er schon in Klagenfurt mit einer Flasche Champagner auf die Wohnung, die er finanziert, mit mir angestoßen. Nur dass seine großzügige Geste um Jahre zu spät kam.

Erstaunt spüre ich Ricardos Zögern.

Er entzieht mir seine Hand und beschleunigt den Schritt. »Auf alle Fälle begleite ich dich nach Hause, Lilo. Das ist Ehrensache.«

Diese Töne gefallen mir gar nicht. Ich bevorzuge direkte Ansagen. So leicht lasse ich mir den Abend nicht verderben. Zuerst Lena, dann Hanno und jetzt auch noch Ricardo.

Egoisten. Alle drei.

»Das ist nicht dein Ernst, oder? Mich einfach abblitzen zu lassen.« Ich lächle ihn an.

»So ist es nicht. Lilo, du verstehst das falsch«, murmelt er, als wir in die Gasse einbiegen, in der meine Wohnung liegt. Wieder flattern Möwen kreischend von den Abfalltonnen auf dem kleinen Platz in die Höhe.

Vor der Haustür bleibt Ricardo ruckartig stehen. Unbeholfen stolpere ich gegen ihn. Er fängt mich auf, und ich atme neben seinem Körpergeruch den Duft blumigen Waschpulvers ein. Ich spüre seine warmen Hände auf meinen nackten Schultern. Erwartungsvoll sehe ich zu ihm hoch.

»Lilo, es gibt da …« Zu meiner Enttäuschung verstummt er mitten im Satz und heftet den Blick auf etwas hinter mir.

»Ja? Sag schon, mach es nicht so spannend«, hake ich ungeduldig nach.

Bevor Ricardo antworten kann, werde ich von ihm weggerissen und unsanft an die Hausmauer gepresst. Erschrocken starre ich in Hannos funkelnde Augen. Mein Magen verknotet sich schmerzhaft.

»Bist du komplett durch den Wind? Lilo! Unser Kind ist verschwunden, und du treibst dich mit Fremden herum, anstatt Lena zu suchen?«

Feine Tröpfchen seines Speichels landen auf meinem Gesicht. Angewidert drehe ich meinen Kopf weg, und das Entsetzen weicht einem Gefühl der Überlegenheit. Mit mir macht Hanno das nie mehr, nie wieder. Da hat er sich die Falsche ausgesucht. Jahrelang habe ich solche Szenen ertragen müssen. Eifersuchtsanfälle bis hin zum Verfolgungswahn.

»Reg dich ab. Komm runter und mach nicht so einen Terror«, werfe ich ihm entgegen.

Ich balle meine Hand zur Faust und stoße sie hart gegen seine Brust.

Überrascht taumelt er zurück. Sein Gesicht leuchtet tiefrot in der Dunkelheit.

»Ricardo ist kein Fremder.« Lächelnd suche ich den Blick meines Freundes. Doch außer den schnatternden Möwen sind da nur Hanno und ich. Von Ricardo keine Spur.

»Lilo, lass uns reden. Die Sache ist ernst. Komm endlich zur Vernunft. Es geht um Lena. Hörst du? Es geht um unser gemeinsames Kind, das in Gefahr ist. Das ist nicht bloß ein kindischer Streich, den sie dir spielt. Lena ist verschwunden.«

»Woher weißt du, wo ich wohne?«

»Salvatore gab mir den Tipp. Ist das alles, was dich interessiert?«

Arschloch, denke ich und sperre die Haustür auf, wenig später die Wohnung.

»Ich will, dass du Grado verlässt.« Hanno, der mir nachgegangen ist, starrt mich aus kalten Augen an und macht einen Schritt auf mich zu. Seine Hände schießen vor und packen meine nackten Oberarme.

Ich winde mich in seiner Umklammerung. Was erlaubt er sich? Ist er jetzt völlig durchgedreht?

Bevor ich sagen kann, was ich denke, fährt er fort: »Ich habe mich wohl nicht klar ausgedrückt. Ich *will* es nicht nur, ich *bestehe* darauf. Du kommst sofort mit mir nach Hause. Lilo, hast du mich verstanden? Lilo?«

»Lass los«, fauche ich.

Aber er tut nichts dergleichen, verstärkt eher noch den Druck. Es tut weh. Gleich werden sich seine Finger rot auf meiner Haut abzeichnen und morgen bläuliche Spuren hinterlassen haben. Wütend versuche ich, seine Hände abzuschütteln. Er lässt mich so abrupt los, dass ich taumle. Rücklings kippe ich aufs Bett.

»Tickst du noch richtig?«, brülle ich und richte mich auf.

»Mit dir ist nicht vernünftig zu reden, Lilo. Nicht ich, sondern *du* stehst neben dir. Ist dir nicht klar, dass wir sofort handeln müssen? Lena ist weg. Nicht auffindbar. Ich habe ihre Freundinnen angerufen, die Polizei verständigt … und …«

»Jetzt beruhige dich und mach kein Drama draus. Lena hat sich aus Zorn auf mich irgendwo versteckt. Du willst doch wohl nicht behaupten, alle ihre Freundinnen zu kennen? Nicht einmal du bist allwissend.«

Mit einem erschöpften Gesichtsausdruck setzt sich mein Ehemann neben mich aufs Bett.

»Lilofee.«

Wärme schießt in meine Wangen. Schweiß unter meinem Kleid, über der Oberlippe, auf meiner Stirn. Unangenehm berührt kämme ich die feuchten Haare zurück und streiche über die feine Haut meiner Narbe.

»Wenn es dir denn so wichtig ist …« Ich stehe auf, reibe über die schmerzenden Stellen an meinen Oberarmen. Die Haut brennt unter der Bewegung meiner Finger.

Hanno schwingt die Beine vom Bett. »Soll ich dir beim Packen helfen?«

Sein Blick eilt über die Gegenstände, die überall herumliegen, die Möbel, und bleibt wehmütig an dem gerahmten Foto an der Wand neben mir hängen.

Es zeigt uns drei. Lena lehnt mit einem schiefen Grinsen zwischen Hanno und mir. Damals war sie elf und konnte noch mit uns lachen. Ihre roten Locken ringeln sich über Hannos und meine Schultern, als hätte sie ihr Haar extra so drapiert.

Ihre Arme umfassen unsere Nacken und ziehen uns dadurch ein Stück näher zusammen.

Sie ist das Band, das uns hält.

»Nein. Ich krieg das allein hin. Geh du in die Küche und mach uns Espresso, schön stark.«

Ich möchte Hanno weder dabeihaben, wenn ich meine persönlichen Sachen in den Koffer werfe, noch will ich, dass er die Rührung bemerkt, die mich erfasste, als er mit traurigen Augen das Familienfoto betrachtet hat. Meine Gefühle verberge ich prinzipiell vor anderen, häufig auch vor mir selbst. Es bringt nichts, mich auf das einzulassen, was mich manchmal überwältigt. Abschalten, den Hebel einfach umdrehen, ist eine Technik, die ich mir selbst beigebracht habe.

Als wir jünger waren, wollte Hanno mich zu einer Psychotherapeutin schicken. Er wäre auch mitgekommen, damit wir unsere »Traumen« – er nannte das so – aufarbeiten, jeder für sich oder gemeinsam als Paar. Ich bin ohne diesen Psychoquatsch entschieden besser dran. Er konnte mich zu keiner Therapie zwingen. Darüber hinaus war mir nicht klar, warum ich dort überhaupt hinsollte. Mit den merkwürdigen Gefühlen, die sich mitunter wohl jedem aufdrängen, kam und komme ich jederzeit klar. Genauso klar wie mit den Kapriolen, die das Wetter schlägt, oder den unterschiedlichen Windströmungen hier am Meer.

Hanno schafft das anscheinend weniger gut. Drei Jahre lang, einmal die Woche, pilgerte er zu einem Psychotherapeuten. Er wollte unbedingt zu einem Mann, denn er fand, dass Frauen sein Leben schon zu sehr beeinflusst hätten. Geändert haben diese Sitzungen nichts. Er war danach genauso wie davor. Als ich ihn fragte, ob er seine »Traumen« denn in den Griff bekommen hätte, wurde er zornig. Er beschuldigte mich, an einem Empathie-Defekt zu leiden, eine oberflächliche Zynikerin mit fehlenden Spiegelneuronen zu sein. Den »Empathie-Defekt« habe ich in einem psychologischen Bedeutungswörterbuch nachgeschlagen. Hannos Ansicht nach fehlt mir die Fähigkeit, Mitgefühl zu entwickeln.

Ich habe ihn nie wieder darauf angesprochen.

Eilig stürze ich den lauwarmen Espresso hinunter. Mir ist es unverständlich, warum niemand außer Salvatore den Kaffee so hinkriegt, dass er auch schmeckt: heiß oder eiskalt, aber immer so stark, dass er cremig in der Tasse stockt.

Ich werfe einen letzten wehmütigen Blick auf die glänzend polierten Flächen meiner Küche. Wie viele interessante Speisen wollte ich hier in der nächsten Zeit zubereiten, wie viele interessante Menschen zu mir einladen.

Obwohl ich spüre, dass Lena bald wiederauftauchen wird, gesund und munter, wird mich diese Angelegenheit einige Zeit in Klagenfurt festhalten.

Beim Gedanken an Kärnten überrieselt ein jäher Schauer meinen Körper. Wieder juckt meine Narbe unerträglich.

Rasch öffne ich den Kühlschrank und lege bis auf die geöffnete Flasche Weißwein sämtliche Lebensmittel in einen Pappkarton. Hanno beobachtet mich ungeduldig.

»Hol schon mal das Auto«, knurre ich. Ich halte seine vorwurfsvollen Blicke keine Sekunde länger aus.

»Okay, ich klingle dann, und du kommst herunter. Ich warte im Wagen.« Seine Stimme klingt unerwartet sanft.

Überrascht sehe ich hoch.

Aber Hanno hat schon die Tür hinter sich ins Schloss gezogen.

Obwohl es draußen nachtkühl ist, schaltet Hanno die Klimaanlage ein. Fröstelnd ziehe ich meine Sweatshirt-Jacke fester um mich und versuche, dem kalten Hauch aus der Düse zu entkommen. Achselzuckend drosselt Hanno das Gebläse. Meine nackten Oberschenkel unter dem kurzen Kleid kleben am Ledersitz.

Hannos Mercedes ist mehr als nur ein Beförderungsmittel, er ist das Symbol seines Erfolges. Für ihn steht neben seiner Tochter Prestige an erster Stelle. Ausgestattet wie eine teure Yacht, verströmt der Innenraum den Duft nach frisch eingelassenem Holz und poliertem Leder.

Mich beeindruckt so etwas nicht. Mein Auto ist ein in die Jahre gekommener VW, zu dem ich, anders als Hanno zu seinem Wagen, keine persönliche Beziehung aufgebaut habe.

Die Fahrt nach Klagenfurt wird dauern.

Angespannt kauere ich neben meinem verbissen dreinschauenden Ehemann. Der Weg über den Damm, der Grado mit dem Festland verbindet, beeindruckt mich immer wieder.

Zu beiden Seiten der Straße dehnt sich die Lagune aus, tagsüber grünblau schillernd, in der Nacht bedrohlich schwarz.

Es war, als hätte der mondlose Himmel sich im Wasser versenkt.

Bis zur Autobahnauffahrt Palmanova wechseln Hanno und ich kein Wort miteinander. Alles Gesprochene hätte zu Streit geführt. Schweigend fahren wir die endlos erscheinende Allee entlang, vorbei an Häusern der Mittelklasse, gepflegten Gärten, Pizzerien und vernachlässigten Industrieanlagen.

Erst auf der Autobahn bricht Hanno die Stille.

»Sag mir, dass ich es mir nur einbilde, dass ich falsch damit liege … Verschwendest du wirklich keinen einzigen Gedanken an unser Kind? Ist Lena dir völlig gleichgültig? Interessieren dich Bananenstauden in Vorgärten und Restaurantnamen mehr als alles andere? Sollte es so sein, fahre ich bei der nächsten Gelegenheit ab und bringe dich zurück, damit du in Ruhe weiter dein Sabbatjahr genießen kannst. Ohne unwillkommene Störung von außen.« Er macht eine dramatische Pause und sagt dann mit einem anklagenden Unterton: »Lilofee, bitte. Überzeuge mich vom Gegenteil.«

Wieder habe ich das Gefühl, als würde etwas in meinem Inneren reißen. Was erlaubt er sich? Ich presse den Zeigefinger meiner rechten Hand auf die Narbe, um das Kribbeln zu unterbrechen. Und es funktioniert.

»Hanno.« Sein Name klingt, so scharf in die Nacht gesprochen, wie ein Peitschenhieb.

Sofort löst sich sein Blick von der Straße und geht in meine Richtung. Um ihm zu entkommen, lehne ich meinen Kopf an die kühle Fensterscheibe.

»Was?«

»Reiß dich zusammen. Ich habe es satt, mir deine Unterstellungen anzuhören. Es reicht. Ich sitze hier in deiner Luxuskarosse, wie du es wolltest, und fahre mit dir zurück, um unsere pubertierende Tochter zu finden. Im Übrigen bin ich davon überzeugt, dass es sich nicht um eine bedrohliche Situation handelt, sondern bloß um eine weitere ihrer kleinen Teenager-Unverschämtheiten. Es ist Lenas verkorkste Art, uns zu zeigen, dass ihr nicht gefällt, wie wir leben. Um nichts anderes geht es hier. Und jetzt konzentriere dich auf die Straße. Du machst mir Angst mit deinem Geschwindigkeitsrausch. Ob wir eine halbe Stunde früher oder später in Klagenfurt ankommen, spielt keine Rolle.«

Den Rest der Fahrt halte ich die Augen geschlossen und gebe durch regelmäßiges Atmen vor zu schlafen. Hin und wieder spüre ich einen Luftzug. Vermutlich wendet Hanno dann heftig den Kopf, um mir einen bösen Blick zuzuwerfen. Sein wütendes Schnauben ist nicht zu überhören.

2

Simon Rosners Welt gerät in Bewegung.

Gedankenverloren starrt er aus dem Fenster seines Einzelzimmers. Vor ihm breiten sich grüne Wiesen im Morgentau aus. Ein undefinierbarer Duft weht ihm entgegen.

Alice.

Er sehnt sich nach ihr. Sein letzter Kontakt war ihre Mail aus Koh Samui. Dort faulenzt sie seit einiger Zeit und erholt sich von den Städtetouren auf ihrer Reise. Er stellt sich vor, wie sie durch das Blau des Ozeans taucht und sich unter einer Palme im Sand räkelt, und ein ironisches Grinsen verzieht sein Gesicht. Alice, seine Alice, bedient nicht solche Klischees. Da sieht er sie schon eher in einer Ecke des Hotelzimmers an die Wand gelehnt, ängstlich den Flug unbekannter Insekten beobachtend. Oder im Speisesaal, wo sie prüfend das Buffet mustert, um sich endlich maximal eine Handvoll Gemüse auf den Teller zu schieben.

Rosners Grinsen wird breiter. Auch das sind Klischees.

Ein Gespräch über Skype hat sie für die nächsten Tage angekündigt. Als wenn das Gewissheit schaffen und den Abstand zwischen ihnen verringern könnte. Aber man muss einen Schritt nach dem anderen gehen

Er sieht ihr hageres Gesicht umgeben von sonnengebleichten Haaren vor sich, die Augen funkeln ihn an, ihr Mund ist spöttisch verzogen.

»Na, Rosner, schon den ersten Rückfall überstanden?«, wird sie ihn mit rauer Stimme fragen.

»Noch war nichts zu überstehen«, wird er ihr antworten und dabei nicht einmal lügen.

Dennoch freut er sich närrisch darauf, sich von ihr provozieren zu lassen.

Erwartungsvolles Herzklopfen, ausgetrockneter Mund.

Rosner, weit davon entfernt, ein romantischer Träumer zu sein, ordnet diese Kapriolen seines Körpers dem langwierigen Prozess des Alkoholentzugs zu. Da macht er sich nichts vor.

Nach der körperlichen Entwöhnung im Klinikum Klagenfurt musste er sich im Krankenhaus De La Tour anmelden und wochenlang auf einen Platz warten. Trocken. Freundlich, aber bestimmt hatte man ihm die Strategie der Entzugsklinik erklärt: Nur wer nach dem Aufnahmegespräch über Wochen den Kontakt hält, sei wirklich bereit, sein Leben zu ändern.

Und Rosner war und ist eisern entschlossen, mit dem Trinken aufzuhören. Klara, seine Tochter, bringt es ihm nicht mehr zurück, doch vielleicht Alice. Entzug und Abstinenz waren ihre Bedingungen für ein Wiedersehen. Mehr wollte sie ihm nicht versprechen. Seit Alices Abreise hatte er keinen Tropfen angerührt.

Geduscht und rasiert macht er sich auf den Weg in den Frühstückssaal, als das Handy in seiner Jeanstasche zu vibrieren beginnt.

Vielleicht Alice, denkt er, und erkennt enttäuscht die Nummer seiner Dienststelle auf dem Display.

»Ah, Spahic. Guten Morgen. Was verschafft mir das Vergnügen?«

Er weiß keinen vernünftigen Grund, warum seine eifrige Kollegin ihn im Krankenstand stören sollte. Vielleicht wollen sie und sein Chef Brunner ihm einen Höflichkeitsbesuch abstatten. Wie er es von ihr gewohnt ist, kommt Admira Spahic gleich zur Sache. Jedoch anders als erwartet.

»Ich weiß, es ist unverschämt von mir, Sie anzurufen. Wo Sie doch …« Sie führt es nicht weiter aus, aber er versteht auch so. Verlegen blafft sie in sein Ohr: »Es geht um einen Ihrer Schulfreunde, behauptet er jedenfalls. Hanno Grabner, ein Baumeister. Seine Tochter ist seit gestern verschwunden, und jetzt macht er uns alle rebellisch.«

»Schon gut«, besänftigt er Spahic, »ich kenne ihn tatsächlich. Nicht nur er war mein Mitschüler, sondern auch Lilo, seine Frau. Aber das tut nichts zur Sache. Was ist passiert?«

Eine unangenehme Erinnerung an die überdrehte Klassenkameradin steigt in ihm auf, aber er will sich jetzt nicht damit auseinandersetzen. Lilo hieß sie, wurde aber von allen Lilofee gerufen, weil sie das so wollte. Es kam ihr romantisch vor.

Rosner lehnt sich an die kühle Wand des Krankenhausflurs und spürt, wie sein Polohemd feucht wird. Bei der geringsten Anstrengung bricht ihm immer noch der Schweiß aus.

»Dieser Grabner droht, das Ministerium in Wien einzuschalten, wenn Sie sich nicht sofort und persönlich um die Angelegenheit kümmern.«

Na und?, denkt Simon und streift Feuchtigkeit von seiner Stirn. Soll er doch. »Was ist mit der Mutter der Kleinen?«, fragt er, obwohl es ihn nicht überrascht, dass Hanno und nicht Lilo bei der Polizei aufgetaucht ist.

Lilo nahm schon in der Schule alles ein wenig zu locker.

»Die hielt sich bis gestern in Grado auf und hatte wohl eigentlich nicht vor, zurück nach Klagenfurt zu kommen. Sie wollte sich das lange geplante Auslandsjahr nicht verderben lassen, behauptet er jedenfalls. Die beiden haben sich vor einiger Zeit getrennt, sind aber nicht geschieden und leben zumindest in Österreich auch noch unter einem Dach. Weil er es empörend fand, dass sie keine Anstalten machte, nach Klagenfurt zu kommen, um mit ihm ihre Tochter zu suchen, hat er sie gestern Nacht kurzerhand selbst nach Hause geholt. Gerade rief er wieder an, um auf einen Termin zu drängen. Gesprochen habe ich bisher aber nur mit dem Kindesvater.«

Es erstaunt ihn nicht, dass Hanno und Lilofee sich getrennt haben. Dass es ein Kind gibt, allerdings schon. Ungleicher als Lilofee und Hanno war kaum ein Paar.

»Wie alt ist die Tochter?«

»Dreizehn.«

Inzwischen hat er den Speisesaal betreten und sieht sich vorwurfsvollen Augenpaaren gegenüber. Weder behandelnde Ärzte und Therapeuten noch Mitpatienten dulden hier Telefongespräche, sofern sie nicht selbst an der Strippe hängen.

»Ich muss Schluss machen, sonst nehmen sie mir meine Frühstücksflocken weg«, murmelt er hinter vorgehaltener Hand in sein Handy. Admira Spahics Protest vorwegnehmend, fügt er der Bequemlichkeit halber hinzu: »Schicken Sie mir meinetwegen Hanno Grabners Visitenkarte per SMS. Ich rufe ihn an.«

Ohne ihre verlegenen Dankesworte abzuwarten, drückt er sie weg. Er schließt kurz die Augen und sieht ein großes, eiskaltes Glas Bier mit dicker weißer Schaumkrone, das auf ihn wartet.

3

Einige Wochen zuvor

In letzter Zeit war er nicht mehr er selbst. Wohin nur war der behäbige, in sich ruhende Genussmensch mit dem Hang zur Bequemlichkeit verschwunden?

Wenn es still um ihn wurde und er in sich hineinhorchte, mangels Alternative in sich hineinhorchen *musste*, stellten sich ihm zwanghaft die immer gleichen Fragen: Wer bist du, wohin gehst du, was wird aus dir?

Emil hasste diese Augenblicke selbst aufgelegter Besinnung, doch er konnte ihnen nicht immer entrinnen. Aber verpacken konnte er sie, vorzugsweise in ein die Schärfe nehmendes Geschenkpapier, das er direkt aus der Holunderschnapsflasche bezog. Der euphorische Nebel in seinem Kopf machte schließlich nur die Ränder seiner unangenehmen Gedanken unscharf, das Wesentliche trat dadurch umso stärker in den Vordergrund. Davon war er überzeugt.

Wieder einmal nach Antworten ringend, setzte er sich auf die schmale Holzbank vor der Almhütte seines Vaters. Ungeduldig vertrieb er eine dicke Fleischfliege und lehnte sich an die warme Hauswand.

Über ihm spannte sich ein tiefblauer Frühsommerhimmel. Die milde Luft roch schwach nach dem Harz der Nadelbäume.

Knapp unter der Almhütte endete der Tannen- und Fichtenwald. Sollte er zur großen Wiese hinuntersteigen und sich Spitzwegerich holen? Leere dunkle Gläser standen im Vorratsschrank, doch für einen handfesten Schnaps fehlte ihm der benötigte Wodka. Außerdem musste das Zeug einige Wochen ziehen, bevor es seine gesunde Wirkung erreichte, und so viel Zeit hatte er nicht.

Nervös trommelten seine Fingerkuppen einen Marsch auf die Lehne der verwitterten Holzbank. Erst als das hohe Pfeifen des Tinnitus in seinen Ohren zu einem Rauschen anschwoll und damit die bohrenden Fragen übertönte, wurde er ruhiger. Andere Menschen fanden diese Geräusche in ihren Köpfen störend. Er seines nicht. Im Gegenteil, es konnte ihm manchmal nicht laut genug sein, und es befreite ihn hin und wieder geradezu, in sich ein eigenes Meer zu tragen, sich vom Ab- und Anschwellen der Wogen mitreißen zu lassen.

Emil wusste, dass er sich viel zu oft etwas vorgemacht hatte. Auch wenn es ihm scheinbar gelungen war, sich ein gutes Leben zurechtzuzimmern, war ihm klar, dass die Scharade jetzt ein Ende hatte. Die schillernde Seifenblase, die sein bisheriges Leben symbolisierte, die heile Welt, die er sich und anderen vorgaukelte und dabei gute Miene zum bösen Spiel machte, war in dreihundert Farben zerplatzt, in genauso viele, wie das menschliche Auge zu unterscheiden vermag.

Emil gönnte sich zur Belohnung für seinen schönen Vergleich einen weiteren Schluck. Mit wackeligen Beinen stand er auf, um aus der Küche Zigaretten und – Ordnung muss sein – einen Aschenbecher zu holen.

Niemandem war seine beengte Lebenssituation aufgefallen. Dass er sich schrittweise zurückgezogen hatte, wurde kaum bemerkt. Gelegentliche Fragen beantwortete er kreativ. Der Alpenverein habe bei ihm nachgefragt, ob er im Nachlass seines Vaters Material für die Neuauflage eines Wanderführers in den Karawanken gefunden hätte. Und ebendiese Unterlagen suche er jetzt. Was einen unglaublichen Aufwand darstelle. Dazu sei es notwendig, einige Zeit in die Almhütte zu ziehen. Ruhe zum Sichten der Fotos und Wanderkarten sei dabei unabdingbar.

Ganz falsch war das nicht.

Emil legte tatsächlich immer größeren Wert darauf, allein zu sein. Seine Umgebung, sein städtischer Alltag begann ihn mehr und mehr zu belasten. Eigentlich fühlte er sich nur noch hier in der Hütte geborgen.

Und genau damit sollte es demnächst vorbei sein.

Er hatte verzweifelt gegen den absehbaren Ruin angekämpft, hatte nach und nach die beweglichen Gegenstände aus der Wohnung und der Almhütte seines Vaters verkauft und versucht, vom Erlös zu leben. Bis zu dem Augenblick, als die chinesische Vase, durch deren Versteigerung Emil eine deutliche Entspannung seiner prekären Lage erwarten durfte, zu

Bruch gegangen war, hatte ihn sein angeborener Optimismus vor den ärgsten Grübeleien bewahrt. Aber auch damit war es jetzt endgültig vorbei. In dem Moment, als seine zitternden Finger den schlanken Hals der wertvollen Vase verfehlt hatten, während sein Daumen, der dicke Daumen der linken Hand, dem Ding den fatalen Schubs gab, der es über die Tischkante beförderte und auf dem Boden zerschellen ließ, war ihm klar gewesen, dass das Ende seines bisherigen Lebens unmittelbar bevorstand.

Gerade so, als hätten sie Blut geleckt, wurden die Banken in ihren Zahlungsaufforderungen immer hartnäckiger. Jawohl, *die* Banken, denn Emil hatte beträchtliche Schulden bei mehreren Geldinstituten. Und wie er es auch drehte und wendete – Emils Finger umfassten bei dieser Überlegung den Hals der geduldigen Flasche –, er stand vor dem Ruin.

Später, am Abend, wenn seine trunkenen Phantasien ausuferten, würde er sich vorstellen können, eine Tankstelle zu überfallen oder einen Supermarkt. Auch am Getränkekontingent wollte er sich bei dieser Gelegenheit großzügig bedienen. Oder er sah sich bei undurchdringlicher Dunkelheit eine Fassade emporklettern, um hinter offenen Fenstern Schmuck und Bargeld an sich zu raffen.

Nicht einmal in seinen abwegigsten Tagträumen hatte er sich jemals einen Raubmord begehen sehen, die Vorstellung, einer armen Oma die Hände um den dürren Hals zu legen, trieben ihm nur Tränen des Selbstmitleids in die Augen.

Vielleicht eine Bank? Ja, eine Bank könnte es sein, eine Bank, deren Versicherung den geraubten Betrag anstandslos ersetzen müsste. Emil wollte niemandem schaden, zumindest nicht mehr als unbedingt nötig. Am liebsten hätte er sich durch dicke Wände gegraben, um in nächtlicher Arbeit einen Tresorraum zu plündern, er wollte keinen Bankbeamten mit einer Waffe bedrohen müssen.

Und dann die Gefahr. Die unmittelbare Gefahr, erwischt zu werden. Emil hatte nicht vor, sein restliches Leben im Knast zu verbringen, auch nicht zeitweise.

Einen Gauner könnte er bestehlen, einen, der Dreck am

Stecken hatte und nicht die Polizei rufen konnte, einen, der es verdient hätte, selbst geschröpft zu werden.

Emil zwickte sich ins Bein, um wieder Kontakt zur Realität herzustellen.

Als nun sein Vater gestorben war, plötzlich und unerwartet, wie man so sagt, jedenfalls viel zu jung mit seinen rüstigen siebzig Jahren, hatte er neben Kummer über den Tod dieses Mannes, der ihm stets aus der Patsche geholfen hatte, auch zaghafte Freude auf das erwartete Erbe in sich verspürt. Emil hatte sich für diese dunkle Regung seines Herzens nicht geschämt, denn für ihn ging das Leben ja weiter. Da war er pragmatisch.

Und welche Chancen hatte er denn noch, außer durch andere mehr oder weniger gut versorgt zu werden? Er, der die Schulausbildung früh abgebrochen hatte und sich mit Gelegenheits- und Hilfsarbeitertätigkeiten seinen Unterhalt verdiente, hatte von einem Moment auf den anderen auf dem Trockenen gesessen. Die angespannte Wirtschaftslage, so der stereotype Satz, mit dem seine – zugegeben halbherzigen – Bemühungen um eine Anstellung abgelehnt wurden. Wenig geschickt im Umgang mit möglichen Arbeitgebern und ohne wirkliches Durchsetzungsvermögen hatte er mal hier, mal dort etwas an Land gezogen. Doch es war immer schwieriger geworden, einen einträglichen Job zu finden und, wichtiger noch, ihn auch zu behalten. Emils Bereitschaft, Kompromisse einzugehen, war ohnehin enden wollend. Handwerkliche Begabung zählte nicht zu seinen Stärken, in kaufmännischen Bereichen war er überfordert, und ohne Abschluss für eine Bürotätigkeit blieben nur Hilfsarbeiten auf dem Bau übrig. Selbst die waren mittlerweile rar gesät, und Emils Höhenangst tat ihr Übriges. Nur noch in Stoßzeiten wurde auf ihn zurückgegriffen.

Und nun das.

Der Bruder seines Vaters, Onkel Gustav, der Emigrant, wollte aus Neuseeland zurückkehren, um Wohnung und Almhütte zu übernehmen. Eine alte Geschichte zwischen den Brüdern, von der Emil nichts gewusst hatte, war bei der Testamentseröffnung zur Sprache gekommen. Onkel Gustav, von dem es hinter vorgehaltener Hand hieß, er habe sein Vermögen nicht nur seriösen Geschäften zu verdanken, hatte seinem Bruder finanziell immer wieder unter die Arme gegriffen. Nur so war Emils Vater überhaupt in den Genuss der Wohnung und der geliebten Almhütte gekommen. Beide gehörten jedoch nach wie vor Gustav, und der Vertrag, den die beiden abgeschlossen hatten, war mit dem Lebensende von Emils Vater erloschen.

Zu Emils Entsetzen war er selbst bei der Testamentseröffnung leer ausgegangen, sah man von einem kleinen, bereits geplünderten Sparbuch, der zu Bruch gegangenen chinesischen Vase, einem schäbigen Fotoapparat mit ebenso schäbigen Utensilien, einer spärlich eingerichteten Dunkelkammer und, nicht zu vergessen, den unmodernen Klamotten seines Vaters ab.

Und nun wollte sich Onkel Gustav auf den Weg machen, um ihm auch noch seine Bleibe zu nehmen.

Hatte sein Vater ihn auf diese Weise bestrafen wollen, weil er es in seinem bisherigen Leben zu nichts gebracht hatte?

Erfolglos versuchte Emil, die düsteren Gedanken aus seinem Kopf und den Groll aus seinem Herzen zu drängen. Schwerfällig stand er auf, torkelte hinter die Hütte und verschaffte seiner Blase Erleichterung. Als er sich wieder setzte, ächzte das Holz unter ihm. Und da soll einer sagen, flüssige Ernährung schlage nicht an, dachte Emil.

Die Bank lag jetzt, am späten Nachmittag, im Schatten der Bergkette, und die würzige Luft brachte einen kühlen Hauch mit sich. Der Rauch seiner Zigarette kringelte sich bläulich dem Schieferdach entgegen. Unten im Tal heulte eine Sirene.

Die dicke Fliege setzte sich auf seinen Handrücken. Schneller, als er es sich selbst zugetraut hätte, schlug er zu und tötete sie mit einem lauten Klatschen.

4

»Post für dich. Sie wurde anscheinend persönlich gebracht, es ist keine Marke drauf.«

Hanno reicht mir mit spitzen Fingern einen hellblauen Umschlag.

Shit, denke ich und reiße ihm den Brief aus der Hand.

Ich fühle mich wie losgelöst, als würde ich einige Zentimeter über dem Küchenboden schweben, dann hoch Richtung Zimmerdecke, von wo aus ich mich betrachte. Eine kleine Marionette, die auf und ab zappelt. Sekundenlang bin ich in diesem Bann gefangen, dann vereinen sich Seele und Körper, und ich stürze, den Brief an meine Brust gepresst, ins Badezimmer. Die Narbe beginnt unerträglich zu jucken.

»He! Was ist denn in dich gefahren?« Hannos Stimme ist dicht hinter mir.

Ich knalle die Tür zwischen mich und seine Worte.

Mit unsicheren Fingern fummle ich am Schlüssel herum, bis ich es schaffe, mich einzusperren. Es ist ein eigenartiges, beinahe intimes Gefühl, das lose Blatt mit den aufgeklebten Buchstaben aus dem Kuvert zu ziehen und in der Hand zu halten.

»Lilo! Sperr auf!« Hanno rüttelt an der Tür und flucht vor sich hin.

Die bunt zusammengewürfelten Silben auf dem hellblauen Blatt springen mich geradezu an.

Du kannst dich nicht vor mir verstecken. Du entkommst mir nicht.

Es ist so, als ob eine Faust durch Mund und Speiseröhre in meinen Magen fährt und unerbittlich mein Innerstes nach außen dreht. Entsetzt presse ich die Lippen zusammen, um mich nicht zu übergeben.

»Gleich, ich sitze auf der Toilette!«, rufe ich, sobald ich wieder atmen kann.

Zur Bekräftigung meiner Worte drücke ich die Spülung.

Im Badezimmer ist das Chaos ausgebrochen. Nasse Wäsche liegt auf dem Fliesenboden, die Tür der Waschmaschine steht offen, schwarze Socken quellen heraus, Handtücher sind unordentlich über Heizung und Badewannenrand geworfen, eine Zahnbürste zwischen Abfalleimer und Wand gerutscht, eine zweite steckt in einem verschmierten Wasserglas. Grün-rot gestreifte Zahnpastaflecken zieren das Waschbecken, und das Fläschchen mit meinem besonderen Duschgel ist fast vollständig aufgebraucht.

»Mach endlich auf!«, kommt es wütend von draußen.

Zornig über Hannos Unverschämtheit schlage ich mit der Faust heftig gegen die Badezimmertür.

»Bitte mach auf! Rosner wartet.«

Rosner?

Der Brief!

Wohin damit?

Hanno darf ihn unter keinen Umständen lesen.

Wieder hämmert er gegen die Tür. Meine Augen irren über das Chaos. Wohin damit? Panisch hebe ich den Deckel des Wäschekorbs und vergrabe den zusammengefalteten Umschlag tief unter der Schmutzwäsche. So wie es hier aussieht, kümmert sich außer mir ohnehin keiner um die Wäsche.

Ich ziehe nochmals die Spülung und öffne, das Rauschen des Wassers in den Ohren, die Badezimmertür.

Hanno steht mit ärgerlich geröteten Wangen vor mir.

Bevor er zu reden beginnen kann, fahre ich ihn an: »Was willst du von Rosner? Ich dachte, der arbeitet nicht mehr bei der Kripo. Da gab's doch einen Skandal vor ein paar Jahren. Hat er nicht den tödlichen Unfall seines Kindes verschuldet und ist danach völlig ausgerastet?«

Hanno stapft an mir vorbei und öffnet wortlos seine Hose. Ungeniert pinkelt er vor meinen Augen in die Schüssel. Das wenigstens tat er nie, als wir noch zusammen waren. Unangenehm berührt wende ich mich ab.

»Natürlich arbeitet Simon noch bei der Polizei. Wir treffen ihn gleich. Also beeil dich.«

Ich schaue unauffällig zum Wäschekorb. Darum werde ich mich später kümmern. Als ich das Badezimmer verlasse, berühre ich Lenas Bademantel, der neben der Tür hängt.

Ein zarter Maiglöckchenduft weht mir entgegen, und für einen Augenblick spüre ich einen scharfen Stich in der Herzgegend.

5

Simon Rosner erwacht mit einem Schrei. Schweißgebadet setzt er sich auf. Im ersten Moment weiß er nicht, wo er sich befindet. Sein Herz klopft stürmisch. Immer noch gefangen im Traum, vermag er kaum, die beängstigenden Bilder abzuschütteln.

Eben war Klara da, seine Klara. Sein kleines Mädchen. Ein riesiger weißer Schwan flog hoch über ihnen, und der See funkelte im Sonnenlicht. Und dann das Krachen.

War das Alice, die sich über sein totes Kind beugte?

Langsam wird er klarer, streift den Alptraum ab und behält nur die Traurigkeit.

Ihm wird bewusst, dass er angezogen auf der Decke seines Krankenhausbettes liegt. Gleich nach dem Frühstück hatte er sich kurz ausgestreckt, um für ein paar Sekunden die Augen zu schließen, und war eingenickt. Nach einem raschen Blick auf die Uhr springt er auf. Für eine zweite Dusche fehlt ihm jetzt die Zeit. In einer halben Stunde schon soll er Hanno und Lilo Grabner in Admira Spahics Büro auf dem Klagenfurter Polizeirevier treffen.

Er angelt nach dem Handy in seiner Hosentasche.

»Spahic«, beginnt er ohne Begrüßung, »ich verspäte mich. Gib den beiden in der Zwischenzeit einen Kaffee.«

»Kein Grund zur Hektik, Chef. Die Grabners sind noch nicht da. Ich habe Ihnen einen Wagen geschickt. Er wartet in Villach vor dem Eingang der Klinik.«

Gut, die Grabners verspäten sich auch. Schon in der Schule kam Lilo häufig zu spät zum Unterricht, ganz bewusst drückte sie sich damit selbst den Stempel der Unverwechselbarkeit auf, erinnert sich Rosner.

Seine eigene Unpünktlichkeit macht ihm allerdings Sorgen. Er wird mit den Ärzten wegen der Benzodiazepine reden müssen. Womöglich könnte er inzwischen mit einer geringeren Dosis Beruhigungsmittel gegen die Entzugserscheinungen auskommen. Die Medikamente machen ihn jedenfalls müde und antriebslos. Trotz der Antidepressiva, die das Gegenteil bewirken sollen.

Fahrig streicht er sein kurz geschnittenes graues Haar zurück. Alice hat einmal zu ihm gesagt, alles an ihm wäre grau: seine Gesichtsfarbe, seine Haare, die Augen und das Hemd. Sogar seine Jeans. Bis auf die Gesichtsfarbe, stellt er zufrieden fest, ist das immer noch so. Seinen alten Rucksack, den er früher zur Arbeit mitnahm, hat er gegen eine graue Umhängtasche mit breitem Riemen eintauschen müssen. Der vom ausgelaufenen Bier durchtränkte Stoff ließ nur noch Ekel in ihm aufsteigen. So trennte er sich von ihm und denkt nun in einem Anflug von Sentimentalität, dass damit auch eine Ära zu Ende gegangen ist.

Nachdem er sich abgemeldet hat, steigt er in das wartende Dienstfahrzeug.

Spahic hat ihm Luigi Olivotto beschert.

Der Polizist, dessen Frau letztes Jahr ermordet wurde, sieht ihn aufmerksam an. Rosner grüßt, und Olivotto antwortet herzlich. Es ist so, als hätten die Erlebnisse ein unsichtbares Band zwischen ihnen geknüpft. Rosner erlebt das häufig nach Beendigung eines intensiven Falles.

»Olivotto, wie geht's?«

Der Kollege hat stark abgenommen und sich einen Oberlippenbart wachsen lassen. Steht ihm gut, denkt Rosner. Der Bart verdeckt die Falten und den traurigen Zug um seinen Mund.

»Mal besser, mal schlechter. Ich habe mir ernsthaft überlegt, nach Italien zu gehen. Aber das wäre eine Flucht vor der Wirklichkeit. Ich bin hier geboren und aufgewachsen, ich werde mich nicht durch einen Schicksalsschlag aus diesem Land vertreiben lassen.«

So wie der Kollege das sagt, klingt es vernünftig. Und trotzig. Aber trotzig muss er wohl sein, um mit dem, was passiert ist, zurechtzukommen, findet Rosner.

Er nickt kurz und erspart sich und Olivotto einen aufmunternden Kommentar. Die weitere Fahrt über starrt er stumm aus dem Fenster. Erst jetzt bemerkt er, dass das Wetter umgeschlagen hat. Böiger Wind zerrt an den Ästen der Bäume am Straßenrand. Der Himmel ist bedeckt, das Licht diesig, fast anthrazitfarben. Als sie auf die Autobahn auffahren, fallen die ersten Tropfen. Dick und laut klatscht das Wasser gegen die Scheibe. Dunkle Gewitterwolken bauen sich Richtung Klagenfurt auf. Der Sommer ist mit einem Mal in den Herbst übergegangen.

Rosner zieht fröstelnd den grauen Pullover enger um seine Schultern. Ein heißer, starker Grog wäre jetzt das Richtige, oder wenigstens ein Tee mit Rum.

Er wischt die aufsteigenden Bilder weg und versucht, das heftige Verlangen nach Alkohol zu unterdrücken. So, wie er es in den Einzelgesprächen und bei den Gruppensitzungen gelernt hat, konzentriert er sich auf seinen Atem. Langsam weicht die Anspannung.

Sein Handy beginnt zu läuten.

Alice! Sie ist es wirklich.

»Rosner.« Ihre Stimme kämpft gegen das Rauschen der schlechten Verbindung an.

Es ärgert ihn, dass Olivotto neben ihm sitzt und mithört.

»Kannst du jetzt skypen? Ich habe dir so viel zu erzählen. Aber sag zuerst, wie es dir geht? Alles in Ordnung?«

In diesem Moment zuckt ein Blitz durch das Grau des Himmels, unmittelbar gefolgt von einem Donnerkrachen. Das Gewitter muss direkt über ihnen sein. Heftiger Regen erschwert die Sicht. Das Wasser spritzt vom Belag der Autobahn hoch. Ergeben schaltet Olivotto den Scheibenwischer auf die stärkste Stufe.

»Heute Abend skypen wir. Jetzt kann ich nicht, ich sitze bei Olivotto im Dienstwagen, wir fahren nach Klagenfurt«, schreit er im Versuch, die tosende Welt um ihn herum zu übertönen.

»Was für ein Verbrechen hast du diesmal begangen?« Alice lacht.

»Heute Abend«, drängt er, »heute um zwanzig Uhr skypen wir.«

»Das geht nicht, ich sitze um diese Zeit im Flugzeug …« Ihre

Stimme entfernt sich, und Rosner kann nicht mehr verstehen, warum sie im Flieger sitzt oder wohin die Reise geht. Dann bricht die Verbindung ganz ab.

»Scheiße«, flucht er und steckt das Handy ein.

»So sind die Frauen«, kommentiert Olivotto wehmütig, und Rosner erinnert sich wieder, warum ihm der junge Polizist früher auf die Nerven ging.

Er verzichtet erneut auf einen diesmal zynischen Kommentar und atmet erleichtert auf, als das Auto vor der Polizeistation hält.

Mit der Tasche über dem Kopf läuft er durch den Regen. Vor dem Eingang springt er mitten in eine Pfütze. In seinen Schuhen quatscht Wasser, und seine Hosenbeine sind bis zu den Waden durchtränkt.

Das staubige Stiegenhaus empfängt Rosner mit vertraut muffigem Geruch. Er eilt die Treppe hinauf zu Spahic, vorbei an seinem ehemaligen Büro. Als er die Tür aufreißt, sieht er sich einem Ehepaar gegenüber. Er braucht eine Sekunde, um in der Frau mit den scharf geschnittenen Gesichtszügen die Lilo von früher wiederzuerkennen.

Sie steht mitten im Raum, in einem blau getupften Sommerkleid unter einem durchsichtigen Regenmantel. Rosner ertappt sich dabei, wie er an ihrer linken Hand den fehlenden Ringfinger sucht. Peinlich berührt schließt er eine Zehntelsekunde lang die Augen.

»Hallo, Simon«, sagt Hanno Grabner und legt ihm eine Hand auf die Schulter.

War sein ehemaliger Schulkamerad vielleicht nicht nur aus Sorge um seine Tochter, sondern auch um der alten Freundschaft willen hier?

Hanno hat zugenommen, sein Körper wirkt schwer, sein Gesicht aufgedunsen. Geplatzte Äderchen geben seinen Wangen einen rötlichen Schimmer. Unter den Augen liegen dunkle Schatten.

Rosner nickt, macht einen Schritt von ihm weg und schließt die Tür. Im entstehenden Luftzug rascheln zwei weiße A4-Blätter zu Boden. Spahic springt auf und legt sie zurück auf den Schreibtisch.

»Rosner. Da sind Sie ja. Können wir jetzt endlich beginnen?«

»Ich möchte mit Simon unter vier Augen sprechen«, hört er Lilo im althergebrachten hochnäsigen Tonfall sagen und erinnert sich, wie sehr sie sich schon in der Schulzeit um eine besondere Aussprache bemüht hat. Die Vokale zog sie endlos in die Länge, und die Konsonanten betonte sie scharf.

»So, möchten Sie? Dann werde ich Ihnen erklären, warum das nicht geht.« Admira Spahic ist aufgestanden, der interessierte Ausdruck in ihrem Gesicht weicht einem verärgerten. »Inspektor Rosner war gewillt, Ihrer Bitte zu entsprechen, doch er kann im Moment keine Ermittlung leiten. Daher habe ich, in Absprache mit unserem Chef, mein Büro zur Verfügung gestellt.« Sie weicht Lilos Blick aus und wendet sich an Hanno. »Nur weil Sie so hartnäckig darauf bestanden haben, dass Inspektor Rosner sich des Falles annimmt, sitzen wir hier zu viert, und damit endet unser Entgegenkommen.«

Rosner muss ein Auflachen unterdrücken. Spahic kann ein Biest sein, das weiß er schon lange. Langsam geht sie zu dem kränklich aussehenden Gummibaum neben dem Fenster und zupft mit spitzen Fingern an einem schlaffen braunen Blatt.

Lilos Lippen öffnen sich. Es ist, als käme eine leere Sprechblase aus ihrem Mund. Dann schluckt sie vernehmlich, ehe sie sagt: »Das reicht jetzt, meine Liebe. Verlassen Sie den Raum, wir haben etwas Wichtiges zu besprechen.«

Das Rauschen des Windes vor dem Fenster ist das einzige Geräusch, das Rosner nach diesen Worten wahrnimmt. Lilo war und ist unverschämt. Daran hat sich nichts geändert.

»Meine Kollegin bleibt hier«, sagt er knapp und wirft Lilo einen zornigen Blick zu. »Worum geht es überhaupt?«

»Unsere Tochter ist verschwunden«, beeilt sich Hanno zu sagen, ehe Lilo eine neuerliche Frechheit einfällt. »Sie ist bei keiner ihrer Freundinnen aufgetaucht. Niemand weiß, wo sie ist. Ich mache mir Sorgen, dass ihr etwas zugestoßen ist. Es ist nicht ihre Art, einfach zu verschwinden.«

Rosner kann Hannos Aufregung körperlich spüren.

»Was redest du da? Natürlich kennen wir das von ihr.« Lilos Stimme klingt beißend. »Erinnere dich nur mal daran, wie sie vor zwei Jahren abgehauen ist, nachdem wir ihr verboten hatten, bei einer ihrer Freundinnen zu übernachten. Die ganze Schule war in Aufruhr, bis sich herausstellte, dass sie kurzerhand zum Nachbarsmädchen geflüchtet war. Zu Alina, deren Eltern auf Skiurlaub waren. Schon vergessen?« Wütend stampft sie mit dem Fuß auf.

Rosners Achseln werden feucht. Als hätte Spahic sein Unbehagen bemerkt, reicht sie ihm ein Glas Wasser. »Möchte jemand Kaffee?«

Hanno und Lilo verneinen, und Rosner nimmt einen großen Schluck.

Das Wasser schmeckt, als hätte er es aus der Gießkanne, die neben dem Gummibaum steht, getrunken. Wieder erscheint das körperlich schmerzende Bild eines beschlagenen Bierkruges vor seinem geistigen Auge.

»Darf ich?«, fragt er und durchquert den Raum.

Kurz darauf strömt kühle Regenluft durch das weit geöffnete Fenster. Entschlossen schluckt Rosner den angesammelten Speichel hinunter.

»Warum wollt ihr mich unbedingt bei der Suche dabeihaben?«, erkundigt er sich bemüht sachlich.

Bevor Hanno antworten kann, schießt Lilo dazwischen: »Die Frage habe ich mir auch schon gestellt. Von mir aus musst du dich nicht darum kümmern. Hanno bestand darauf, ohne mir ein Wort davon zu sagen.« Sie wirft ihrem Mann einen geringschätzigen Blick zu. »Ich komme auch ohne deine Hilfe zurecht. Geh du mal in die Klinik zurück und bringe dein Zittern unter Kontrolle.«

»Lilo«, kommt es scharf von Hanno. »Simon, entschuldige bitte. Meine Frau und ich sind, wie du siehst, verschiedener Meinung. Mir ist es sehr wichtig, dass du uns bei der Suche nach Lena hilfst. Wir kennen uns schon so lange, da dachte ich –«

»Und ich will, dass mein Privatleben unangetastet bleibt.

Schnüffler brauche ich keine«, unterbricht Lilo ihn verächtlich.

Bevor jemand reagieren kann, hat sie den Raum verlassen und die Tür hinter sich zugeknallt. Ihre Absätze klackern laut über den Linoleumboden im Flur.

6

Das hat mir gerade noch gefehlt!

Zorn durchflutet mich.

Vor dem Polizeirevier bleibe ich stehen und atme kräftig durch.

Der Regen hat aufgehört, vom Gehweg steigen Dunstschwaden auf. Was ich jetzt mehr als alles andere brauche, ist ein sehr starker Espresso. Weiter vorn, in der Lidmanskygasse, kenne ich ein kleines Café.

Entschlossen summe ich meinen Zorn weg. Die Geräusche der Straße vermischen sich mit meinem leisen Singsang.

Während ich bei Rosner war, ist die feuchte Kühle des Regenmorgens einer neuerlichen drückenden Hitze gewichen. Ich befreie mich von dem Mantel, der unangenehm an meinen nackten Armen klebt.

Diese kleine, unsympathische Polizistin mit der blutig genagten Nagelhaut hat meine miese Stimmung nicht verbessert. Wie sie mich mit ihren verschmierten Kulleraugen angeglotzt hat und dann auch noch die Unverschämtheit besaß, mich zu maßregeln!

Rosner hätte sie zurechtweisen müssen. Aber das wäre von so einem Verlierer wohl entschieden zu viel verlangt gewesen. Er war schon zu Schulzeiten ein Narr. Ein Schwächling. Ein Mitläufer. Wahrscheinlich steht er auf seine kleine Assistentin mit dem billig blondierten Haar. In der siebten Klasse hatte er mal eine Freundin, die ähnlich aussah.

Die meisten Tische im Café sind leer. Ich setze mich mit dem Rücken zur Wand, so behalte ich den Überblick. Situationen, die ich nicht unter Kontrolle habe, versetzen mich in Unruhe.

Die Kellnerin kommt auf mich zu. In der Mitte des Raumes bleibt sie stehen und fragt, was sie mir bringen kann. Ich deute an, sie nicht verstanden zu haben. Unwillig nähert sie sich. Wenn ich mich meinen Schülern gegenüber so benehmen würde, wäre ich meinen Job schon längst los. Kopfschüttelnd gebe ich meine Bestellung auf.

Als der Espresso serviert wird, nehme ich einen hastigen Schluck und verbrenne mir prompt die Oberlippe. Zudem macht mich ein dumpfes Pochen im Narbengewebe der linken Hand auf meinen fehlenden Ringfinger aufmerksam. Heute ist wirklich nicht mein Tag.

Rosners verschämter Blick fällt mir ein. Als er bemerkte, dass ich ihn ansah, schloss er, so als wollte er damit seinen Fehler ungeschehen machen, die Augen.

Um die bohrenden Erinnerungen an die Vergangenheit zu vertreiben, angle ich mir ein Journal vom Nebentisch und vertiefe mich in die Geschichten über österreichische Promis. Zwischen ihre geschönten Körper stiehlt sich unvermittelt das Jungmädchengesicht meiner Tochter.

Langsam wird es Zeit, dass sie mit ihrem Terror aufhört.

Hat Rosner seiner Kollegin den Auftrag gegeben, Lenas Handy zu orten? Schaden kann es nicht.

Ein weiteres unwillkommenes Bild steigt hoch.

Wir sind fünfzehn.

Meine Schulfreundin Magdalena, nach der ich meine Tochter Lena benannt habe, lehnt mir gegenüber an der Tafel. Außer uns befindet sich niemand im Klassenzimmer. Ihr dunkles Haar steht strubbelig über dem bleichen Gesicht in die Höhe, und die verschorfte Verletzung, die sie sich beim Fußballspiel eingehandelt hat, teilt ihre rechte Augenbraue immer noch in zwei ungleiche Hälften.

Magdalena, die Unbegreifliche. Magdalena, die Unergründliche. Ihre Widersprüchlichkeit zieht mich an, ihre Widersprüchlichkeit stößt mich ab. Mal ist sie die treueste Freundin, mal meine ärgste Konkurrentin. Sie ist mein Fenster in eine andere Welt, eine Welt, die ich allein nicht betreten kann. Nur durch sie, durch *das andere* Mädchen, das ebenfalls unterwegs ist, darf ich abends ausgehen.

Obwohl ihre Jeans unmodern kurz sind, ihr T-Shirt verwaschen aussieht und sie sich burschikos gibt, ist sie überall der Mittelpunkt. Die Art, wie sie spricht, und vor allem das, was sie sagt, trifft mitten ins Herz. Mit meinem langen seidig blonden Haar, den zarten Gesichtszügen und den wasserblauen Augen wirke ich neben ihr wie ein Mauerblümchen, das sich nach Magdalenas Meinung als Fee verkleidet hat.

Vor ein paar Tagen erst belauschte ich auf dem Pausenhof ein Gespräch zwischen ihr und Hanno. Magdalenas gehässige Beschreibung meines Äußeren hat eine eiternde Wunde in mich gerissen. Und Hannos Gelächter war darauf das brennende Salz.

Mit einem trägen Grinsen löst sie sich von der Tafel und streckt mir ihre Hand mit dem funkelnden Rubinring entgegen. »Wollen wir heute Abend um die Häuser ziehen?«

Die Sehnsucht nach Hanno überwältigt mich, und so sage ich, ohne nachzudenken: »Ja.«

»Ja, ja, ja«, kreischt Magdalena und dreht mich so wild im Kreis, dass ich taumle.

Sie strahlt vor Unternehmungslust. Mit einem Ruck zieht sie den Ring von ihrem Finger.

»Keine Angst, der kommt nicht aus dem Kaugummiautomaten. Er ist von meiner Großmutter. Sie hat ihn mir geschenkt.«

Als sie mein Erstaunen sieht, kichert sie.

»Nein, nicht von meiner verwahrlosten Oma. Er ist von der anderen. Und jetzt gehört er dir.«

Bevor ich etwas sagen kann, hat sie meine linke Hand gepackt und streift ihn über meinen Finger.

»Der ist für immer das Zeichen unserer Freundschaft. Wenn du ihn abnimmst, passiert etwas Schlimmes. Trage ihn ununterbrochen, Tag und Nacht.«

Schwer beeindruckt versinke ich im funkelnden Rot.

»Darfst du den Ring überhaupt herschenken?« Meine Stimme klingt dünn.

»Mir verbietet keiner etwas. Das weißt du wohl am allerbesten.«

Ich schnappe nach Luft. Meine Gedanken überschlagen sich. Ich will den Rubin, aber ich darf ihn nicht annehmen.

»Danke«, flüstere ich zu meiner eigenen Überraschung, strecke die Hand aus und spreize meine Finger.

Der Ring ist schöner als alles, was meine Eltern mir jemals

geschenkt haben. Dennoch beschleicht mich ein unheimliches, ein düsteres Gefühl.

»Kleine schöne Lilofee, freust du dich nicht?«, fragt Magdalena.

»Doch«, sage ich und wische mir verstohlen eine Träne aus dem Augenwinkel.

»Dann ist alles gut. Jetzt wissen wir, dass nur der Tod unsere Freundschaft beenden kann. Wir treffen uns heute Abend um acht auf dem Platz vor der Domkirche. Okay?«

»Abgemacht.«

Ich behalte den Ring. Überschäumende Freude über dieses unerwartete und großzügige Geschenk meiner besten Freundin will sich allerdings nicht einstellen. Ein kühler Windstoß lässt mich frösteln. Und der Rubin funkelt kalt am Ringfinger meiner linken Hand.

Fast fühle ich mich als Braut vor dem Hochzeitsaltar. Doch ohne zukünftigen Ehemann.

»Haben Sie noch einen Wunsch?« Die raue Stimme der Serviererin reißt mich aus meiner Erinnerung.

»Danke, nein.«

Das Pochen in der Narbe hat zugenommen.

»Andere Gäste wollen die Zeitschrift auch noch lesen können«, sagt sie verärgert und zieht das Modejournal unter meiner Hand weg.

Erst jetzt sehe ich die Zeichen, Bilder, Schnurrbärte und Schnörkel, die ich mit meinem Augenbrauenstift auf das Titelblatt gemalt habe. Mein weit geöffnetes Schminktäschchen neben mir auf dem Tisch versetzt mich in Erstaunen. Wann habe ich das denn hervorgekramt?

»Zahlen.« Anders als in meiner Jugend hat meine Stimme einen festen, fast harten Klang.

Ich sehne mich nach Grado, dem Meer, Salvatores einzigartigem Espresso und nach Ricardo. Das elektrisierende Kribbeln, das sich einstellt, sobald ich an ihn denke, bleibt diesmal allerdings aus.

Von einem Impuls getrieben, ziehe ich mein Telefon aus der Tasche und wähle seine Nummer.

Als ich die Haustür aufsperre, steht Hanno vor mir und sieht mich aus zusammengekniffenen Augen an. Sein Haar hat einen weichen Kastanienbraunton. Es erinnert mich an den Schulbeginn im Herbst und die Freude, ihn nach den großen, viel zu langen Ferien wiederzusehen.

»Was war bei Rosner mit dir los? Und wo warst du, verdammt noch mal?«

Zornig werfe ich den Regenmantel auf die Schlüsselablage.

»Ich habe mein Handy-Adressbuch nach Lenas Freundinnen und deren Müttern durchstöbert. Auch wenn es dir schwerfällt, mir das zu glauben, du bist nicht der Einzige, der sich Sorgen macht.«

»Und?«

»Nichts. Niemand weiß etwas. Oder will etwas wissen.«

Hanno macht eine unwillige Handbewegung. Unverständliches murmelnd, geht er an mir vorbei, so knapp, dass ich seinen Whiskey-Atem riechen kann.

»So früh schon?«

»Das geht dich nichts an«, erwidert er scharf.

Ich folge ihm in die Küche und setze mich auf den Drehstuhl vor der Theke. Mir gegenüber befindet sich das kleine, an der Wand befestigte Bord mit den säuberlich beschrifteten Gewürzdöschen.

Ein Muttertagsgeschenk von Lena. Stundenlang muss sie die Aufkleber mit der jeweiligen Zeichnung meiner Gewürze angefertigt haben. Es war einer der seltenen Momente, in denen mir Tränen der Rührung in die Augen stiegen und meine Kehle sich wie zugeschnürt anfühlte.

Hanno stützt sich vor mir auf die Tischplatte.

»Lilo, ich habe mich entschlossen, die Badehütte am See zu verkaufen. Sie wird schon jahrelang nicht mehr genutzt. Seit wir das Sommerhaus meines Vaters geerbt haben, waren wir nicht mehr dort. Ein Kroate oder Slowene interessiert sich für den Schuppen. Wir treffen uns heute Abend, und er sieht sich alles mal an.«

Vor Schreck bleibt mir die Luft weg. Der Boden unter meinen Füßen droht wegzukippen. Zum Glück sitze ich.

»Das geht nicht«, flüstere ich.

»Wie bitte?«

Ich muss mich zusammenreißen.

»Dunja … ich werde Dunja gleich anrufen und sie bitten, dass sie heute noch sauber macht. In dem Zustand kannst du die Hütte keinem Käufer schmackhaft machen. Da helfen auch der tolle Ausblick auf den See und die Karawanken nicht.«

Hanno sieht mich stirnrunzelnd an. »Vielleicht hast du recht. Während ich die Zeitung anrufe, die Gegend abfahre und Lenas Gesicht an Bäume und Wände hefte«, er hält mir einen Stoß Suchblätter entgegen, den ich zuvor nicht bemerkt habe, »fährst du Dunja zum Schuppen.«

Übergangslos fängt er unkontrolliert zu zittern an. »Ich habe unerträgliche Angst, dass Lena etwas zugestoßen ist. Lilo … ich weiß nicht, was ich dann mache. Ich könnte es nicht ertragen.«

»Beruhige dich. Sie ist kaum eine Nacht lang weg. Glaub mir, ich habe ein gutes Gefühl. Sie taucht wieder auf.«

Ich rutsche vom Sitz und mache einen Schritt auf ihn zu. Es erstaunt mich, was als Nächstes passiert. Von einem jähen Gefühl überwältigt, umschlinge ich meinen Mann mit beiden Armen und ziehe ihn fest an mich. Mein Mund berührt seine feuchte Stirn. Hanno stöhnt gequält auf.

»Lass das, Lilo. Hör auf damit.«

Heftig macht er sich von mir los, und zum ersten Mal, seit ich verschlafen und Lena verpasst habe, erfüllt mich tiefe Verzweiflung.

Ohne mich nach ihm umzudrehen, verlasse ich die Küche. Von draußen weht die Melodie eines Beatles-Songs herein, so als hätte jemand sein Autoradio auf volle Lautstärke gedreht. Im Vorzimmer trete ich gegen den Schuhkasten und schlucke zornig meine Tränen hinunter.

Natürlich habe ich Dunja nicht angerufen. Allein und mit pochendem Herzen radle ich den Friedelsteg entlang, zur Badehütte, die zwischen Klagenfurt und Krumpendorf liegt. Im Korb, der an der Lenkstange befestigt ist, befinden sich Scheuermittel, Bürsten und Müllsäcke. Außer dem Beatles-Song, der mir nicht mehr aus dem Kopf will, ist da nur die sanfte Brise des Fahrtwindes, die mir um die Ohren streift. Die Sonne brennt vom Himmel herab auf meine nackten Arme.

Ich lehne mein Rad an den Zaun und sperre die Gartentür auf. Als ich durch das ungemähte Gras gehe, habe ich einen Moment das Gefühl, nicht allein zu sein. Schnell drehe ich mich um, aber da ist niemand.

Zu meinem Erstaunen ist die Tür zur Hütte nicht versperrt. Argwöhnisch stoße ich sie auf und spähe in den Raum. Er wirkt unbewohnt.

Als Lena klein war, hat es uns großen Spaß gemacht, die Sommermonate am See zu verbringen. Abends fuhren wir zurück in die Stadt, durchtränkt von Sonnenöl und erfasst von einer Leichtigkeit, die sich seither nie wieder eingestellt hat.

Meine Waden schmerzen von der raschen Fahrt. Ungestüm reiße ich die beiden Fensterflügel auf und atme tief die würzige Seeluft ein.

Erst durch die anwachsenden Kopfschmerzen direkt hinter den Augen bemerke ich, dass ich meine Sonnenbrille vergessen habe. Schmerzmittel habe ich auch keines bei mir. In der Hoffnung, ein vergessenes Päckchen Aspirin zu finden, taste ich die höher befestigten Regalbretter ab.

Dabei wird mein Blick von einem Glitzern gefangen.

Direkt vor mir liegt Lenas silbernes Bettelarmband.

»Wie kommst du denn hierher?«, frage ich es.

Ich bücke mich, um unter das Abwaschbecken zu schauen. Da stehen für gewöhnlich Wischmopp, Handfeger und Schaufel sowie ein roter Eimer. Der Eimer ist da, aber nicht wie erwartet mit Putzmitteln und Tüchern gefüllt, sondern mit leeren Flaschen. Pfefferminzlikör, Ribiselwein und Pfirsichspritzer.

Lena war also hier und hat mit Freunden eine Party gefeiert. Teenager machen solche Sachen. Sich darüber aufzuregen, ist sinnlos. Die Frage ist, wann sie hier war. Die Fete ließe mich völlig kalt, wäre da nicht das eigentliche Problem, weswegen ich unbedingt allein hierherkommen musste.

Angst schnürt meinen Brustkorb ein. Ich stolpere fast über

meine eigenen Füße, als ich das lose Dielenbrett unter mir hebe. Gähnende Leere. Meine Finger tasten die Vertiefungen ab. Da ist nichts.

Der verdammte Brief ist weg.

Mit einem Stöhnen sinke ich auf den Boden. Noch einmal fahre ich mit den Händen in den Hohlraum und überprüfe jeden Winkel.

Autsch! Ich habe mir einen Speil eingezogen. Fluchend stecke ich den Mittelfinger in den Mund und spüre die danebenliegende alte Narbe. Ich verstehe das nicht. Die Kanten waren immer glatt, das Versteck gut gesichert.

Trotzdem muss Lena das geheime Fach entdeckt und den Brief an sich genommen haben.

Jetzt wundert es mich nicht, dass sie unauffindbar ist.

Inzwischen hat sich mein Kopfschmerz ins Unerträgliche gesteigert. Als ich mir vorstelle, wie mein Kind das Blatt aus dem Umschlag zieht und die aufgeklebten, aus einer Zeitung geschnittenen Buchstaben liest, steigt bittere Magensäure meine Speiseröhre hoch.

Ich habe ein Foto von dir. Du wähnst dich in Sicherheit. Zu Unrecht, denn ich bin nur ein Stück hinter dir. Ich bin dein schlimmster Alptraum.

Verzweifelt presse ich meine Hand auf den Mund, um mich nicht zu übergeben. Die Narbe brennt höllisch.

Meine arme Kleine, was muss sie sich denken?

Gegen das Sonnenlicht blinzelnd, laufe ich durch das hoch stehende Gras zum See. Die Halme kitzeln meine nackten Beine. Von einem der Grundstücke dringt das Brummen eines Rasenmähers zu mir herüber, und unverkennbar liegt der Geruch frisch geschnittenen Grases in der Luft. Das Wasser plätschert gegen die Pfosten des schmalen Holzstegs. Ich beschatte meine Augen mit der linken Hand und ärgere mich, wie so oft, über das Sonnenlicht, das durch die Lücke des fehlenden Ringfingers meine empfindlichen Augen trifft.

Es hätte alles so einfach sein können, wenn der verfluchte

Brief noch im Geheimfach läge. Lena wäre bei mir, und gemeinsam lägen wir in Grado am Strand.

In der Hoffnung auf eine Eingebung starre ich auf die sich leicht kräuselnden Wellen des Sees.

Ohne Vorwarnung starrt mich Magdalenas Gesicht aus dem Wassergrün an. Die mit Kajal umrandeten Augen sind das einzig Weibliche an ihr. Ihr Busen ist so klein, dass meine Mutter einmal abfällig von einem »Brett mit zwei Nägeln« gesprochen hat.

Jetzt steigt sie in ihrem hellgrauen Anorak, der wie eine zweite Haut anliegt, aus den Wellen. Sie trägt eine altmodische Zipfelmütze mit einem riesigen Bommel, und ein überlanger selbst gestrickter Wollschal ist um ihren Hals geschlungen. Ihre Füße, die aus zu kurzen Jeans ragen, stecken in schwarzen Herren-Eishockeyschuhen. Mit meinen weißen Schlittschuhen, den rosaroten Söckchen und der pelzumrandeten pinkfarbenen Schneejacke komme ich mir neben ihr unpassend vor. Kitschig. Püppchenhaft. Dabei hatte ich mich so sehr über meine neuen Winterklamotten gefreut. Die wollte ich unbedingt haben. Wir sind dreizehn, und obwohl Magdalena schäbig angezogen ist, sieht sie aus wie ein Fotomodell, als sie vor uns auf dem Eis ihre eleganten Kurven dreht. Hanno empfindet wohl ebenso, er kann seinen Blick kaum von ihr lösen. Als ich ihn anspreche, wehrt er mich ab.

Auf Magdalenas bleichem Gesicht leuchten rote Flecken, und ihre Augen strahlen. Mit ausgestreckten Armen winkt sie uns zu und fährt rückwärts in Richtung Seemitte.

»Los, los ihr beiden Langweiler! Ihr wisst nicht, was euch entgeht, wenn ihr weiter am Ufer herumlungert.«

Mein Ding ist das nicht. Ich fürchte mich vor dem knackenden Eis. Zaghaft mache ich ein paar Schritte und lande prompt auf meinem Hinterteil. Lachend stürmen Hanno und Magdalena auf mich zu und ziehen mich hoch. In ihrer Mitte fahre ich eine Zeit lang dahin. Gerade als ich beginne, mich sicher zu fühlen, reißt Magdalena sich los und zieht Hanno von mir weg. Arm in Arm gleiten sie über die Eisfläche. Sie wirken auf mich wie eines der Eislauf-Traumpaare aus dem Fernsehen.

Groll, vermischt mit Eifersucht und Neid, schießt in mir empor und legt sich wie eine Würgeschlange um meinen Hals. Ich könnte heulen vor Wut. Zum Glück hindert mich ein übrig gebliebener Funken Stolz daran, mir diese Blöße zu geben.

Auf unsicheren Füßen tappe ich zum Ufer zurück. Bevor ich festen Boden erreiche, bremsen Hanno und Magdalena hinter mir ab und ziehen mich johlend mit sich.

»Ich zeige euch was!«, ruft Magdalena, und dicke Wölkchen kondensierender Luft steigen aus ihrem Mund. »Es gibt eine Stelle, an der das Eis so dünn ist, dass man fast bis zum Grund sehen kann.«

Angst vor der Tiefe erfasst mich, aber ich lasse sie mir nicht anmerken. Lauthals singe ich mit den beiden einen Stones-Song.

Hannos und Magdalenas Arme sind um meine Schultern geschlungen. So gleite ich zwischen ihnen über das Eis, und die kalte Luft bringt meine Wangen zum Prickeln.

Ob sie sich hinter meinem Rücken berühren? Als ich den Kopf zu wenden versuche, schreit Magdalena: »He, Leute, wir sind da!«

Und wirklich, vor uns, mitten auf dem Wörthersee, breitet sich eine dunkle Fläche aus, die an den Rändern nass und aufgeraut ist.

»Wohl eine heiße Quelle.« Hanno kann sein Unbehagen nicht ganz verbergen.

»Nichts wie weg. Da taut es.«

Doch keiner der beiden schenkt mir Gehör.

Unter uns klirrt das Eis. Es scheint, als würde sich die Spiegelfläche bewegen. Mir wird flau, und meine Beine beginnen zu zittern. Wieder knackt es unheimlich. Ein Schwindel lässt mich taumeln.

»Angsthase.« Magdalenas Stimme klingt verächtlich.

»Die Eisschicht über dem Wasser ist viel zu dünn. Und die Geräusche gefallen mir nicht«, sagt Hanno. »Lilo hat recht. Lasst uns umkehren.«

Ich könnte ihn für seine Worte umarmen. Er hat *mich* in Schutz genommen. Magdalena sieht das ebenso, und es gefällt ihr gar nicht.

Heftig nimmt sie den Arm von meiner Schulter und meint: »Ich bleibe. Was ihr macht, ist mir egal.«

Ihr Schal weht wie ein Schleier hinter ihr her, als sie in immer engeren Kreisen die schwarzgrüne Stelle umrundet. Wir nähern uns vorsichtig und schauen gebannt zu. Es hat etwas Wildes, wie sie mit ihren glänzenden Kufen über das Eis fliegt, gerade so, als wolle sie das grollende Raubtier, das aus den Tiefen des Sees zu uns heraufsteigen will, reizen.

»Magdalena, es reicht!«

Hanno versucht, sie zu fassen, als sie an uns vorbeiläuft, doch sie entwischt ihm. Er hastet ihr nach. Ich beteilige mich nicht an der Jagd. Die Geräusche unter mir werden lauter, tosen in meinen Ohren. Die Eisfläche ist hier so durchsichtig, dass ich Gras in der Tiefe wogen sehe.

Magdalena macht einen gewagten Sprung über den dunklen Fleck hinweg und landet auf scheinbar sicherem Boden. Da gibt es einen dumpfen Knall, und das Eis reißt an einer Stelle auf. Wasser gurgelt hoch. Hanno stößt zischend die Luft aus und bleibt stehen.

»Hör sofort auf! Das ist kein Spaß mehr. Du brichst ein!«

Doch Magdalena lacht schrill und springt hoch. Rauf und runter. Das Eis unter ihr bebt. Macht grauenvolle Geräusche.

»Hör auf, hör auf!«

Bei jedem ihrer Sprünge bilden sich weitere Risse.

»Los, holen wir sie!« Hanno zieht an meinem Arm. »Komm schon!«

Ich fürchte mich wie noch nie in meinem Leben. Erfolglos versuche ich zu bremsen, mich von ihm loszumachen, habe jedoch nicht die geringste Chance. Er ist wild entschlossen, Magdalena zu fangen, und umklammert meinen Arm wie ein Schraubstock.

»Wir kriegen sie nicht!«, schreie ich.

Da bremst Magdalena knapp vor uns ab. Schnee staubt hoch.

Ihr schrilles Lachen in meinen Ohren, strecke ich die Hand nach ihr aus. Hanno lässt mich los, und durch den abrupten Ruck sause ich in ihre Richtung. Sie aber macht knapp vor mir einen Haken, fährt direkt in Hannos ausgebreitete Arme, und ich rutsche unausweichlich auf den Fleck zu.

Die Sonne verschwindet hinter den Karawanken, und gnadenlos teilt sich das Eis unter mir.

»Lilo, Vorsicht!«, brüllt Hanno, doch da bin ich schon im Wasser, das über mir zusammenschwappt.

Wie in Zeitlupe gehe ich unter. Die eisige träge Welt, in die ich tauche, schockiert mich, und die schweren Schlittschuhe ziehen mich hinab. Ich schlucke brackiges Seewasser, spucke und würge, versuche, die Luft anzuhalten. Nur meine Arme, panisch in die Höhe gereckt, sind noch über dem Wasser. Verzweifelt suchen meine Finger nach Halt, und doch gleite ich immer tiefer.

Das Einzige, woran ich in diesen Schrecksekunden denke, ist, dass das Raubtier mich holt.

Ich gebe auf, lasse mich fallen.

Dann sind da kräftige Hände, die an mir ziehen und zerren. Ich bin nur halb bei Bewusstsein, lasse alles apathisch mit mir geschehen.

Sie haben mich aus dem Wasser gezerrt, Hanno packt mich auf seinen Rücken, Magdalena hält meine Beine. So befördern sie mich zur Badehütte, die damals noch Hannos Eltern gehörte. Mir ist kalt. Meine Glieder sind steif gefroren, gefühllos, und in meinen Haaren bilden sich Eiskristalle.

Magdalena reißt mir die eisig-nasse Kleidung vom Leib. Während Hanno Tee aufbrüht, den er großzügig mit hochprozentigem Rum streckt, hüllt meine Freundin mich in Badetücher und frottiert meinen Körper so lange, bis meine Haut knallrot ist und zu brennen beginnt. Jetzt fühlt es sich an, als stächen tausend Nadeln wild auf mich ein.

Meine Lippen sind blau, ich zittere unkontrolliert. Keinen Ton bringe ich heraus. Erst als Hanno mir Tee einflößt, löst sich meine Erstarrung, und ich beginne zu weinen. Diesmal ernte ich keine verächtlichen Blicke von Magdalena.

Sie nimmt mein glühendes Gesicht in beide Hände und drückt mir einen Kuss auf die Stirn.

»Es tut mir leid, Lilofee. Ich hätte einbrechen sollen. Bitte verzeih mir.«

Dann wärst du jetzt tot, denke ich, denn ich hätte *dich* nicht gerettet.

Ein Geräusch lässt mich herumfahren, die Erinnerung fällt von mir ab. Doch außer mir ist niemand zu sehen. Wieder macht sich meine Narbe unangenehm bemerkbar. Mit steifen Gliedern stehe ich auf und gehe zurück zur Hütte.

Was, wenn *er* mich beobachtet?

Es raschelt, und aus den Augenwinkeln sehe ich eine schmale, dunkel gekleidete Gestalt mit einem sehr breiten Strohhut außerhalb des Grundstückes am Zaun entlanglaufen. So schnell ich kann, renne ich hinterher. Doch als ich die kleine Unterführung, die den Weg mit der Hauptstraße verbindet, erreiche, ist sie verschwunden.

Irgendetwas an ihren Bewegungen kam mir sehr bekannt vor.

Verfolgte ich eben meine verschwundene Tochter?

7

Einige Wochen zuvor

In der kleinen Wohnung in Klagenfurt wirbelten seine Schritte Staub auf. Die Sonnenstrahlen, die ihren Weg durch die schmutzigen Fenster fanden, machten ihn sichtbar. Von überall her schienen kleine Wolken aufzusteigen. Hier zu putzen, würde eine Menge Zeit in Anspruch nehmen. Schon allein der Gedanke daran kostete Kraft. Kurzerhand beschloss Emil, dass es sich nicht lohnte, sauber zu machen.

Was kratzte es ihn, in welchem Zustand Onkel Gustav die Wohnung vorfand.

Immerhin, sie war fast leer geräumt, denn längst schon waren Vorratsregale und Kühlschrank geplündert, die Kleinmöbel und ein Gästebett verkauft und buchstäblich alles, was nicht niet- und nagelfest war, verhökert. Viel hatte er daraus freilich nicht lukrieren können.

Verdrossen öffnete Emil die Tür zum kleinen Abstellraum, den sein Vater zu einer Dunkelkammer umgebaut hatte.

Sein alter Herr, der immer viel Zeit in den Bergen verbrachte, hatte Hunderte Pflanzen fotografiert, ebenso wurden alle Tiere, die ihm vor die Linse liefen, geknipst. Momentaufnahmen von Landschaften, die sein Vater gern als »Natur an sich« bezeichnet hatte, waren gleichsam von ihm verewigt worden. Er fotografierte Sonnenauf- und Sonnenuntergänge zu jeder Jahreszeit, und das immer gleiche Bergpanorama fand sich auf unzähligen Fotos. Dutzende Alben, so pedantisch wie phantasielos beschriftet, und eine Menge ungeordneter Bilder, in großen Kartons gelagert, zeugten von der talentlosen Besessenheit ihres Erzeugers.

Unverkäuflicher Schrott.

Die Luft in der Kammer war stickig. Emil öffnete die Tür weit und knipste das Licht an. Eine einzelne Glühbirne, sein Vater hatte sie zärtlich als »russische Beleuchtung« bezeichnet, baumelte von der Decke und tauchte den Raum in ein schummriges Licht. Die schwarz gestrichenen Wände und der dunkle Plafond verstärkten den düsteren Eindruck des Raumes noch.

Sein Vater hatte alles, was mit der »dunklen Kammer« zu tun gehabt hatte, wörtlich genommen. Gegen seinen Willen musste Emil grinsen. Ein komischer Kauz war er schon gewesen, sein alter Herr.

In Momenten wie diesen verdrängte das Gefühl der Sehnsucht, das Wissen um einen unwiederbringlichen Verlust, den Zorn, der sich in Emil festgesetzt hatte. Erinnerungen an erfüllende Bergtouren und das gemeinsame Entwickeln von Vaters Fotografien versetzten ihn in einen Zustand der Wehmut.

Bevor Emil die Kammer ausräumte – vielleicht fand sich doch noch etwas Brauchbares –, wollte er sich einen guten Tropfen aus der Hausbar gönnen. Klar, er hatte sich schon häufig und dazu großzügig bedient, sodass von den edlen Sorten nichts mehr da war, aber es standen ihm noch die Selbstgebrannten zur Verfügung, an denen es sich erfolgreich abzuarbeiten galt. Für Onkel Gustav sollte jedenfalls kein einziges Gläschen übrig bleiben, zumindest dieses gesteckte Ziel wollte der ansonsten eher ehrgeizlose Emil unbedingt erreichen. Und was das betraf, war er auf einem guten Weg.

Der Marillenschnaps hatte es ihm besonders angetan. Leider aber stand auch hier der Pegel beinahe auf null.

Sein Vater, der die Schnäpse früher selbst brannte, hatte Emil immer dabeihaben wollen. Zu gern hätte er aus ihm einen Schnapsbrenner, Fotografen oder Bergsteiger gemacht, im Idealfall eine Mischung aus allen dreien. Doch Emil hatte an dieser erzwungenen Gemeinsamkeit schon als Bub wenig Interesse gehabt. Nur in die Berge ging er gern mit, die anderen Hobbys seines Vaters ließen ihn kalt. Nichtsdestoweniger hatte er deren Techniken erlernen müssen. Er zeigte jedoch so großen Unwillen, dass sein Vater irgendwann nicht mehr auf seiner Anwesenheit bestand und fortan allein in der Dunkelkammer und – bedeutend fröhlicher – im Schnapsbrennkeller unter der Almhütte arbeitete.

In der stickigen Kammer bückte Emil sich und zog den Eimer mit den Chemikalien unter dem Tisch hervor. Beim

Aufstehen krachte er mit dem Rücken gegen ein Regalbrett. Emil ging fluchend zu Boden, ihm folgte ein Gegenstand. Er wollte ihn schon achtlos beiseiteschieben, als er bemerkte, dass es eine Ledertasche war, die da auf dem schwarzen Linoleumboden lag.

Vorsichtig öffnete er den Verschluss und zog einen unmodern wirkenden Fotoapparat hervor. Er glaubte ihn zu erkennen, hatte seinen Vater aber selten damit fotografieren gesehen. Beschädigt schien bei oberflächlicher Betrachtung nichts zu sein, sogar ein unentwickelter Film, vor Jahren vergessen, steckte noch im Gehäuse.

In sentimentaler Stimmung und von der Marille befeuert, beschloss er, die Bilder zu entwickeln.

Ein letztes Mal, für Papa, wollte er hier noch werken, dann alle Utensilien wegwerfen und die Chemikalien vorschriftsmäßig entsorgen.

Nachdem er den Türschlitz mit einem Lappen verdunkelt und Entwicklertank und -spule vorbereitet hatte, zog er die ekligen gelben Gummihandschuhe seines Vaters über. Früher hatte er die einzelnen Arbeitsschritte ständig nachlesen müssen und sich häufig in der Abfolge geirrt. Inzwischen gingen sie ihm leicht von der Hand.

Der eingespulte Film war jetzt im Tank, und Emil mengte die notwendige, wohltemperierte Menge Wasser bei. Er wusste: je weniger Filme im Bottich, desto kürzer die Entwicklungszeit. Um die Stoppuhr seines Handys zu betätigen, schirmte er es mit seinem Körper ab. Kein noch so zarter Lichtstrahl sollte die Arbeit gefährden. Alle dreißig Sekunden schüttelte er den Tank mit kräftigen Armbewegungen, damit sich die Luftbläschen auf dem Film lösten. Dann goss er den restlichen Entwickler in einen Kanister, schüttete den angesetzten Fixierer in den Tank und startete abermals die Stoppuhr. In der Wartezeit klärte er die abgeknipste Filmlasche. Wieder kippte er den Tank hin und her. Dann spülte er mit frischem Wasser, versetzt mit ein wenig Netzmittel, die Reste der Chemikalien aus.

Zum Trocknen befestigte er die Filme mit Klammern auf der Wäscheleine, die sein Vater hoch über dem Waschbecken gespannt hatte. Obwohl ihn die Arbeit nicht anstrengte, war seine Stirn schweißnass.

»So.« Emil atmete durch. »Der erste Teil wäre geschafft.«

Nun musste er warten, bis er die durchgetrockneten Streifen in Bilder schneiden, abziehen und schließlich durchsehen konnte. Seiner Erfahrung nach dauerte das etwa zwei Stunden.

Mit gierigen Zügen rauchte er eine selbst gedrehte Zigarette.

Die Zeit vertrieb er sich mit »Piz Palü«, einem alten Luis-Trenker-Film. Sein Vater besaß neben dem Fernsehapparat erstaunlicherweise noch immer einen Recorder und einige Bergvideos. Die Kassette blieb zwar immer wieder stecken, doch die Handlung des Films war Emil so vertraut, dass er die defekten Stellen vorspulen konnte, ohne etwas zu versäumen. Fast hätte er die Fotos vergessen, so sehr zog die spannende Handlung ihn in ihren Bann.

Er stand auf und streckte sich. Seine Gelenke und Knochen gaben knackende Geräusche von sich.

»Als wäre ich eingerostet«, sagte Emil wehleidig und gönnte sich ein weiteres Gläschen.

Bei einer ihrer Wanderungen am Radsberg hatte sein Vater mit ihm in einem Gasthaus haltgemacht, um Kasnudeln mit Krautsalat zu essen, erinnerte er sich. Danach zeigte er ihm die bleichen Gebeine und Totenköpfe auf dem Boden eines Karners. Fast wäre Emil das Mittagessen wieder hochgekommen.

Um das Bild loszuwerden, trat er vor den Spiegel und grinste sich an. Zog die Mundwinkel hinunter und wieder nach oben. Am Ende seines Mimikspiels blieb der traurige Clown übrig, der er war.

Nur ungern sah er sich seinem Konterfei gegenüber, da half auch kein gekünsteltes Lächeln. Er hatte Fett angesetzt. Das gab seinem Gesicht etwas Pausbäckiges. Die roten Äderchen auf den Wangen stammten wohl vom regelmäßigen Alkoholgenuss. Sein Haar lichtete sich seit geraumer Zeit, daher ließ er es wachsen und kämmte es über die kahlen Stellen. Früher hatten seine Pupillen einmal die mattgrüne Farbe des Mooses auf den Almen gehabt, jetzt wirkten sie verblasst. Das Weiß seiner Augen zeigte einen Stich ins Gelbliche – wie die Blätter von Tulpen, deren Stiele zu lange im Wasser gestanden hatten. Seine Wimpern waren kürzer, auch spärlicher als früher, und er überlegte, ob sie ihm wohl eines Tages ganz ausfallen würden.

Mit einem Aufseufzen löste er sich von seinem Spiegelbild und öffnete die Tür zur Dunkelkammer.

Der einsame Negativstreifen, der von der Wäscheleine herabhing, erinnerte ihn absurderweise an die Faschingsgirlanden seiner Kindheit.

Behutsam löste er die Klammer von der Bilderfolge. Wieder schlich sich dieses merkwürdige Gefühl der Rührung ein, und er sah sich neben seinem Vater auf die Koschuta wandern.

Das war vor fünf Jahren gewesen. Er hatte sich in den Kopf gesetzt, mit seinem Vater die Mela, einen Teil der Koschuta, bekannt für ihre pittoresken Steinformationen, zu durchsteigen. Sein alter Herr sollte stolz auf ihn sein. Wenigstens einmal. Doch schon auf dem Parkplatz war erster Unmut aufgekommen. Sein Vater wollte es sich nicht nehmen lassen, alles selbst zu bestimmen, angefangen bei der Gehgeschwindigkeit bis hin zu den Pausen. Bei der alten Mühle zweigte er stur in die falsche Richtung ab, und Emil musste ihn geradezu auf den richtigen Weg zwingen. Als sie nach zwei Stunden endlich den Potoksattel erreichten, war sein Vater, der sonst über ausdauernde Kräfte verfügte, am Rande eines Zusammenbruchs. Er atmete schwer, und seine Haut fühlte sich klamm an. Sie schafften es gerade so bis zum nahen Naturfreundehaus. Dort überlegte der Hüttenwirt, den Rettungshubschrauber zu rufen, doch nach einer kurzen Ruhepause und einem kräftigen Schluck Zwetschgenschnaps erholte sich Emils Vater. Sein Atem ging wieder gleichmäßig, und das heftige Zittern der Hände ließ nach.

Sosehr sich Emil auf die wildromantische Welt der Mela Koschuta mit ihren interessanten Gesteinszonen, Felstürmen, blühenden Wiesen und der herrlichen Aussicht gefreut hatte, nach dem Schwächeanfall seines Vaters erschien es ihm sicherer, den Ausflug abzubrechen. Auch wenn der alte Herr heftig protestierte, wirkte er doch erleichtert und marschierte, langsamer als sonst, neben Emil zurück zum Parkplatz. Er überließ ihm sogar seinen Rucksack.

Im Nachhinein sah Emil diesen Zusammenbruch als erste Vorankündigung des Herzinfarktes an, der seinen Vater nur wenige Jahre später dahingerafft hatte.

Entschlossen schüttelte er die Gedanken ab, setzte seine verschmierte Lesebrille auf und begann, die Fotos zu sichten. Die üblichen Sonnenauf- und -untergänge, Landschaft und, wenn er richtig sah, auch ein oder zwei Gämsen im Fels. Er konnte nicht sagen, aus welchem Jahr die Aufnahmen stammten. Zwar erkannte er auf einem der Fotos die damals neuen Bergschuhe seines Vaters, die in ihrer außergewöhnlichen gelben Farbe dem Auge beinahe wehtaten, und hatte daher eine vage Ahnung, wann die Bilder aufgenommen worden waren, aber genau ließ sich das nicht bestimmen.

Doch was war das?

Auf einigen der letzten Fotos waren, ganz am linken Rand, zwei junge Mädchen abgelichtet, so um die achtzehn Jahre alt. Sie waren ziemlich weit entfernt, und Emil nahm an, dass sie nur zufällig ins Bild gerutscht waren, aber sie waren eindeutig leicht bekleidet. Sein Interesse erwachte. Er holte das Vergrößerungsglas aus der Lade des Tisches und begann, die Fotos, auf denen die Mädchen zu sehen waren, zu studieren. Soweit er es durch die grobkörnige Vergrößerung der Lupe beurteilen konnte, waren an jenem Tag zwei recht hübsche Exemplare in den Sucher von Vaters Apparat geraten, jedenfalls ansehnlicher als die Gämsen im Vordergrund.

Dann, ohne Vorwarnung, begann die Dunkelkammer um ihn herum zu schwanken. Doch vielleicht war es auch Emil selbst, der den Boden unter den Füßen verlor. Entsetzen hatte ihn erfasst.

8

Simon Rosner legt seine Hand an die Stirn, um sich vor den schrägen Sonnenstrahlen zu schützen.

Sie.

Er kann nicht glauben, wen er da sieht.

Doch sie ist es wirklich.

Einen Moment lang ist er versucht, seinem Fluchtimpuls nachzugeben, sich rasch umzudrehen und in die andere Richtung davonzulaufen. Weg von seiner Wohnung, die er eben betreten wollte. Weit weg von ihr. Sie aber hat ihn bereits gesehen und eilt auf ihn zu.

»Simon. So ein Zufall!«

Sein Herz klopft bis zum Hals. Wieder steht ihm Schweiß auf der Stirn und sammelt sich unter seinem Hemd.

Er fühlt eine beängstigende Schwäche.

»Simone. Was für eine Überraschung«, murmelt er und schaut betreten zu Boden.

Der Asphalt glüht unter der Hitze des Nachmittags. Rosner ist vom Polizeirevier hergelaufen und mächtig ins Schwitzen gekommen.

»Ich habe oft an dich gedacht, im Guten wie im Bösen.«

Seine Ex-Frau macht eine Pause, sie ist außer Atem, und Rosner kann nicht anders, als sie anzustarren. Sie hat sich verändert. Ihre ehemals langen brünetten Locken trägt sie jetzt so kurz, dass sie sich eng an ihren Kopf legen und ihre ovale Gesichtsform betonen. Die braunen Augen wirken dadurch noch größer.

Als er sie am Tag der Scheidung zum letzten Mal sah, war ihr Gesicht vom Kummer gezeichnet und sie wog kaum mehr als fünfundvierzig Kilo.

»Simon«, fährt sie fort, »ich bin froh, dass wir uns begegnen. Ich möchte mit dir reden. Das heißt: Ich muss mit dir reden.«

Simone war bis zu Klaras Geburt eine von den Frauen gewesen, die, kaum dass sie einen Raum betreten, die Aufmerksamkeit aller auf sich ziehen. Sie wusste genau, auf welche Knöpfe sie bei den Menschen drücken musste – um sie zu ärgern, etwas von ihnen zu bekommen, sie zu reizen oder aber auch einfach nur glücklich zu machen.

Als könne sie seine Gedanken lesen, lächelt sie, wird allerdings gleich darauf wieder ernst. Er kann sich ihrem auffordernden Blick nicht entziehen.

»Was willst du? Zwischen uns ist alles gesagt. Bereits seit sehr langer Zeit.«

Seine heisere Stimme straft ihn Lügen.

»Das finde ich nicht. Lässt du mich bitte ins Haus? Ich zerfließe bei diesen tropischen Temperaturen.«

Dabei wirkt sie in ihrem hellgelben Sommerkleid kühl und sehr beherrscht.

Als sie an ihm vorbei in die Wohnung schlüpft, in der er seit der Trennung von ihr wohnt, kann er nicht anders, als ihren Duft wahrzunehmen. Sie riecht so wie früher, nach frisch gewaschener Wäsche, die im Sommerwind trocknet.

Die Erinnerung an Klara ist auf einmal so gegenwärtig, dass Simon in seinen Handrücken beißt. Gerade so, als könne der eine, der leichte Schmerz den anderen großen vorübergehend betäuben.

»Erschrick nicht vor dem Chaos. Ich war lange nicht hier und habe nicht aufgeräumt, bevor ich die Wohnung verließ.«

Er denkt an die trübe Zeit, als er im Alkoholdunst zwischen Pizzakartons und unerledigten Akten versank. Da taucht Alices hageres Gesicht mit den blauen Strähnchen im dunklen Haar vor ihm auf.

Auch sie ist hier gewesen. Hat sich hier mit ihm gestritten, hat ihn hier geliebt und ihm kurz vor ihrer Weltreise genau hier ein Ultimatum gesetzt.

Er spürt noch, wie sie seine Hand nahm und ihn anschrie: »Rosner, damit ist jetzt Schluss. Ein für alle Mal.« Wahrscheinlich war ihr Auftauchen in jenem Moment entscheidend dafür, dass er den Entzug gemacht hat.

Und jetzt gilt es durchzuhalten.

»Da wohnst du also?« Simones volle Lippen kräuseln sich. Sie ist noch nie hier gewesen. Klaras Tod steht zu quälend zwischen ihnen.

Anders als erwartet herrscht kein Chaos. Zwar hatte er in der Zeit, als er auf seine Therapie wartete, sämtliche Flaschen und Dosen aus der Wohnung entfernt, zu einem Generalputz konnte er sich aber nicht aufraffen. Doch weder Papier noch Geschirr stapelt sich auf dem Tisch, die Wohnung ist frei von Unrat, nicht mal die Luft riecht verbraucht. Jetzt fällt ihm wieder ein, einem der Pfleger im Klinikum einen Reserveschlüssel, etwas Geld und die Adresse seiner ehemaligen Putzfrau gegeben zu haben. Vieles von dem, was er zu Beginn seines Entzugs getan hat, ist unter einer dicken Eisschicht begraben.

Simone setzt sich auf die Couch und verschränkt die schlanken, leicht gebräunten Beine. Etwas verlegen streicht sie ihr Kleid über den Knien glatt.

Sie ist noch hübscher als früher, stellt Rosner fest und fragt hastig: »Wasser? Was anderes habe ich nicht.«

Sie sieht ihn ungläubig an. »Kein eiskalter Drink an diesem brütenden Nachmittag?«

»Jedenfalls keinen mit Alkohol. Ich bin seit Wochen trocken.«

Sie lächelt. »Ein Glas Wasser wäre genau richtig.«

Er geht in die Küche. Simone folgt ihm und legt ihre kühle Hand auf seine. »Das war ein mutiger Schritt, Simon. Ich bin stolz auf dich.«

Er zieht seine Hand weg. »Es gibt da jemanden. Sie heißt Alice. Ich mag sie sehr. Ich glaube, es ist etwas Ernstes.«

Selbst in seinen Ohren klingen die Worte trotzig und abgehackt, gerade so, als müsse er sich selbst etwas beweisen.

»Dann ist ja alles in Ordnung.« Simone setzt sich wieder, streicht über ihr Haar und leert das Glas in einem Zug.

»Nicht alles, aber ich bin dabei, mein Leben wieder auf die Reihe zu bringen. Mein Kollege bringt mich nachher zurück in die Klinik nach Villach. Ich bleibe noch einige Zeit dort.«

»Er muss dich nicht fahren. Ich kann dich mitnehmen. Fährst du nicht mehr selbst?«

Irgendetwas an der Art, wie sie fragt, stört ihn.

Rosner geht zum Fenster und lässt die sonnendurchtränkte Nachmittagsluft in den Raum.

»Hübsch hast du es hier.« Simone sieht sich um. »Nur ein Foto von unserer Klara fehlt.« Tränen steigen in ihre Augen und lassen das Braun zu einer unbestimmbaren Farbe verschwimmen. Sie presst ihre Lippen fest zusammen, vielleicht, um nicht noch mehr zu sagen. Als sie sich schließlich entspannt und den Mund leicht öffnet, schießt das Blut zurück und verwandelt das lilastichige Grau in ein flammendes Rot.

»Da, schau, das trage ich immer bei mir.« Mit zitternden Fingern hält er ihr Klaras Bild entgegen.

Sie nimmt es zögernd, so als hätte sie Angst, es zu berühren, und betrachtet es eine Weile stumm.

Gerade als er die Stille zwischen ihnen durchbrechen will, macht sie ein unterdrücktes Geräusch, und Simon sieht, dass sie weint. Er lässt sich neben ihr aufs Sofa sinken und legt den Arm um ihre Schulter. Simone drückt sich an seine Seite, und er streichelt vorsichtig über ihre kurzen Locken. Wie weich sie sich anfühlen.

Es ist etwas Neues zwischen sie getreten. Etwas, das er nicht einordnen kann. Etwas, das er nicht braucht.

Kein einziges Mal nach dem Unfall hat sie in seiner Gegenwart geweint. Nein, er bekam seinen täglichen hochgiftigen Cocktail aus Hass, Zorn und Wut von ihr serviert. Aber geweint hat sie nie.

Als wäre Unglück eine ansteckende Krankheit, enthielten ihm auch Freunde, Verwandte und Kollegen ihre Gefühle vor und vermieden es nicht nur, über Klara zu sprechen, sondern zogen sich zudem langsam von ihm zurück. Vielleicht auch aus Furcht, das Falsche zu sagen, oder aus Angst, seinen Schmerz zu spüren, weinen zu müssen und damit die Situation noch unerträglicher zu machen. Dabei waren sie als Klaras Eltern doch bereits am Boden, und nichts und niemand könnte es verschlimmern.

So jedenfalls dachte Rosner damals – und irrte.

Zur Verzweiflung über Klaras Tod kam der Schmerz über das Scheitern seiner Ehe. Simone und er ließen sich gegenseitig im Stich und mit ihrem Kummer allein.

Und jetzt weint Simone seinen Hemdkragen nass.
Rosner räuspert sich.
»Ich weiß«, flüstert Simone, »aber ich bin so froh, dass ich endlich weinen kann. Danke, Simon. Danke.«
Sie rückt von ihm ab und zieht ein Papiertaschentuch aus ihrer Handtasche. Während sie sich schnäuzt, überlegt er krampfhaft, was er sagen soll. Seine Gefühle sind widersprüchlich. Neben der Freude über ihre Bereitschaft, sich ihm gegenüber zu öffnen, spürt er immer noch die tiefe Verwundung, die sie ihm zugefügt hat.
»Simon«, kommt sie ihm zuvor, »dass ich mich eben so gehen ließ, heißt nicht, dass ich vergessen habe, dass du unser Kind getötet hast.«
Hat er richtig gehört?
Augenblicklich fühlt sich sein Inneres verbrannt an. Vor seinen Augen flimmern dunkle Sternchen, die kaum vom Flirren des gleißenden Sonnenlichts zu unterscheiden sind.
Das Schrillen seines Handys reißt ihn aus seiner Erstarrung. Benommen hält er es ans Ohr.
»Wann soll ich Ihnen Olivotto schicken?«
»Gleich. So schnell es geht«, murmelt er. Lauter fügt er hinzu: »Ich bin hier fertig. Er soll mich jetzt holen. Ach, Spahic, bevor ich es vergesse: Haben Sie die Genehmigung für die Handypeilung der Grabner-Tochter?«
»Die müsste jeden Augenblick gefaxt werden.«
Er drückt auf die Aus-Taste und dreht sich zu Simone um. »Komm«, sagt er leise und macht eine Geste in Richtung Tür.
Sie sieht ihn mit ihren großen braunen Augen an. »Simon«, sagt sie nach einer Weile, »es geht immer noch manchmal mit mir durch. Trotz Therapie. Verzeih mir.«
»Wieso? Du hast ja recht, ich bin schuld. Durch mich ist unser Kind gestorben.« Es ist nichts Bitteres mehr in ihm, nur das Erkennen, die Wahrheit angenommen zu haben. Er spürt keinen Groll gegen Simone und ihre schmerzend hingeschleuderten Worte. Er weiß, mehr als je zuvor, dass das ihre Art ist, mit dem Tod ihres Kindes fertigzuwerden.
Als sie etwas sagen will, nimmt er sie in die Arme.

»Simon, bitte … ich …«

Doch Rosner hält sie einfach nur fest. Als Olivotto läutet, zieht er Simone sanft, aber bestimmt nach draußen und die Tür hinter ihnen ins Schloss.

Die Fahrt über redet er nicht. Aber sein Schweigen ist kein angespanntes, sondern ein müdes, erschöpftes. Olivotto scheint das zu bemerken, denn er hält ausnahmsweise die Klappe.

Rosner ist so in sich versunken, dass er beinahe das Läuten seines Handys überhört hätte. Erst auf Olivottos Bemerkung hin löst er sich aus seiner Trägheit. Sie stehen bereits auf dem Parkplatz vor der Entzugsklinik. Auch das hat er kaum mitbekommen.

»Rosner«, ruft Spahic aufgeregt, »wir haben eine Ortung.« Überlaut gibt sie ihm die Koordinaten von Lena Grabners Handy durch.

»Los, Olivotto. Tippen Sie die Adresse ins Navi und geben Sie Gas.«

Die einsetzende Dämmerung senkt sich über die Stadt und dämpft die leuchtenden Farben der Sommerblumen.

Auf einmal ist Rosner wieder munter, fühlt sich erfrischt, unternehmungslustig. Er setzt sich aufrecht hin und schaut entschlossen aus dem Fenster, als sie losrasen.

9

Nach dem Abendessen blättert Hanno ruhelos die Seiten der Zeitung durch. Das Papierrascheln nervt mich und verstärkt den Zorn, der mich erfasst hat.

»Die sind unfähig. Polizei und Schreiberlinge, alle zusammen«, mosert Hanno. »Kein Wort von unserer Lena. Nirgends.«

»Ist auch besser so.« Es gelingt mir kaum, den Ärger in meiner Stimme zu unterdrücken. »Sie wird ebenso unerwartet auftauchen, wie sie abgetaucht ist. Peinlich, wenn die Geschichte grundlos im ganzen Land zu lesen wäre.«

Stirnrunzelnd schaut Hanno mich an und knallt die Tageszeitung auf den Tisch. »Was redest du da? Je mehr Leute wissen, dass Lena verschwunden ist, umso mehr suchen nach ihr, und damit steigt die Wahrscheinlichkeit, dass sie gefunden wird. Ich rufe noch mal bei der Zeitung an.«

Er telefoniert einige Zeit in einem drohenden Tonfall. Ich kann ihn vor mir sehen, wie er in seinem Arbeitszimmer auf und ab läuft.

Wie naiv ist Hanno eigentlich? Aber ich lasse ihm seine Gutgläubigkeit. Soll Lenas Bild eben morgen unter der Überschrift »Vermisst« auf einer der Seiten erscheinen. Unangenehm, aber keine Katastrophe.

»Ich habe nicht die geringste Lust, mich mit dir zu streiten«, sage ich, als er an den Tisch zurückkehrt. »Also reg dich nicht auf, sondern hör zu.«

Ich werfe die Zeitung in den Karton mit dem Altpapier und schmiere mir ein Käsebrot. Obenauf häufe ich eine Ladung Kresse.

Hanno trommelt ungeduldig mit den Fingerspitzen auf den Rand seines leeren Tellers. »Wobei soll ich zuhören? Beim Runterschlucken vom Camembert?«

Ich übergehe die Bemerkung, strecke die Beine aus und leere mein Saftglas.

»Ich habe Lena heute gesehen.«

»Wie bitte? Und das sagst du erst jetzt? Wo? Wann? Um wieviel Uhr genau?«

»Bei der Badehütte. Besser gesagt, auf dem Weg davor. Sie ist vor mir davongelaufen, und sie hatte sich ein wenig verkleidet, trug einen Schlapphut, eine riesige Sonnenbrille und komische Klamotten.«

»Das könnte irgendjemand gewesen sein. Wie kannst du behaupten, Lena gesehen zu haben?« Hanno steht kopfschüttelnd auf und räumt den Tisch ab. Er steckt das Besteck in den Spülkorb. Messer und Gabeln klirren. Das Geschirr lässt er achtlos auf der Anrichte stehen. Er ist ein Meister der halben Sachen. Bedächtig füllt er sein Weinglas mit Wasser.

»Wie ich das behaupten kann? Weil ich mir sicher bin. Sie war es. Ich erkenne ja wohl mein eigenes Kind«, sage ich zu seinem breiten Rücken.

Hanno dreht sich um. »Und warum sagst du mir das erst jetzt? Wir hätten gemeinsam nach ihr suchen können. Jede Sekunde zählt. Wenn das wirklich Lena war, ist sie inzwischen vielleicht meilenweit entfernt.«

Er sieht aus, als wolle er mich ohrfeigen.

Ich stehe auf und mache einen Schritt von ihm weg. »Du bist wie üblich unlogisch und gehst entschieden zu weit. Lena wollte nicht, dass wir sie finden. Es ist genau so, wie ich vermutet habe. Aus irgendeinem Grund hält sie uns zum Narren. Ich glaube sogar, sie wollte, dass ich sie bemerke.«

»Hat Dunja sie auch gesehen?«, fragt er mich aufgeregt.

»Dunja?« Ich hoffe, er bemerkt mein kurzes Zögern nicht. »Die war gar nicht dort. Ich konnte sie nicht erreichen und habe daher allein geputzt.«

Hanno wirft mir einen zweifelnden Blick zu. »In einer halben Stunde treffe ich den Interessenten. Ich hoffe, die Bude ist sauber.«

»Ist sie.«

»Ich muss Simon von dem Vorfall berichten.« Er zieht das Handy aus der Tasche seiner Jeans.

»Lass Rosner aus dem Spiel.« Ich nehme ihm sein Smartphone weg und gehe damit zum Fenster.

»Was soll das jetzt wieder?« Er verstummt, als das Telefon in meiner Hand zu schrillen beginnt.

»Rosner«, murmle ich und reiche es ihm.

»Simon«, sagt er atemlos, »ich wollte dich eben anrufen. Lilo glaubt, Lena gesehen zu haben. Sie hat es mir gerade erzählt.« Er hört einen Moment lang zu, zieht zischend die Luft ein und reißt seine Augen theatralisch weit auf. »Was? Was sagst du da? – Lilo, sie haben Lenas Handy geortet und einen Streifenwagen zu der Adresse geschickt!«, ruft er mir zu und redet dann aufgeregt auf Rosner ein. »Bitte, Simon, sag mir, wo sie ist. Ich setze mich sofort ins Auto und fahre los.«

Anscheinend verneint Rosner, denn Hanno verzieht unwillig seinen Mund.

»Okay«, sagt er, nachdem er eine Weile zugehört hat, »dann versprich mir bitte, falls ihr sie findet, dass du sie persönlich nach Hause bringst. Simon, sag ihr, du bist ein alter Freund von uns. Das wird sie beruhigen. Lena ist sehr sensibel, und ich möchte sie nicht noch zusätzlich aufregen.«

Was fabuliert er da vor sich hin? Unsere Tochter, sensibel? Mir gegenüber sicherlich nicht. Und Rosner in unserem Haus? Ich habe nicht das geringste Verlangen, den alten Saufkopf hier zu treffen.

Meine Narbe beginnt zu jucken.

»Lilofee.« Hannos Stimme überschlägt sich vor Freude über die angekündigte Rückkehr des verlorenen Kindes. »Versprich mir, nett zu ihr zu sein, und sei bitte freundlich zu Simon.«

»Was erhoffst du dir?«, frage ich und bemühe mich um einen eisigen Ton und ein eingefrorenes Gesicht. Ich bin schließlich nicht gut auf ihn zu sprechen, und das soll er merken. »Was ist mit dem potenziellen Käufer der Hütte? Lässt du den jetzt warten?«

»Ach, der. Den rufe ich gleich an und verschiebe den Termin. Lena ist wichtiger. Freust du dich gar nicht, dass unser Kind wohlbehalten zurückkommt?«

»Natürlich freue ich mich. Wie eine Schneekönigin. Und sobald alles in bester Ordnung ist, fahre ich zurück nach Grado. Ob Lena mitkommt oder nicht, soll sie selbst entscheiden. Ich habe keine Lust auf eine weitere Szene dieser Schmierenkomödie.«

Hanno schaut mich so gekränkt an, als wäre er der Hauptdarsteller in diesem Theaterstück. Ein Grund mehr, endgültig den Schlussstrich zu ziehen.

»Tu, was du nicht lassen kannst. Bevor du fährst, sollten wir aber mit Lena reden. Für ihr Verschwinden gibt es sicher einen Grund. Vielleicht hat ihr jemand Gewalt angetan. Nicht auszudenken.« Hanno schaudert.

Es schellt an der Haustür.

»Papa!« Mit einem Aufschrei stürzt Lena in Hannos Arme.

Mich beachtet sie nicht.

Rosner und ein uniformierter Polizist beobachten selbstgefällig die Szene. Mit einem dümmlichen Lächeln schiebt sich der Beamte hinter Rosner ins Haus. So einer wird sicher häufig draußen vergessen.

Ich bemühe mich, der von mir erwarteten Rolle gerecht zu werden. »Möchte jemand Tee? Oder etwas Stärkeres?«

Rosner wendet den Blick ab.

»Nun setzt euch erst mal.« Jovial bietet Hanno, Lena im Arm, allen Platz im Wohnzimmer an. Die Küche hätte es auch getan. Rosner verschwindet im Grau unserer Sofas, die Uniform des Polizisten hebt sich erfrischend bunt davon ab.

»Eure Tochter ist gern mit uns gekommen«, beginnt Rosner.

Ich habe nichts anderes erwartet. Hätte sie sich an das Tischbein klammern sollen?

Lena achtet weiterhin beharrlich darauf, dass unsere Blicke sich nicht treffen. Langsam lässt sie sich auf der Kante der Couch neben Hanno nieder. Das helle Schneebild an der Wand hinter ihr verstärkt den Rotton ihres Haares.

»Möchtest du uns erzählen, warum du deine Eltern in Angst und Schrecken versetzt hast?«, höre ich Rosner mit ruhiger Stimme fragen.

»Ich habe … einen Freund im Bus … getroffen.« Lena verhaspelt sich und setzt hinzu: »Wir wollten uns einen schönen Nachmittag machen, sind in Villach ausgestiegen, zu ihm gegangen – er wohnt dort – und dann … wir haben einfach die Zeit übersehen. Als wir bemerkten, wie spät es geworden war, wusste ich nicht, was ich tun soll. Der Bus war längst ohne mich in Grado angekommen. Ich bekam Angst vor Mamas Reaktion. Sie kann so wütend werden.«

Aha, denke ich, so einfach machst du es dir.

Ich will etwas sagen, aber Hanno hält mich mit einer Handbewegung zurück.

»Lass gut sein, Lilo. Lena ist wieder da. Nur das zählt.«

Mein Mann ist unglaublich leicht zu beeindrucken.

10

»Besuch für Sie.«

Ein Pfleger, mit dem er sich manchmal über Rennautos unterhält, steht in der Zimmertür und sieht ihn auffordernd an.

Rosner erwidert den Blick. »Wer?«

Er vermutet Brunner oder einen der anderen Kollegen.

»Eine Frau, sie wartet in der Cafeteria auf Sie.«

Dann eben Spahic. Alles besser, als in die Ergotherapie zu müssen, um sich mit klebriger Knetmasse und feuchtem Ton herumzuschlagen, um zu allem Überfluss ein Keramikwesen zu töpfern, das seine Alkoholabhängigkeit darstellt. So ein Unsinn.

»Sie wissen«, der Pfleger deutet auf den Stundenplan, der an der Wand befestigt ist, »wir sehen Besuche während der Therapieeinheiten nicht gern. Aber die Dame bestand so hartnäckig darauf, Sie zu sehen, dass wir eine Ausnahme machen.«

»Ja, das glaube ich Ihnen gern.« Rosner lächelt, als er sich Admiras verkniffenes Gesicht vorstellt. »Polizistinnen müssen manchmal streng sein.«

»Wie von der Polizei sieht die nicht aus. Eher wie eine von der Gegenseite. Umwerfend und gefährlich.« Der Pfleger lacht.

Alice!

Alles in Rosner beschleunigt sich.

Es kann nur Alice sein, die da auf ihn wartet.

Mit klopfendem Herzen hastet er hinter dem Pfleger den Gang entlang, nickt ihm kurz zu, als dieser zum Dienstzimmer abbiegt, und läuft, fliegt geradezu, als ihn niemand mehr beobachten kann, die Stufen im Treppenhaus hinunter zur kleinen Cafeteria im Erdgeschoss der Klinik.

Die Rauchglasscheiben der Bar verwehren den Blick in den Innenraum, nur schemenhafte Umrisse sind auszumachen. Dunkle Scherenschnitte kauern an der Wand, beugen sich über die Tische, heben ihre Gläser, lesen in Magazinen, trinken und plaudern miteinander.

Alice! Seine Alice. Wie sehr hat er sich nach diesem Moment gesehnt. Und jetzt steht er kurz davor, sie in die Arme zu nehmen.

Entschlossen tritt er ein.

»Simone«, sagt er scharf. »Was, um Himmels willen, willst du hier?« Er macht einen Schritt zurück und prallt gegen eine Servierkraft.

»Simon, beruhige dich doch. Du reagierst, als wäre ich ein Ungeheuer. Ich will dir nur einen Besuch abstatten.«

Sie trägt enge Jeans, ein weit ausgeschnittenes Shirt und eine weiche Lederjacke, die sich an ihre Rundungen schmiegt. Die hohen Stiefeletten und das zurückgegelte kurze Haar … ja, er kann verstehen, dass der Pfleger beeindruckt ist. Sie schaut verdammt gut aus, auf eine gefährliche Art.

»Setzen wir uns.« Er kann seine Enttäuschung nicht verbergen, kann sich nicht freuen, Simone hier zu sehen. Er hatte so sehr mit Alice gerechnet.

»Zweimal Johannisbeersaft und dazu Leitungswasser.« Automatisch kommt die Erinnerung an ihr Lieblingsgetränk.

»Du weißt das noch?«

Simone schiebt die Ärmel ihrer Lederjacke hinauf. Rosner sieht auf ihren gebräunten Unterarmen die vielen kleinen Sommersprossen. Die mochte er einmal gern, hat spielerisch versucht, sie zu zählen. Sie beugt sich vor, und ein satter Sommerduft begleitet ihre Bewegung. Jetzt erst bemerkt er, wie knapp das Shirt ihren Körper umschließt, ihre Brüste hervorhebt.

»Was soll das?«, fragt er und wird von der Kellnerin unterbrochen, die das Tablett mit den Saftgläsern auf den Tisch stellt.

»Ein Stück Erdbeerkuchen?«, fragt sie, »den hätten wir heute im Angebot.«

Rosner will keinen Kuchen, und Simone, die will er schon gar nicht. Alles, was er braucht, wonach er sich sehnt, alles, was sein Leben hier erträglich macht, ist Alice. Und die ist nicht da.

»Keine Erdbeeren«, sagt er schroff.

»Vielleicht hätte ich gern ein Stück …«, beginnt seine Ex-Frau zaghaft.

»Was du gern hättest –« Er bricht mitten im Satz ab.

Simone zuckt zusammen.

Heftig fasst er nach seinem Glas und trinkt es in ein paar Zügen leer. Wie süß dieser Sirup doch ist.

»Simon, ich wollte dich sehen, weil wir das erste Mal seit so langer Zeit wieder miteinander reden konnten. Das hat mir gutgetan.«

»Ich halte das für keine gute Idee.« Als er sieht, wie Simone vor Zorn oder vor Verlegenheit rot anläuft, nimmt er versöhnlich ihre Hand. »Wir hatten wunderschöne Zeiten, aber eben auch sehr schlimme. Und was übrig blieb, war eine große Leere. Eine Art Vakuum, das uns beide verschlang.«

Simone zieht ihre Hand unter seiner weg und starrt in ihren violetten Sirup.

Das hat er alles hinter sich. Seine momentane Situation ist kompliziert genug. Unversehens überrollt ihn heftiges Verlangen nach einem eiskalten Wodka. Er denkt an die fiktive Tonfigur in der Ergotherapie, die genau das hätte ausdrücken sollen und die er zum Glück nicht töpfern musste. Die bockige Kleine, die Grabner-Tochter, fällt ihm ein. Die hat es Lilo gestern ganz schön gegeben. Keine Sekunde hat sie ihre Mutter beachtet. Er kann ein Grinsen nicht unterdrücken.

Simone sieht von ihrem Glas hoch. Als sie seinen vergnügten Gesichtsausdruck bemerkt, ist sie überrascht.

»Haben wir noch eine Chance?« Ihre Stimme klingt angespannt.

Rosner will nichts wie raus aus der unmöglichen Situation. Er sitzt hier mit der falschen Frau. Und sie will es nicht verstehen.

»Komm, ich begleite dich zum Auto.«

Simone richtet den Blick auf ihr halb volles Glas, dann seufzt sie. »Das geht auf mich. War ja schließlich meine Idee. Wie es scheint, keine gute.«

Auf dem Rasen vor der Klinik leuchten die Sommerblumen in bunten Farben. Vielleicht war er doch ein wenig zu schroff zu Simone, die still neben ihm steht.

»Bitte besuche mich nicht mehr. Es wühlt zu viel in mir auf.

Vielleicht später, wenn es mir wieder besser geht.« Er lächelt sie an. »Also dann.«

»Ach, Simon.« Schon ist sie in seinen Armen und hält ihn fest. Ohne dass er es verhindern kann, drückt sie ihren Mund auf seinen.

Ein Schatten löst sich vom Kastanienbaum, nimmt Konturen an, eilt auf ihn zu.

»Rosner!«

Und dann steht sie vor ihm. Schöner als je zuvor.

Alice. Seine Alice.

Aber da ist ein wilder Ausdruck, der ihr Gesicht verzerrt.

»Simon, ich geh dann besser«, hört er seine Ex-Frau sagen.

»Alice«, er geht auf sie zu, will sie in die Arme nehmen, doch sie stößt ihn zurück.

»Rosner«, sagt sie scharf, dreht sich um und beginnt zu laufen.

11

Ungeduldig klopfe ich an Lenas Tür.

»Geh weg!«

Unverkennbar die wütende Stimme meiner Tochter.

»Mach auf, ich möchte mit dir reden.«

Seit sie von der Polizei gebracht wurde, hat sie ihr Zimmer nicht mehr verlassen. Frühstück und Mittagessen hat Hanno, der treu sorgende Vater, ihr vor die Tür gestellt. Der Appetit scheint ihr nicht abhandengekommen zu sein, denn die Teller stehen nach einer Weile, fein säuberlich geleert, wieder auf dem Tablett.

»Nein.«

»Stell dich nicht so an. Mach auf. Und zwar ein bisschen plötzlich.«

»Lass sie doch. Damit machst du es nicht besser!«

Hannos Stimme kommt aus der Küche.

»Wenn du nicht augenblicklich öffnest, gibt es Konsequenzen«, blaffe ich die verschlossene Tür an.

»Welche Konsequenzen denn?«, ruft Hanno beunruhigt.

Ja, welche? Es ist nichts weiter als eine meiner leicht dahingesagten Standarddrohungen. Früher, in Lenas Volksschulzeit, gab es Stubenarrest, Fernsehverbot, Kürzungen des Taschengelds. Hat alles nichts gebracht, denn hinter meinem Rücken gab Hanno ihr Geld, holte sie aus dem Kinderzimmer und ließ sie ihre DVDs schauen.

»Keine, die du nicht ohnehin sabotieren würdest«, sage ich.

»Papa!«

Schon steht Hanno hinter mir. Ein fremder Geruch steigt in meine Nase. Er muss ein neues Aftershave verwenden.

»Lena?«

»Wenn Mama von der Tür weggeht, komme ich raus. Papa, ich möchte mit dir allein reden.«

Das könnte ihr so passen. Ich muss dieses vertrauliche Vater-Tochter-Gespräch verhindern, muss zuerst mit ihr sprechen und herausfinden, wie viel sie weiß. Also marschiere ich schulterzuckend ins Bad und schließe mich ein. Unmittelbar darauf sperrt Lena auf.

Auch dieser Spiegel über dem Waschbecken lässt mich schlecht aussehen, das Bild wird mir eindeutig nicht gerecht. Ich bin blass, die Wagenknochen treten spitz hervor. Meine Augen flackern unruhig über dunklen Schatten. Irgendetwas raubt mir die Energie. Ärgerlich streife ich die Haare zurück und binde sie im Nacken zusammen.

Nach einer angemessenen Weile gehe ich zu den beiden. Sie sitzen einander im Wohnzimmer gegenüber. Als ich eintrete, verstummen sie.

Die Sonne scheint schräg durch das Fenster. Die Scheibe ist verschmiert und gehört dringend geputzt. Der Raum wirkt staubig und ungelüftet. Ich öffne die Fensterflügel weit und lasse Nachmittagsluft und Verkehrslärm herein.

»Das ist ja nicht zum Aushalten. So kann ich nicht reden«, kommentiert Lena meine Handlung patzig. Sie starrt zornig auf ihre zerschlissenen Converse, bückt sich, steigt langsam aus den Schuhen und kickt mit den Zehenspitzen einen um.

»Lena hat einen Freund«, platzt Hanno heraus.

»Papa!« Unsere Tochter steht ruckartig auf und streift dabei ein paar Zeitschriften zu Boden. »Nicht einmal dir kann ich noch vertrauen.« Sie ist den Tränen nahe.

»Du hast einen Freund?«

»Was schaust du so entgeistert, Mama? Hättest mir wohl keinen zugetraut, was? Für dich bin ich entweder immer noch ein Kleinkind oder ein hässliches Entlein. Hängt ganz davon ab, wie du gerade drauf bist.«

»Werde nicht frech. Mit deinen dreizehn Jahren bist du entschieden zu jung für einen Freund. Was heißt das überhaupt?«

»Na was schon?«, gibt sie zurück.

»Hanno, lässt du ihr das allen Ernstes durchgehen?« Ich spüre, wie meine Wangen und Ohren zu glühen beginnen.

»Wir sollten hier nicht herumschreien und uns anflegeln, sondern ein vernünftiges Gespräch miteinander führen. Setzt euch bitte beide hin.«

Ich stolpere über die Turnschuhe und verkneife mir einen Fluch. Lena lässt sich in einem Abstand von einem Meter neben mir auf das Sofa fallen und würdigt mich keines Blickes. Erst jetzt bemerke ich das Oberteil, das sie über den löchrigen Jeans trägt. Es ist ein hellblaues, ausgeleiertes Männer-T-Shirt mit dem Schriftzug einer amerikanischen Universität.

»Gehört ihm das?«

»Nun wohl nicht mehr. Jetzt ist es meines«, faucht sie und wirft die rote Mähne schwungvoll zurück.

»Lena, langsam, es reicht.« Ich bemühe mich, ruhig zu bleiben, brodle aber innerlich so heftig, dass sich der Tonfall meinen Gefühlen anpasst.

»Lilo«, mahnt Hanno.

»Wie alt ist dieser Freund, und woher kennst du ihn, verdammt noch mal?«

Ich kann mich einfach nicht zurückhalten. Bei meinen Schülern gelingt mir das hervorragend, nur meine Tochter schafft es immer wieder, mich bis zur Weißglut zu reizen.

»Geht dich nichts an«, entgegnet sie scharf.

»Lena, das geht uns sehr wohl etwas an. Du bist minderjährig. Mama hat recht. Rede mit uns.«

»Ihr regt euch doch nur wieder auf, aber von mir aus. Er ist der Bruder von Tommy, den ich zufällig im Bus getroffen habe. Wir sind zu ihm nach Hause gegangen, weil wir chillen wollten.«

»Chillen?« Ich runzle die Stirn.

»Abhängen, Musik hören, quatschen«, übersetzt der zwanghafte Hanno mit angestrengtem Gesichtsausdruck.

»Papa.« Lena kichert nervös.

Zumindest in diesem Punkt sind wir uns einig: Hannos Versuche, die Sprache der Jugend zu erklären, sind mehr als peinlich.

»Und dann?« Ungeduldig zupfe ich an meiner Nagelhaut.

»Irgendwann kam sein Bruder ins Zimmer, Tommy wollte ihn aber nicht dabeihaben, weil wir gerade in einem wichtigen Gespräch waren.«

»Klar«, wirft Hanno ein und teilt uns seine Erkenntnis mit: »Der steht eben auch auf dich, er wollte keine Konkurrenz.«

»Papa, du bist unmöglich. Tommy ist schwul.«

»Ach so. Sein Bruder aber anscheinend nicht.«

Wenn uns jemand zuhört, denke ich und schüttle stellvertretend den Kopf.

»Ich bat ihn zu bleiben, weil ich Tommy völlig daneben fand. Rocky brachte uns Getränke und Kekse.«

»Rocky?« Meine Stimme klingt belustigt.

»Alcopops?« Hanno hingegen wirkt alarmiert.

»Nein, Papa. Wodka Tonic und Marihuana-Kuchen.«

Als Lena Hannos bestürzten Gesichtsausdruck bemerkt, beginnt sie zu lachen. Auch ich kann mir ein Grinsen nicht verkneifen.

»Du fällst aber auch auf alles herein.«

»Was heißt das jetzt, dass du einen Freund hast?«

»Was ist denn mit euch beiden los? Habt ihr es immer noch nicht geschnallt? Wir sind zusammen. Rocky und ich. Ich habe dort geschlafen. Mit ihm in einem Bett.«

Hanno atmet scharf ein. »Lena. Schätzchen, wir haben wirklich nichts dagegen, dass du einen Freund hast. Du kannst ihn uns gern vorstellen. Aber so etwas Einschneidendes gehört vorbereitet. Mama sollte erst mal mit dir einen Termin bei der Frauenärztin machen. Es geht nicht nur um Verhütung, es geht auch darum, sich nicht anzustecken. Aids, Hepatitis C und so. Danach sehen wir weiter.«

»Papa!« Lena springt auf. »Du bist so peinlich. Schlimmer geht's nicht.«

Das finde ich übrigens auch.

Ich stehe ebenfalls auf und lege meine Hand auf Lenas Oberarm. »Komm, Kleines. Wir kriegen das hin. Ich bin auf deiner Seite.«

Mit erhitzten Wangen dreht sie sich zu mir um und schüttelt meine Hand ab. »Du musst gar nicht so scheinheilig tun, Mama, und Papa gegen mich ausspielen. Ich weiß, woran ich bei euch beiden bin. Aber weiß Papa das auch? Weiß er, was du getan hast?«

Ich zwänge mich an ihr vorbei, gebe vor, sie nicht weiter zu beachten, obwohl mein Herz stürmisch klopft.

»Jetzt sag schon, Mama«, ruft sie, »kennt Papa all deine dunklen Geheimnisse? Ich wette, nein!«

»Halt deinen Mund«, zische ich, »oder das hier hat Folgen.«

»Lilo, jetzt warte doch.« Hanno springt ebenfalls auf. »Was meint Lena damit?«

Ich bleibe stehen, und Lena wirft mir einen triumphierenden Blick zu.

»Mama bekommt anonyme Briefe. So wie in dem Film ›Ich weiß, was du letzten Sommer getan hast‹. Also, *Mutter*, welches Verbrechen hast du begangen? Muss eine ziemlich üble Sache gewesen sein.«

Zorn und Scham überwältigen mich. Schneller, als ich denken kann, stürze ich auf meine Tochter zu und versetze ihr eine Ohrfeige.

»Lilo!«

Mit Hannos aufgebrachter Stimme und Lenas Wimmern im Rücken knalle ich die Wohnzimmertür hinter mir zu.

12

Einige Wochen zuvor

Verdrossen strich Emil sich das feine Haar aus der Stirn. Ständig lösten sich die sorgsam nach hinten gekämmten Strähnen von der kahlen Stelle und gaben den Blick auf sein spiegelglattes Haupt frei. Es war zwar nicht so, als gäbe es in Emils momentanem Leben viele Blicke, die von dieser Glatze angezogen werden könnten, aber vor die Wahl gestellt, quasi als Grundsatzeinstellung, deckte Emil lieber zu, als dass er offenlegte.

Immer noch saß der Schock tief. Das Foto war aus seinen zitternden Händen zu Boden geglitten. Dort hatte es matt glänzend auf den Holzdielen gelegen und eine unglaubliche Geschichte erzählt. Emils anfängliches Erschrecken war langsam in Verwirrung übergegangen – und schließlich, als ihm klar wurde, dass es keine andere Interpretationsmöglichkeit gab, in pures Entsetzen.

Zitternd hatte er den gegenüberliegenden Supermarkt aufgesucht, um eine Flasche Notfallmedizin zu erstehen.

An der Kasse staute es sich. Eine gut Hundertjährige lud in quälender Langsamkeit Dosen mit Katzenfutter auf das Laufband, viele Dosen, denn fünfundzwanzig Prozent Rabatt wollten ausgenützt werden.

»Für meinen Pauli«, mümmelte die Alte, während Emil, der dicht hinter ihr stand, sich im schalen Geruch der Greisin die trockenen Lippen leckte.

Mit Schnaps, Rum und einer Kiste Bier kehrte er zurück. Einige nicht zu knapp gefüllte Gläser und zwei langsam gerauchte Zigaretten ließen ihn sein Nervenflattern in den Griff bekommen, langsam begann sein Hirn wieder zu arbeiten.

Emil setzte sich, mit Papier und Bleistift bewaffnet, an den alten Sekretär seines Vaters, jenen Sekretär, der selbst dem Altwarenhändler zu schäbig gewesen war und der daher noch immer, wenn auch ziemlich einsam, im Wohnzimmer stand. Sorgfältig legte er das Foto auf die Tischplatte und notierte, was ihm dazu einfiel. Viel war es nicht, also bemalte er das halb beschriebene Blatt gedankenverloren mit großen Schnörkeln.

Zerstreut bereitete er sich einen schwarzen Tee mit einer großen Portion Rum zu, nahm gierig den ersten Schluck und verbrannte sich die Zunge am heißen Getränk. Ärgerlich stieß er mit dem Fuß gegen das Tischbein. Die Flüssigkeit im Becher schwappte bedenklich.

So ging das nicht. Er musste versuchen, einen klaren Kopf zu bekommen, um eine logische Strategie zu entwickeln.

Zuerst galt es, das Jahr, in dem das Foto aufgenommen worden war, zu bestimmen.

Emil erinnerte sich, dass ihm in der Dunkelkammer beim ersten Sichten der Bilder die damals neuen Bergschuhe seines Vaters aufgefallen waren. Mittels Kaufdatum konnte er versuchen, die Aufnahmen zeitlich zuzuordnen. Freilich, er hatte nie Buch über die Kleidungskäufe seines Vaters geführt, aber mit diesen Schuhen verband sich eine besondere Geschichte.

Emils Mutter lag damals im Sterben. Die unsportliche Meisterin der Nachspeisenküche war schon in jungen Jahren sehr dick gewesen, doch darin hatte sie nie einen Nachteil gesehen: »Ich bin ein gemütlicher Mensch, den so schnell nichts erschüttern kann. Und verheiratet bin ich auch schon. Warum soll ich mich also anstrengen?«, hatte Emil sie ein um das andere Mal gelassen sagen gehört.

Und es stimmte, sie war mit stoischer Ruhe gesegnet. Dennoch machte ihr Körper eines Tages nicht mehr mit. Sie bekam Thrombosen, Diabetes und eine Fettleber. Einen durch zu hohen Blutdruck verursachten Schlaganfall hätte sie beinahe nicht überlebt. Lange Monate musste sie im Krankenhaus verbringen. Zuerst auf der Intensivstation, dann, als die akute Gefahr gebannt war, in der neurologischen Abteilung. Zu Hause verbrachte sie von da an die meiste Zeit im Bett. Ihre rechte Körperhälfte war gelähmt, und beim Sprechen tat sie sich schwer. Kuchen und Torten gehörten zu ihrem Kummer der Vergangenheit an.

Emils Vater hatte eine spezielle Liege besorgt und Pflegepersonal engagiert. Einen Teil der Mehrkosten zahlte die Krankenkasse, den Rest musste er sich bei Onkel Gustav borgen. Trotz knapper Kasse und schwieriger Lebenssituation stotterte sein Vater dieses Darlehen während der Folgejahre verlässlich ab. Unterdessen ging er weiterhin seinen Hobbys nach: dem Schnapsbrennen, dem Wandern und dem Fotografieren.

Als seine alten Bergschuhe zerschlissen waren, als selbst eine neue Besohlung nicht mehr half, sah er sich schweren Herzens nach Ersatz um. In der Auslage eines kleinen Sportgeschäfts wurde er eines Abends fündig. Er, der kein großes Aufheben um seine äußere Erscheinung machte, war geradezu besessen von diesen Schuhen. Sie waren von einer ungewöhnlichen Farbe, die an ein grelles Neongelb erinnerte. Emil gefielen sie nicht. Sein Vater jedoch musste sie haben. Gleich am nächsten Morgen zog er los, kam aber kurz darauf mit leerer Einkaufstasche zurück. Die Bergschuhe waren zu teuer, er konnte sie sich nicht leisten.

Einen Monat später erlitt Emils Mutter einen weiteren Schlaganfall und verstarb. Nun waren die beiden allein und stellten sich auf ihr neues Leben ein. Emil war fünfunddreißig und hatte nicht vor auszuziehen. Seinem Vater, der Einsamkeit verabscheute, war dies nur recht.

Zwei Tage vor Weihnachten klingelte es an der Wohnungstür, und eine der Krankenschwestern, die seine Mutter gepflegt hatten, stand vor Emil.

»Bitte«, sagte sie leise und sah ihm über die Schulter. »Es kann uns doch niemand hören?«

»Nein, ich bin allein.«

»Das ist gut.« Verlegen hielt sie ihm ein in Weihnachtspapier eingewickeltes Paket hin. »Legen Sie das Ihrem Vater unter den Christbaum.«

Verblüfft nahm Emil das Geschenk entgegen.

»Danke, aber das wäre nicht notwendig gewesen«, beeilte er sich zu sagen.

»Es ist auch nicht von mir.« Sie lächelte ihn an. »Ihre Mutter bat mich zwei Wochen vor ihrem Tod, es zu besorgen.«

Sie verabschiedete sich, und Emil versteckte irritiert das Paket in seinem Zimmer. Am Heiligen Abend legte er es unter den kleinen Tannenbaum mit den Strohsternen und den künstlichen Kerzen. Sein Vater war überrascht und auch gerührt.

»Danke, mein Sohn.«

Emil schmunzelte verlegen.

Sein Vater strich unschlüssig über das Papier mit der Schneelandschaft.

»Jetzt mach es schon auf«, drängte Emil, der selbst neugierig geworden war.

Sorgsam knüpfte sein Vater das goldene Band auf, löste die Klebstreifen, strich das Papier glatt und faltete es ordentlich zusammen.

Dann öffnete er den grauen Pappkarton und bekam runde Augen.

»Die Bergschuhe. Ich bin überwältigt, wie bist du darauf gekommen?«

Emil, der ebenfalls beeindruckt war, erklärte seinem Vater lachend: »Über diese wunderbaren Bergschuhe hast du so viel geredet, das war nicht schwer.«

»Aber wie konntest du sie dir leisten?«

»Für dich, Papa, ist mir nichts zu teuer.«

Emil starrte lange in den regenverhangenen Nachmittag. Er rauchte eine Zigarette und dann noch eine.

Irgendwann zwischen März und Oktober des Folgejahres musste die Wanderung mit den neuen Bergschuhen stattgefunden haben, bei der die Fotos entstanden waren. Also im Frühling, Sommer oder im Herbst, jedenfalls vor genau zwanzig Jahren. Immerhin ein Anhaltspunkt, wenn auch ein schwacher.

Aber es gab eine Möglichkeit, mehr herauszufinden.

Er notierte sich seine weiteren Pläne, aß Thunfisch aus der Dose und zog sich zu einem Schläfchen zurück.

Am frühen Nachmittag erwachte er, putzte sich die Zähne und spülte mit Schnaps nach. Er fühlte sich erfrischt und voller Tatendrang. Nach einer Zigarette und einem kurzen Telefonat machte er sich auf den Weg.

Als er das Gebäude erreichte, in dem sich die Redaktion der lokalen Tageszeitung befand, klebten ihm die Haare nass am Kopf und der Blouson an seinem Rücken. Er schüttelte die Regentropfen ab und ging durch die Drehtür in den Empfangsbereich. Eine junge Frau erklärte ihm den Weg zum Archiv. Dort würde er die Jahresbände vorfinden, sich den gewünschten heraussuchen und ihn im Besucherzimmer durchforsten.

Als er in dem hellen Raum saß, den Wälzer vor sich, verspürte er eine kribbelige Aufregung. Der Regen prasselte gegen das große Fenster, und Emil fühlte sich beinahe geborgen.

Der Sammelband roch muffig. Bedächtig begann er Seite um Seite durchzublättern, feuchtete dabei Zeigefinger und Daumen an. Obwohl sich außer ihm niemand im Zimmer befand, fühlte er sich nach kurzer Zeit beobachtet. Ruckartig drehte er seinen Kopf, doch da war nur ein Journalist, der einen schmalen Flur hinter der Glaswand entlangging.

Lange saß er über den Unterlagen und arbeitete sich verbissen durch die Meldungen der entsprechenden Monate. Ärger stieg in ihm hoch, er war sich sicher gewesen, etwas zu finden. Der Espresso, den er sich aus dem Automaten gezogen hatte, schmeckte schal.

Also noch mal von vorn.

Schließlich, als er schon aufgeben wollte, fand er ihn. Versteckt kauerte der Bericht zwischen einer Werbeanzeige und einem Foto von einem Waldbrand.

Je mehr Emil las, desto mehr begann er zu grinsen.

13

Die Plastiktaschen schlenkern bei jeder ihrer Bewegungen. Weit und breit ist kein Auto in Sicht, auch kein Motorrad oder Fahrrad. Noch einmal schaut Cordula furchtsam nach links und rechts, dann erst tritt sie von der Gehsteigkante auf den Zebrastreifen und überquert hastig die Straße.

Vor ihr öffnet sich der Neue Platz. Der Nachthimmel wirkt wie ein schützendes dunkles Tuch mit silbernen Löchern. Sie kennt keinen einzigen Namen der unzähligen Sterne, aber wie gewöhnlich beruhigt sie der Blick ins Firmament.

Zielstrebig steuert sie eine der Bänke – ihre Bank – an und lässt sich mit einem schweren Plumps auf die Sitzfläche fallen.

Außer dem alten Lindwurm, dem etwas jüngeren Herkules und der vergleichsweise sehr jungen Maria Theresia ist der Platz um diese Zeit leer. Ein Grund mehr, hier zu sitzen. Cordula liebt es, dem Rascheln der Platanenblätter zu lauschen. Früher, bevor ein bemühter Architekt den Platz umgestaltet hat, standen hier Kastanienbäume. Sie kann sich noch gut daran erinnern, auch an den Klang der aufplatzenden stacheligen Schalen, wenn sie zu Boden fielen und ihre pralle, glatte Frucht freigaben.

Da, links von ihr, liegt eine braune Kastanie mit einem dicken weißen Fleck. Wie hat die sich in den Sommer verirrt? Ein Schatten beugt sich darüber und steckt sie ein.

Angst steigt in Cordula hoch.

Sie ist sich nicht sicher, ob das, was sie sieht und hört, immer der Wirklichkeit entspricht. Im Krankenhaus erklären sie ihr seit Jahren, dass es Männer in langen, dunklen Umhängen mit spitzen Schnabelmasken nur im Mittelalter gab. Und heutzutage vielleicht in Venedig, aber nur während des Karnevals. Also muss die dunkle Gestalt ein weiteres Trugbild ihrer überreizten Phantasie sein.

Trotz dieser Erkenntnis suchen ihre Augen unter den flatternden Wimpern hektisch nach dem Schatten, aber er ist schon wieder verschwunden. So wie auch die Kastanie.

Erleichtert atmet Cordula auf und wischt über ihr feuchtes Gesicht.

Sie war nicht immer so.

Keine einzige Sekunde lang hätte sie einst an ihren Sinneswahrnehmungen gezweifelt. Aber damals war alles anders.

An diese Zeit soll sie gar nicht denken. Es schadet ihr mehr, als es hilft. Das sagt zumindest E-Dog. Und der muss es wissen.

E-Dog heißt eigentlich Erich. Sein Vorname ist mit ein Grund, weswegen er den Spitznamen des von ihm verehrten Pokerspielers Erick Lindgren angenommen hat. Verrückt!

Eines aber steht fest: E-Dog alias Erich hat eindeutig Erfahrung mit vorgegaukelten Welten. Deswegen vertraut Cordula ihm und hört auf seine Worte.

Angestrengt kämpft sie sich aus den bitteren Erinnerungen.

Unter den vielen Schichten, die ihren Körper umhüllen, ist eine halb volle Flasche Korn verborgen. Spätnachts weiß man nie, wer einem begegnet. Daher trägt Cordula den Schnaps nicht in ihren Plastiksäcken mit sich herum. Zitternd hält sie den Flaschenhals an ihre trockenen Lippen und trinkt gierig ein paar Schlucke. Die Flüssigkeit rinnt brennend ihre Speiseröhre hinunter und explodiert wohlig im Magen. Sie muss kurz Luft holen, aber es ist ein erleichtertes Schnappen.

Einen Moment lang spürt sie Leben in sich, fühlt sich ein wenig wie früher. Aber daran darf sie nicht denken.

Je mehr sie trinkt, desto verschwommener zeigt sich die Welt um sie herum. Die Bäume schwanken heftiger als zuvor im Nachtwind, die Wipfel berühren einander und verschmelzen zu einem Dach. Sterne sind keine mehr zu sehen.

Jetzt schürzt Maria Theresia ihr Kleid, und Cordula meint, sie vom Podest herabsteigen zu sehen.

Ein weiteres Trugbild?

Nein, denn auch der Lindwurm erwacht zum Leben. Weiter als sonst reißt er sein Maul auf und beginnt, bedrohlich mit den Flügeln zu schlagen. Gleich hebt er ab.

Mit bebenden Fingern versteckt Cordula die Flasche an ihrem Körper und schlingt die Tücher enger um sich. Im mühsamen Aufstehen sieht sie, wie die Keule des Herkules hart auf den Kopf des Ungeheuers kracht und es dadurch am Fliegen hindert. Schwer getroffen geht das Monstrum zu Boden, und Herkules hebt seine Stachelkeule gegen Maria Theresia, die wieder zu Stein erstarrt.

Cordula zieht scharf die Luft ein.

Ohne sie zu beachten, hilft der mächtige Halbgott dem verwundeten Lindwurm hoch, als wäre nichts geschehen.

Erleichtert dreht Cordula dem gespenstischen Ensemble auf dem Hauptplatz den Rücken zu und wankt über die Straße in Richtung Benediktinermarkt.

Auch dieser Platz ist zu dieser Stunde menschenleer.

Ein wenig sollte sie sich beeilen, denn E-Dog wird demnächst aufwachen, schon bald bricht der Morgen an.

Unter den nur knapp bis zum Boden reichenden Jalousien der Marktstände findet Cordula häufig übrig gebliebenes Obst und Gemüse. Es ist fast so, als würde es dort auf sie warten.

Mit schmerzendem Rücken bückt sie sich, sammelt alles noch Essbare auf und verstaut es in ihren Plastiktaschen. Heute hat sie Glück und findet sogar eine Schachtel mit Eiern, von denen drei Stück nicht zerbrochen sind.

E-Dog wird sich über das Frühstück freuen.

Die Uhr der nahen Kirche schlägt viermal, und Cordula macht sich abermals auf den Weg.

14

Simon Rosner starrt aus dem Fenster seines Krankenzimmers in das schäbige Grau des Morgens.

Seit Alice gestern vor ihm davonlief, konnte er sie telefonisch nicht mehr erreichen. Ihr Smartphone blieb ausgeschaltet.

Die Wohnung in Klagenfurt hatte sie vor Antritt ihrer Weltreise für die Dauer eines Jahres an eine Sportstudentin vermietet. Sicher wird sie sich in einer Pension nahe der Klinik ein Zimmer genommen haben. Oder war sie, ohne sich um eine Unterkunft zu kümmern, gleich nach der Ankunft zu ihm geeilt? Alices Handlungen waren schwer einzuschätzen und noch weitaus schwerer vorauszusehen.

Vor dem Mittagessen – heute steht Krautroulade mit Würstel auf dem Speiseplan – muss er noch in die Ergotherapie. Diesmal kann er sich nicht davor drücken. Beim Gedanken an den zu erwartenden deftigen Imbiss danach läuft ihm das Wasser im Mund zusammen. Na, immerhin. Zwar taucht auch das große Glas Bier verlässlich neben dem dampfenden Teller auf, aber – Rosner kann sich ein Grinsen nicht verbeißen – man kann schließlich nicht alles haben.

Er wendet sich vom Fenster ab, geht hinaus und schließt leise die Tür hinter sich.

Schon auf dem Flur trifft er auf einige seiner Mitpatienten. Normalerweise vermeidet er jeden Blickkontakt und geht auf keine Kommunikationsangebote ein, doch heute grüßt er, gerade wegen seiner mürrischen Stimmung, freundlich.

Erstaunte Blicke, einige geradezu feindselig, begegnen ihm, als sie gemeinsam ins Therapiezentrum gehen.

Mit diesen Leuten hat er es sich wohl auf Dauer verscherzt. Na wenn schon.

Der Raum, in dem ihre Anwendung stattfindet, ist noch nicht frei.

»Ein paar Minuten noch«, informiert sie ein Pfleger, der kurz aus dem Zimmer schaut. »Die Kreativgruppe muss erst die gemeinsam angefertigte Patchworkdecke für den Aufenthaltsraum fertigstellen.«

Toll, diese rechtschaffenen Leute, denkt Rosner und überlegt, Reißaus zu nehmen.

»Wenn die Bastelstube besetzt ist, können wir ja einen heben gehen«, bemerkt eine dickliche Frau und reibt sich unternehmungslustig die Hände.

Rosner denkt: Mit dir sicher nicht.

»Mir macht es Spaß, nassen Ton ordentlich durchzukneten.« Ein magersüchtig wirkender Mann mit Bartschatten marschiert unruhig im Gang auf und ab.

»Typische Analfixierung«, fühlt sich eine stark Tätowierte zur Antwort verpflichtet, und Simon will sie fragen, ob sie im Psychologiekurs für Minderbemittelte, den sie offensichtlich belegt hat, auch schon ungefragt die Welt erklärt hat. Er verkneift es sich und wischt sich stattdessen den Schweiß von der Stirn.

Ein blond gelocktes Mädchen mit runden Augen über tiefen Schatten knöpft fahrig ihre Strickjacke zu. »Ist euch auch ständig kalt?«

»Mir ist dauernd heiß«, erwidert die Dicke und dreht ihre Augäpfel schon wieder nach oben.

»Was ist mit Ihnen?« Das Mädchen wendet sich an Rosner und wirft ihm einen fragenden Blick zu.

Lass mich in Ruhe, denkt der, entgegnet aber recht freundlich: »Kalter Schweiß, such's dir aus.«

Jetzt fliegt die Tür auf, und eine Gruppe begeistert schnatternder Patienten strömt an ihnen vorbei.

»Die strahlen ja wie die Honigkuchenpferde. Haben wohl gerade einen Oscar für die beste Schmusedecke abgeräumt«, kommentiert die Dicke giftig.

»Das nicht, aber immerhin einen Preis von mir persönlich«, erwidert der Ergotherapeut, ein kleiner, rundlicher Mann mit außergewöhnlich großen Füßen. »Sie dürfen Samstagabend ins Kino. In meiner Freizeit und in meiner Begleitung.«

»Hilfe, ein Gutmensch. Hoffentlich gibt's hier nicht noch mehr von der Sorte«, näselt ein zittriger Alter, der seine gnadenlos ablaufende Zeit offensichtlich nicht mit dem Schauen von Filmen verschwenden will, und zwängt sich an dem Ergotherapeuten vorbei zu seinem Platz.

Rosner sitzt zwischen der Dicken und dem mageren Mann mit Bartschatten. Beide transpirieren stark, aber in der Mitte hilft Abrücken nicht.

Jetzt schiebt der Dürre seinen Stuhl auch noch geräuschvoll näher und beugt sich zu Rosner.

»Soll ich Ihnen behilflich sein? Wir könnten aus dem Ton Kaffeetassen machen oder auch einen Becher«, raunt er verschwörerisch. »Sie trinken doch gern?«

Rosner weicht so weit wie möglich zurück und überlegt ernsthaft, ihm eins in die Fresse zu hauen. Immerhin heißt es in Paragraf 344 im ABGB, dass Gewalt mit angemessener Gegengewalt begegnet werden darf.

Die Tätowierte beobachtet sie beide mit funkelnden Augen.

Genug!

Er hält es hier nicht länger aus. Keine Sekunde hält er es mehr aus.

Der Schweiß steht Rosner in dicken Perlen auf der Stirn, und sein Poloshirt klebt an seinem Rücken.

»Mir ist schlecht«, murmelt er in Richtung des Beschäftigungstherapeuten und wankt zur Tür.

»Ich rufe auf der Station an, damit sich jemand um Sie kümmert«, erklärt der Therapeut besorgt. Seine Stimme tönt in Rosners Ohren.

»Nicht nötig, ich brauche nur frische Luft«, wendet er ein, zu schwach, um das Hilfsangebot vehementer abzuwehren.

»Der Bulle steht einfach nicht auf Ergo«, hört er jemanden sagen.

Die Dicke lacht laut, Tumult bricht los, und Rosner verlässt fluchtartig die Bastelstube.

Mit zitternden Beinen eilt er den Flur entlang und öffnet die Schiebetür, die zum Garten führt. Tief inhaliert er die kühlende Luft. Hier, am Rande des Nadelwaldes, riecht es immer ein wenig nach Sommerfrische.

Die Vormittagssonne sticht schon kräftig vom Himmel. Rosner ist immer noch übel, und sein Herz schlägt zu schnell.

»Wie lange kann der körperliche Entzug denn noch dauern?«, fragt er die Ente, die im Ökoteich ihre Runden schwimmt.

Ohne ihre Antwort abzuwarten, lässt er sich auf einer Holzbank unter einem der Apfelbäume nieder. Er hatte angenommen, das Schlimmste sei bereits überstanden, doch diese verfluchten Symptome überfallen ihn immer noch mit unerwarteter Heftigkeit. Seit Alices Ankunft sogar stärker als je zuvor.

Entschlossen blockt er die Gedanken an seine Geliebte ab, vermeidet beharrlich den Blick auf sein Handy. Ob ein Anruf oder eine Nachricht von ihr eingegangen ist, darf ihn jetzt nicht interessieren. Stattdessen steht Rosner auf und schüttet sich Wasser vom nahen Brunnen ins Gesicht. Nicht nur die Dicke und der mit dem Bartschatten schwitzen, denkt er und wischt über seinen feuchten Hals.

Als er zur Gartenbank zurückgeht, schiebt sich das Bild des frierenden Mädchens aus der Ergo-Gruppe in seine Gedanken.

Sie erinnert ihn ein wenig an die junge Lilo.

Lilofee? Die kann er jetzt gar nicht brauchen. Viel zu oft war mit ihrem Auftauchen Unangenehmes verbunden.

Die Geschichte mit der verschwundenen und wiedergefundenen Tochter gefällt Rosner ebenfalls nicht. Entweder das junge Ding oder Lilo hat etwas zu verbergen. Jedenfalls stinkt die Sache, so denkt er, kann sich aber keinen Reim darauf machen. Vielleicht ist es Lilos merkwürdiges Verhalten? Rosner hat eine andere Vorstellung von liebenden Müttern. Sie war sehr kühl zu ihm und eiskalt zu Hanno, als er ihnen die Tochter zurückbrachte. Dem Mädchen gegenüber verhielt sie sich abweisend, gerade so, als hätte sie Angst. Hanno hingegen war überfürsorglich, seine Erleichterung stand ihm ins Gesicht geschrieben.

Er sollte noch einmal mit der kleinen Ausreißerin reden. Oder mit Hanno.

Ob die Eltern ihre Tochter im Andenken an Magdalena so getauft haben, Lena?

Magdalena. Sie war einzigartig. Etwas ganz Besonderes.

Das dachten in den beiden letzten Schuljahren viele über sich. Sie aber war es wirklich. Ihr ebenmäßiges Gesicht mit den klaren Zügen wurde von dunklem Haar umrahmt. Auch wenn sie versuchte, es mit klebrigem Gel in die Höhe zu zwingen, konnte sie ihre Schönheit nicht verbergen. Nicht einmal die Narbe, die ihre Augenbraue teilte, vermochte dies. Sie ließ Magdalena nur noch verwegener und lebendiger aussehen.

Rosner hatte sich auf einer der Abendpartys in sie verliebt. Er war mit Hanno, seinem Freund aus der Parallelklasse, unterwegs gewesen und, angeblich zufällig, auf die beiden Mädchen gestoßen. Hanno war damals zwischen Lilo und Magdalena hin- und hergerissen, er konnte sich nicht für die eine oder die andere entscheiden. Er schwärmte von der feenhaften Lilo und war gleichermaßen begeistert von Magdalenas fesselnder Schönheit.

Für Rosner war die Sache klar, ab dem Moment, in dem er die beiden tanzen sah. Lilo schwebte elfengleich über das Parkett, wunderschön anzusehen. Magdalena hingegen machte tollkühne, manchmal auch ungelenke Sprünge. Einen davon mitten in sein Herz. Zunehmend angetrunken verfolgte er all ihre Bewegungen, hörte ihr Lachen und sagte irgendwann zu Hanno: »Wenn du nichts dagegen hast, tanze ich mit Magdalena.«

Aber Hanno hatte etwas dagegen.

Trotzdem lag Magdalena am frühen Morgen in seinen und Lilo in Hannos Armen.

Sosehr er sich jetzt auch anstrengt, er kann sich nicht mehr erinnern, ob Magdalenas Augen braun waren oder so grün wie die von Alice.

Genug Trübsal geblasen, beschließt er und steht ruckartig auf.

Seine Hand findet unmittelbar das Telefon in der Tasche seiner grauen Jeans.

Kein Anruf, keine SMS.

Ist Alice wieder abgehauen?

Ist doch egal.

Ohne weiter nachzudenken, tippt er eine Nummer in sein Handy.

»Ich brauche ein Taxi.«

Erst später, als er, ohne sich in der Klinik abgemeldet zu haben, im Villacher »Park Café« sitzt, versucht er, eine Rechtfertigung für sein Vorgehen zu finden. Er gibt es schnell auf.

Vor ihm liegt die Speisekarte.

Er wird das Angebot des heutigen Tages nehmen. Gemüselasagne mit gemischtem Salat. Und dazu ein großes Glas kühles Wasser.

Lächelnd wendet Rosner sich an den wartenden Kellner. »Bringen Sie mir einen doppelten Whisky, pur, ohne Eis.«

15

Einige Wochen zuvor

Emil stand auf dem Gipfel des Ferlacher Horns und strahlte über das ganze Gesicht. Kaum dass er nach einem kräftigen Schluck aus dem Flachmann das Kreuz berührt und sich stolz ins Buch eingetragen hatte, war die Erleuchtung über ihn gekommen.

Bei diesem hochtrabenden Wort musste er grinsen. Aber es war eben tatsächlich so etwas wie eine Erleuchtung gewesen, was ihn hier oben ereilt hatte.

Das Ferlacher Horn ragte nicht weit von seiner Almhütte entfernt in die Höhe. Mit ein Grund für ihn, diesen Berg für seine heutige Tour auszuwählen.

Am Vormittag war er mit seinem in die Jahre gekommenen, aber immer noch geländetauglichen Dacia von der Klagenfurter Wohnung in Richtung Zell-Pfarre aufgebrochen und zum Franzi-Bauern gefahren, wo er die Karre beim verlassenen Gehöft abgestellt hatte. Der Wanderweg war dort weniger steil und die Landschaft abwechslungsreicher. Buchenwald, Tannenwald, Almwiesen, bizarre Felsformationen, Blumen, Tiere und Pilze, nur hin und wieder lästige Insekten oder stechlustige Wespen, alles in allem ein herrlicher Weg.

Und darüber der sommerblaue, wolkenlose Himmel.

Oben auf dem Gipfel war Emil nach zweieinhalb Wanderstunden nur wenig erschöpft. Aber überwältigt war er, überwältigt vom Panorama. Und überwältigt von seiner Erkenntnis.

Nun war ihm endlich klar, wie er weiter vorgehen musste.

Den tausendachthundertvierzig Meter hohen Berg in den Karawanken hatte er für seine Wanderung vor allem auch ausgewählt, weil ihn die mystische Atmosphäre auf dem Ferlacher Horn schon immer beeindruckt hatte und er sich davon zusätzliche Inspiration erhoffte. Und so war es auch gekommen.

Geister, Gespenster, aber vor allem die Saligen, jene sagenhaften Frauen, die angeblich in den Alpen beheimatet sind, faszinierten ihn schon in jungen Jahren. Mit Kurt, einem seiner wenigen Schulfreunde, war er einst bei strahlendem Mondschein durch den sagenumwobenen Turiawald gewandert. Sie hatten gehofft, von den Saligen, den Salkweibern, so lange geküsst zu werden, bis sie ermattet zu Boden sanken. Der Legende nach widerfuhr dies den schmucken Burschen. Vielleicht waren sie beide aber doch nicht hübsch genug, oder, wahrscheinlicher, sie hatten vor Übermut zu laut gesungen, jedenfalls hatten die Saligen sie weder in die Irre geführt noch bis zur Besinnungslosigkeit liebkost. Dafür waren ihnen ihre Seelen, die als Pfand für die Küsse galten, geblieben.

Das hatte zumindest Kurt gemeint. Emil war sich da nicht so sicher, er hätte gern getauscht.

Vielleicht würden die Salkweiber, die nicht nur im Turiawald, sondern vielerorts in Kärnten ihr Unwesen treiben, ihn ja heute, Jahrzehnte später, mit sich nehmen.

Sein breites Grinsen ging in ein schallendes Lachen über und endete in einem atemlosen Gackern, das den Wandersmann neben ihm zusammenzucken ließ.

Sofort riss er sich zusammen, machte ein feierliches Gesicht und beruhigte den armen Kerl: »Diese wunderbare Aussicht, besonders der Blick auf die Drau da unten im Rosental, überwältigt mich immer wieder.«

Erleichtert darüber, nicht mit einem Verrückten den Gipfelsieg teilen zu müssen, begann nun der andere zu schwärmen, ja, konnte gar nicht mehr aufhören: »Nicht wahr, es ist unfassbar schön bei diesem Licht, die Koschuta, der Hochstuhl und der Hochobir. Wie sich die Berge vom Himmel abheben, mein Guter, gigantisch. Die prachtvollen Farben. Ich kann mich daran gar nicht sattsehen.«

Bevor der Fremde weiterreden konnte, unterbrach ihn Emil, der alles andere als ein Guter war, schroff: »Ich muss zurück, habe noch eine weite Strecke vor mir.«

Grußlos machte er sich an den Abstieg, das entrüstete Schnauben des Wandersmanns im Rücken.

Es wurde wirklich Zeit. Und Lust auf eine Zigarette hatte er außerdem.

Während des Marsches zum Parkplatz nahm seine Idee nach und nach konkrete Form an.

Jetzt würde er erst mal zur Almhütte fahren und morgen zurück in die Stadt.

Emils Mund war ausgedörrt, und seine Hand zitterte, als er sich drei Stunden später mit einem Glas Schnaps und einer Selbstgedrehten vor die Almhütte in die Abendsonne setzte. Den guten Tropfen hatte er jetzt bitter nötig. Ein leichter Wind war aufgekommen und trocknete den Schweiß auf seiner Stirn. Die Kopie des Zeitungsausschnittes raschelte neben ihm auf der Holzbank, als er sie glatt strich.

Oft hatte er den Artikel gelesen, so oft, dass er ihn inzwischen fast auswendig kannte, und dennoch begannen seine Wangen jedes Mal wieder vor Erregung zu glühen.

Bergtragödie nach Matura

Nur wenige Tage nach der erfolgreich abgelegten Reifeprüfung an einem Klagenfurter Bundesrealgymnasium stürzte eine junge Frau bei einer Bergwanderung in der Koschuta aus bisher ungeklärter Ursache ab und verletzte sich tödlich. Sie war in Begleitung einer gleichaltrigen Freundin unterwegs gewesen. Das Unglück ereignete sich am späten Nachmittag, die Tote konnte von der Bergrettung jedoch erst nach Einbruch der Dunkelheit geborgen werden.

In dieser Nacht war Emil nur ein kurzer Schlaf vergönnt, immer wieder schrak er aus wilden Träumen hoch und wälzte sich rastlos von einer Seite auf die andere. So begrüßte er den hereinbrechenden Morgen wie einen Freund und brach zeitig nach Klagenfurt auf.

Heute hatte er keinen Blick für die ihn umgebende Landschaft, seine Aufmerksamkeit galt, wenn überhaupt, vorrangig den stotternden Geräuschen, die das alte Fahrzeug von sich gab.

Immer wieder drosselte er die Geschwindigkeit – für ihn keine Frage der Überzeugung, sondern neben der Sorge um den Zustand des Wagens Ausdruck akuten Geldmangels. Benzin war teuer, auch hinter der Kärntner Grenze in Slowenien.

Die Zeiten, in denen man dort billig tanken, Alkohol und Zigaretten kaufen konnte, waren lange vorbei.

Los, konzentrier dich, sagte sich Emil, konzentriere dich auf deinen Plan.

Der Zeitungsartikel hatte das Datum gesetzt und den Schultyp eingeschränkt. Die Rede war von einem Gymnasium gewesen, also schieden berufsbildende höhere Schulen aus, und die Anzahl der zu besuchenden Institutionen war überschaubar.

Er selbst hatte nach dem Besuch der Volks- und der Hauptschule und dem einen Pflichtjahr im sogenannten polytechnischen Lehrgang einige Lehren abgebrochen. Zum Gymnasium hätten seine schulischen Leistungen nicht gereicht. Emil wusste, dass er untalentiert und faul war, und er hatte sich, ohne dass es ihm viel ausgemacht hätte, schon vor langer Zeit damit abgefunden, kein Anwärter für den Nobelpreis zu sein.

Nun galt es, fünf Mittelschulen zu besuchen. Höchstens fünf, denn vielleicht wurde er ja früher fündig. Auch wenn seit dem Unfall zwanzig Jahre vergangen waren, würde ihm auch heute noch jemand Auskunft darüber geben können, um wen es sich bei der verunglückten Schülerin und ihrer Freundin gehandelt hatte. So ein Unglück prägte sich schließlich ein, blieb lange in den Köpfen jener, die sie gekannt hatten. Dessen war sich Emil gewiss.

Im ersten Gymnasium läutete es gerade zur Pause, und eine Horde Schüler rannte Emil beinahe über den Haufen.

Der Geruch nach Wurstbroten, Fußschweiß und Putzmitteln erinnerte ihn unangenehm an seine eigene Schulzeit. Diese Atmosphäre war ihm verhasst. Mit gesenktem Kopf betrat er das Sekretariat.

Drei Frauen tippten, ohne hochzuschauen, auf den Tastaturen ihrer Computer. Eine breite Holztheke trennte den Besucherbereich vom Büro. Auch hier roch es nach Schule, wenn der Schweißgeruch auch nicht ganz so markant im Vordergrund stand.

»Guten Morgen«, grüßte Emil verhalten.

Die Schreibkraft, die ihm am nächsten saß, hob den Kopf und musterte ihn mit dem Blick eines Basilisken. Es war ihm klar, dass er weder als Elternteil eines Schülers durchging noch eine andere Legitimation vorzuweisen hatte, sondern wie ein Fremdkörper wirkte, dessen Erscheinen den Sekretärinnen Unannehmlichkeiten verhieß. Dennoch erstarrte er nicht zu Stein, und als die Gestrenge seinen Gruß mit einem leichten Nicken erwiderte, nahm er sich vor, höflich zu bleiben, auch wenn er die dumme Gans am liebsten vom Stuhl gerissen und beschimpft hätte.

»Ich bräuchte eine Information von Ihnen, junge Dame.«

Die junge Dame schob ihren Drehstuhl zurück und stützte ihre Handflächen auf den Tresen. Angewidert betrachtete er ihre grün lackierten Nägel mit den aufgeklebten silbernen Ornamenten.

»Wie kann ich Ihnen behilflich sein?«

»Vor zwanzig Jahren ist eine Maturantin in den Bergen zu Tode gestürzt. Sie und ihre Freundin gingen hier zur Schule.«

Sofort hörten die beiden anderen Sekretärinnen zu tippen auf.

»Warte mal einen Moment«, sagte die eine, mit grauen Strähnen im dunklen Haar, und stellte sich ebenfalls an den Tresen. »Lass mich das machen, Sylvia.«

Sylvia schnaubte kurz durch die Nase und setzte sich wieder vor ihren PC.

»Wer sind Sie, und warum interessiert Sie das?«

Emil hatte mit dieser Frage gerechnet und sich, für ihn eher untypisch, sogar eine Antwort zurechtgelegt.

»Ich bin freier Mitarbeiter der ›Kronen Zeitung‹ und schreibe eine Reportage über junge Menschen, die in den Bergen verunglücken.«

Das klingt ziemlich überzeugend, dachte er und konnte ein zufriedenes Reporterlächeln kaum unterdrücken.

»Zeigen Sie mir bitte Ihren Presseausweis.«

Daran hatte er allerdings nicht gedacht.

Nun hatte er auch noch die volle Aufmerksamkeit aller drei Damen auf sich gezogen. Sie beobachteten neugierig das Geschehen.

Emil durchwühlte Hosen und Jackentaschen.

»Der Ausweis liegt wohl in der Redaktion«, sagte er und machte dabei sein freundlichstes Gesicht.

»Schade, ohne Ausweis darf ich Ihnen leider nicht helfen.«

Die Grauhaarige verabschiedete ihn achselzuckend, drehte sich um und setzte sich wieder vor ihren PC.

Verärgert verließ Emil das Büro. In der nächsten Schule musste er es gescheiter anstellen.

Nach zwanzig Minuten stand er wieder in einem Sekretariat. Diesmal gab es nur zwei Schreibkräfte, dafür war die Direktorin anwesend, eine freundlich blickende Frau mittleren Alters. Sie winkte ihn in ihr Büro.

Der Raum war erstaunlich hell und modern eingerichtet, anders, als Emil die Direktorate seiner eigenen Schulzeit in Erinnerung hatte.

»Ich habe über das Arbeitsamt eine Umschulung erhalten und bin zwei Monate lang Praktikant bei der ›Kleinen Zeitung‹, um das Metier kennenzulernen. Jetzt soll ich für eine Reportage über junge Todesopfer in den Bergen Recherchearbeit leisten.«

Er machte eine Pause und sah abwartend die Direktorin an, die ihm einen mitleidigen Blick zuwarf. Wahrscheinlich dachte sie, so alt und noch immer keinen anständigen Job.

»Und was hat unsere Schule damit zu tun?«

»Ich habe gehört, dass eine Schülerin Ihres Gymnasiums vor Jahren knapp nach der Matura in den Karawanken einen tödlichen Bergunfall hatte.«

»Tut mir leid, aber Sie wissen sicher, dass mir wegen des Datenschutzes die Hände gebunden sind.«

Sie sah ihn entschuldigend an, und Emil erkannte, dass sie ihm gern mehr verraten hätte.

»Wenn Sie mir einen kleinen Hinweis geben könnten, ich wäre Ihnen sehr dankbar. Wissen Sie, in meiner etwas schwierigen Situation muss ich Ergebnisse bringen, nur so ist es vielleicht möglich, in der Zeitung eine Anstellung zu bekommen.« Er setzte seinen traurigsten Dackelblick auf. Und der funktionierte.

Die Direktorin schaute kontrollierend zur Tür, dann sagte sie leise: »Ich glaube zu wissen, welchen Fall Sie meinen. Es geht um die beiden Achtzehnjährigen, die vor der geplanten Maturareise in den Bergen waren und von denen nur eine zurückkam.«

»Ja, genau die. Wie hießen die beiden?«

»Tut mir leid, keine Ahnung. Das Einzige, was ich Ihnen guten Gewissens verraten kann, ist, dass die Mädchen nicht an unserer Schule waren.«

Emil hatte das Gefühl, ein Tennisball träfe seinen Magen. »Wissen Sie vielleicht, in welches Gymnasium die beiden gingen?«

»Das geschah lange vor meiner Zeit in Klagenfurt. Ich unterrichtete damals in der Steiermark und habe die traurige Geschichte nur erzählt bekommen.«

Emil biss vor Enttäuschung die Zähne zusammen. Das hatte sich so gut angelassen.

Sein Abschiedsgruß war freundlich, im Inneren grollte er. Keinen Schritt war er weitergekommen. Nur eins wusste er mit Sicherheit: Diese Schule konnte er von der Liste streichen.

Vor dem nächsten Gymnasium machte er eine kurze Rast in einem schäbig wirkenden Gasthaus. Der Kellner trug eine schmutzige Schürze und brachte ihm ein schal schmeckendes großes Bier. Emil hatte ihn beim Kartenspielen mit einem angetrunken wirkenden Gast gestört. Unkonzentriert nahm er ein paar Schlucke, rauchte dazu gelangweilt eine Zigarette.

Eine fette Stubenfliege umkreiste ihn pausenlos. Als er sie mit einem lauten Klatschen erschlug, sahen Gast und Kellner alarmiert von ihrem Blatt hoch.

»Wir haben hier ein Herz für Tiere«, näselte der Kellner, und der Gast nickte bestätigend.

Emil warf ein paar Münzen auf den Tisch, trank hastig aus und verließ das Wirtshaus.

Schon die dritte Schule an diesem Vormittag. Wieder läutete die Pausenglocke schrill, wieder tobten Schüler rücksichtslos durch die Gänge, wieder stank es nach Jausenbrot und alten Socken. Wieder stand er in einem Büro und wurde mit den gleichen fadenscheinigen Erklärungen wie zuvor abgefertigt.

»Leider dürfen wir keine Informationen geben. Datenschutz, Sie verstehen?«

Der einzige Unterschied war, dass man ihm hier auch mit entsprechendem Presseausweis keine Auskünfte erteilt hätte.

Verärgert und entmutigt beschloss er, in das gegenüberliegende Pub zu gehen und einen neuen Plan zu schmieden. Der Besuch im Wirtshaus hatte ihn durstig gemacht.

Wie zu erwarten war der Gastraum jetzt, kurz vor Mittag, brechend voll. Nur an der Theke gab es noch unbesetzte Barhocker. Wie selbstverständlich nahm er einen davon in Beschlag. Das Ärgerliche an solchen Hochsitzen war, fand Emil, dass seine Füße kaum den Boden erreichten.

Er bestellte ein großes Helles und einen Schnaps. Vor ihm lag ein Bierdeckel. Während er ihn in kleine Teile zerlegte und die Fussel achtlos zu Boden schnippte, begann er an einer neuen Strategie zu arbeiten.

Die nächste Schule wollte er in der Rolle eines Polizisten anrufen. Jetzt ging es erst mal um das Ausschließungsverfahren. Und das sollte über ein scheinbar amtliches Telefonat möglich sein. Bisher bestand nur beim zweiten Gymnasium die Gewissheit, dass die gesuchten Mädchen dort nicht die Matura gemacht hatten, beim ersten, dritten, vierten und fünften hingegen gab es noch keine Resultate. Hier musste er ansetzen, und das zügig.

Er hatte gezahlt und war eben vom Hocker gestiegen, als er grob angerempelt wurde. Bier schwappte aus einem Glas auf sein Poloshirt. Seine erste Reaktion war, den Verursacher heftig anzupöbeln.

»Entschuldigen Sie bitte«, wisperte eine Stimme, »das tut mir leid. Ich bin wieder einmal über meine eigenen Füße gestolpert. Das passiert mir leider ständig. Ich bin ein Tollpatsch.«

Vor ihm stand eine hellhaarige Frau, etwa im gleichen Alter wie er. Ihre runden Wangen waren gerötet.

»Darf ich Sie als Widergutmachung auf ein Bier einladen?«

Emil hatte seine Prinzipien. Eines davon lautete, ein angebotenes Bier niemals abzulehnen. Anstandslos kletterte er zurück auf den Barhocker. Die Frau schwang sich auf den danebenstehenden. Ihre Füße erreichten mühelos den Boden.

Das liegt an den hohen Absätzen, mutmaßte er neidisch.

Sie bestellte zwei große Bier und zwei doppelte Obstler. In diesem Moment beschloss Emil, sie zu mögen.

»Ich heiße Annemarie. Und du?«

Zwanglos war sie zum Du übergegangen.

Er zögerte kurz. »Konrad. Prost.«

»Konrad Prost?« Annemarie schien einen eigenartigen Humor zu besitzen.

Nach dem dritten Bier setzten sie sich in den Nebenraum vor den offenen Kamin. Da es Frühsommer war, glomm darin zwar kein Feuerchen, dennoch vermittelte der Ofen Behaglichkeit.

Annemaries Stimme hatte einen undeutlichen Klang angenommen, aber Emil verstand sie gut.

»Wo arbeitest du?«, fragte sie jetzt, und er erwiderte geistesgegenwärtig: »Ich bin bei der Zeitung.«

Ihr bewunderndes »Oh« spornte ihn zu weiteren Improvisationen an.

»Ich bin stellvertretender Leiter der Lokalredaktion. Und du, Annemarie, was treibst du den lieben langen Tag?«

»Ich habe einen schrecklichen Job. Werde wegen Burn out bald um Frühpension ansuchen müssen. Die machen mich fertig. Jeden Tag verliere ich ein Stück mehr.«

»Was verlierst du?«

»Kraft. Die Tasse ist voll. Mehr geht nicht.«

Dabei schaute sie anklagend auf ihr leeres Bierglas, und Emil, der Zwischentöne manchmal verstand, machte sich sofort auf den Weg, um Nachschub zu besorgen.

»Vergiss aber nicht, die erste Runde geht auf mich«, sagte sie, als er mit zwei frisch gezapften Bieren und doppelten Obstlern an ihren Tisch zurückkehrte. »Wegen des Missgeschicks. Immerhin haben wir uns dadurch kennengelernt.«

Langsam begann Annemarie ihn zu nerven. Doch ihre nächsten Worte vertrieben seinen Unmut völlig.

»Siehst du die Schule da drüben?« Sie deutete vage zum offenen Fenster. »Dort mühe ich mich seit beinahe einem Vierteljahrhundert als Lehrerin ab.«

Bingo. Volltreffer.

»Du Arme. Muss eine Qual sein, diese Teufel unter Kontrolle zu bringen.«

»So ist es. Wenn ich am Abend heimkomme, gieße ich mir ein großes Glas ein. Erst wenn das leer getrunken ist und ich drei Zigaretten hintereinander geraucht habe, beginne ich mich zu entspannen.«

Emil, dem solcherlei Symptome nicht fremd waren, erwiderte wahrheitsgemäß: »Das kenne ich nur zu gut.«

»Deine Arbeit bei der Zeitung ist sicher auch ziemlich stressig.«

»Kann man so sagen. Aber dafür bin ich immer wieder an guten Geschichten dran, auch wenn es jetzt gerade mal stockt.«

»Woran arbeitest du denn? Oder ist das ein Geheimnis?« Es klang, als würde Annemaries Zunge die Worte verschlucken.

»Ein Geheimnis ist es nicht. Ich recherchiere für eine Reportage. Es geht um die Tragödie einer Maturantin, die vor zwanzig Jahren in den Karawanken ums Leben kam.«

»Klingt spannend und gruselig zugleich.«

Sie trank ihr Bier mit großen Schlucken aus, schob den Obstler nach und leckte genüsslich über ihre feuchten Lippen. Im Licht der Mittagssonne, die jetzt durch das Fenster fiel, erkannte Emil, dass ihr helles Haar grau war und um den Seitenscheitel ziemlich ausgedünnt. Die von Falten durchzogene Haut verriet ihr Alter. Ein Jahrgang waren sie beide nicht. Sie zupfte am Saum ihres fusseligen Shirts, das teilweise aus dem Bund ihrer Jeans gerutscht war und den Blick auf ihre bleiche, mollige Taille freigab.

»Spannend ist es nicht. Eher anstrengend, weil ich niemanden finde, der mir etwas erzählt.«

»Ein Blondes geht doch noch?«

Schon kam sie mit zwei Gläsern zurück.

»Den Obstler habe ich lieber weggelassen. Übertreiben sollten wir es nicht.«

Sie hatte es schon längst übertrieben, fand Emil, dem es zunehmend schwerfiel, ihrer undeutlichen Aussprache zu folgen.

»Musst du heute noch unterrichten?«

Sie lachte polternd. »Da solltest du mich mal im Klassenzimmer sehen und hören! Die paar Promillchen tun mir nichts. Aber heute Nachmittag habe ich frei. Woran arbeitest du? Schwupps. Ich hab's vergessen. An Sportunfällen im Turnunterricht?«

»Bergunfälle junger Menschen.«

»Das kann doch nicht so schwer sein.« Nachdenklich strich sie den Schaum vom Rand des Glases. »Als ich damals hier anfing, hatten wir auch so eine Tragödie. Zwei achtzehnjährige Mädchen stürzten in der Koschuta zu Tode.« Sie verdrehte die Augen und schlug sich mit der Handfläche auf den Arm. »Was rede ich da? Eine kam ja zurück, nur die andere stürzte ab und war auf der Stelle tot. Die arme Kleine hätte eine vielversprechende Karriere als Geigerin vor sich gehabt. Es war ein Jammer. Eine richtige Tragödie.«

Schlagartig war Emil hellwach. Er versuchte, bei seiner nächsten Frage nicht allzu neugierig dreinzuschauen.

»Wann geschah das? Nach solchen Geschichten suche ich nämlich.«

»Vor ungefähr zwanzig Jahren. Und stell dir vor, die andere kam nach dem Lehramtsstudium zurück und unterrichtet schon seit langer Zeit hier in ihrem alten Gymnasium. Sie ist eine Kollegin von mir. Eine Kanaille, mit der man sich besser nicht anlegt. Ihre Freundin hingegen soll etwas Außergewöhnliches gewesen sein. Das Leben ist manchmal richtig ungerecht.«

Emil nickte bestätigend und murmelte: »Aber eben nicht immer.« Er hatte das Glückslos gezogen. »Darauf heben wir einen Schnaps.«

»Nichts dagegen, Konrad, aber worauf? Doch nicht auf den Tod dieses Mädchens?« Annemarie schloss ihre Hand um das Bierglas und sah ihn verständnislos an. Die Asche ihrer Zigarette schnippte sie achtlos auf den Boden.

»Nein, wir trinken darauf, dass wir beide am Leben sind, uns kennengelernt haben und hier miteinander sitzen.«

»Das ist ein Grund.« Sie lächelte ihn eigenartig an, und Emils Magen krampfte sich nervös zusammen. Wie beiläufig nahm sie ihre Hand vom Bierglas und legte sie auf die seine.

Emil rückte ab. Unwillkürlich verzog er sein Gesicht, riss

sich aber sofort wieder zusammen. »Erzähl mir ein bisschen mehr von deiner Kollegin. Wie ist sie so, wie heißt sie?«

»Was bekomme ich dafür?«

Er zögerte kaum merklich. Dann zog er sie an sich und drückte seine Lippen auf den dünnen Scheitel. Sofort schlang sie ihre Arme um ihn und flüsterte »Konrad« in sein Ohr.

Eine Stunde und einige Biere später, Annemarie saß inzwischen auf Emils Schoß, strömte eine Horde Jugendlicher in das Kaminzimmer.

»Wir sollten aufbrechen.« Sie sah ihn bedeutungsvoll an.

Noch immer hatte sie ihm nicht den Namen ihrer Kollegin verraten, noch immer musste er gute Miene zum bösen Spiel machen.

Die Jugendlichen, vermutlich Schüler des gegenüberliegenden Gymnasiums und womöglich Annemaries Schüler, stießen sich an und kicherten, als sie beide aneinandergeschmiegt das Lokal verließen.

Vor der Tür blieb Annemarie stehen, stellte sich auf die Zehenspitzen und hauchte in sein Ohr: »Zu dir oder zu mir?«

Einen Moment lang kämpfte Emil gegen aufsteigende Übelkeit an, dann hauchte er zurück: »Zu dir. Ich habe nicht aufgeräumt.«

Als Emil um vier Uhr morgens die schnarchende Annemarie verließ, hatte er den für beide enttäuschenden Sex schon fast wieder vergessen. Nicht aber den Namen der Verunglückten.

Und den der Überlebenden auch nicht.

16

Simon Rosner will aufstehen. Alles dreht sich um ihn, die grob verputzten Mauern rücken bedrohlich näher. Das Blut singt in seinen Ohren. Die Gesichter der anderen Barbesucher verschwimmen. Mit beiden Händen umklammert er die Tischkante, versucht, sein Gleichgewicht zu finden.

Als sich der innere Tumult einigermaßen gelegt und die ihn umgebende Welt wieder festere Form angenommen hat, stemmt er sich hoch und macht einen tastenden Schritt nach vorn. An einem Mauervorsprung findet er Halt. Er taumelt weiter in Richtung Toilette, spürt sein Herz rasen.

Im Waschraum atmet er durch und versucht, die aufkommende Übelkeit niederzukämpfen.

Zu allem Überfluss hat er auch noch Gesellschaft. Blutunterlaufene Augen über dunklem Bartschatten funkeln ihn an. Sein hässliches Visavis reißt das Maul auf, macht einen wankenden Schritt auf ihn zu und bricht mitten in der Bewegung ab. Rosner hebt abwehrend den Arm, der andere tut es ihm gleich.

Hinter ihm rauscht die Spülung, und eine Kabinentür öffnet sich.

»He, Sie da. Das hier ist die Damentoilette. Verschwinden Sie.«

Rosner und sein Spiegelbild beginnen gleichzeitig zu lachen und wenden sich um.

Als eine zweite Frau den Waschraum betritt, wird es Rosner zu eng. Beim Versuch, nicht nur der Situation zu entfliehen, stolpert er gegen die Frau. Die weicht zurück, und Rosner knallt gegen den Türstock. Sein Finger verhakt sich im Schloss. Das muss wehtun, denkt er, als er das Blut sieht, doch er spürt keinen Schmerz. Abermals beginnt er zu lachen.

Die beiden Frauen reden jetzt auf ihn ein, doch er versteht kein Wort. Eine nimmt ihn am Arm und führt ihn zurück in den Schankraum. Er hinterlässt eine blutige Spur.

Der Barkeeper führt Rosner widerwillig in eine Vorratskammer, kramt einen Verbandskoffer hervor und verbindet den Finger. Auch er redet während der gesamten Prozedur auf ihn ein. »Arzt«, »Tetanus« und »Krankenhaus« reichen Rosner, um sich den Rest zusammenreimen zu können. Verneinend schüttelt er immer wieder den Kopf.

Erst als Kaffeegeruch in seine Nase dringt, wird das Ambiente wieder schärfer. Er starrt auf seinen eingemummten Finger, dann in die Tasse. Sein Blick verliert sich im Gebräu. Langsam, wie das träge Kreisen der Schlieren in der Flüssigkeit, entsteht ein Gedanke in seinem Kopf. Es ist ein Augenblick absoluter Klarheit. Ein heiliger Moment.

Rosner springt auf, stolpert und fällt.

Das Letzte, was er wahrnimmt, ist ein stechender Schmerz im Gesicht. Ich kann wieder fühlen, denkt er, dann wird es dunkel um ihn.

Wo, um Gottes willen, ist er hier?

Er kann sich an nichts erinnern. Angestrengt versucht er, durch verklebte Wimpern zu blinzeln. Ein Auge will sich nicht öffnen lassen, es scheint zugeschwollen zu sein. Mit seinen Fingerkuppen tastet er über den verkrusteten Schlitz. Auf der Stirn hat er eine Beule.

Stöhnend hält er seinen schmerzenden Kopf.

Er hat einen fundamentalen Absturz geliefert.

Einen verfluchten Rückfall.

Die Wochen, die Monate, alle Anstrengung umsonst.

Wofür hat er sich abgemüht, wenn es ihm mit einem Augenblick gelungen ist, alles zu vernichten?

Wie stolz er noch auf den kleinsten seiner Erfolge war, wie sorgsam er die bewältigten Tage gezählt hat, oft genug auch die Stunden.

Erschöpft hebt Rosner die Hand zum Mund und spürt sprödes Verbandszeug über seine Lippen streichen.

Wie und wo hat er sich diese Verletzung zugezogen? War er im Krankenhaus, vielleicht in der Notaufnahme?

Er hat keinen blassen Schimmer.

Irgendwann gelingt es ihm, das rechte Auge zu öffnen.

Es ist dunkel. Als er sich aufrappelt, sieht er silberne Sterne. Beim Herumtasten stößt er sich den Kopf, die Ellbogen. Er flucht laut, findet nach langem Tasten den Lichtschalter.

Eine einzelne Glühbirne taucht einen kleinen Raum in schummriges Licht.

Simon Rosner steht schwankend in einer Rumpelkammer.

Zwischen Regalreihen, auf deren Brettern Vorräte gestapelt sind, steht ein altes Campingklappbett. Eine zerknüllte Decke und ein zu einem Kissen zusammengefalteter Stoff zeugen von seinem bewusstlosen Schlaf.

Neben der Liegestatt steht ein Plastikkübel. Er muss sich übergeben haben. Es stinkt fürchterlich.

In Rosners Mund bildet sich Speichel, und ätzende Galle steigt hoch.

Er schüttelt sich, als könne er dadurch die Ereignisse der letzten Stunden vertreiben. Allmählich dämmert ihm, dass er in dieser Kammer schon einmal war. Der Barmann hat ihn hier verarztet und ihm offenbar danach ein Klappbett zum Schlafen gerichtet.

Rosner wischt sich über die nass geschwitzte Stirn.

Er muss über alle Maßen besoffen gewesen sein!

Ein Adrenalinschub jagt durch seinen Körper, als er an die Entzugsklinik denkt. Ob er wieder zurückkann? Will er denn überhaupt? Mit Sicherheit wurde seine Abwesenheit inzwischen bemerkt.

Dann sieht er Alices Gesicht. Die Überzeugung in ihren Augen, die Zuversicht.

Ursprünglich war er nach Villach gefahren, um sie zu suchen. Da ist etwas gründlich danebengegangen!

Was, wenn Alice ihr Davonlaufen inzwischen bedauert und ihn erneut in der Klinik besuchen will? Ihn dort nicht antrifft, erfährt, dass er abgehauen und nicht mehr zurückgekehrt ist?

Ihre Bedingung für eine ernsthafte Beziehung ist klar.

Komplette Alkoholabstinenz.

Wieder betrachtet er seinen dick verpackten Finger. Eine Erinnerung an etwas Wichtiges steigt in ihm hoch, will sich aber nicht fassen lassen. Sie treibt weg, kaum dass er danach greift.

Der Finger. Es hatte etwas mit dem Finger zu tun.

Da öffnet sich die Tür des Abstellraumes, und der Barkeeper, der sich als Besitzer des Lokals herausstellt, kommt mit einem Becher Kaffee auf ihn zu.

»Etwas anderes kriegen Sie nicht.«

Rosner ist übel, alles in ihm schreit nach einem Reparaturbier, aber er bedankt sich.

Der Barmann setzt sich neben ihn auf das Bett.

»Ich konnte Sie in dem Zustand nicht fortlassen.«

»Weit wäre ich sowieso nicht gekommen, so viel steht fest.« Rosner will seine Lippen zu einem Grinsen bewegen, aber die wehren sich standhaft. »Was bin ich Ihnen schuldig?«

»Nichts, das haben Sie gestern schon erledigt, mit einem stattlichen Trinkgeld für das Mädchen als Draufgabe.«

»Na dann.« Rosner kann sich beim besten Willen nicht erinnern. Unauffällig tastet er nach seiner Brieftasche und atmet erleichtert auf. Alles da.

Der Mann betrachtet ihn aufmerksam. »Wie geht es Ihrem Finger? Tut es sehr weh?«

Da kommt die Erinnerung zurück.

Der Finger.

Lilos fehlender Finger. Und die zweifelhaften Umstände, unter denen er ihr abhandenkam.

Damals, als sie die Reifeprüfung abgelegt hatten und er zu seinem Bedauern schon längst nicht mehr mit Magdalena zusammen war, gab Hanno eine Abschlussfete. Es war ein Samstag, und am Montag darauf wollte der gesamte Jahrgang zur Maturareise aufbrechen.

Die Stimmung war ausgelassen, die Getränke stark. Es gab von allem reichlich. Gegen Mitternacht stand Rosner allein mit Magdalena auf der Terrasse des Hauses von Hannos Vater. Sie warf ihm unter gesenkten Wimpern einen auffordernden Blick zu.

»Möchtest du ihn mit mir teilen?« Ihr Mund glänzte rot im Licht eines Lampions, als sie den Joint, von dem sie sprach, zwischen ihre Lippen schob.

Jeder auf der Party wusste, dass Magdalena und Hanno ein

Paar waren. Und einige ahnten, dass Rosner seinem Freund das seit Langem übel nahm. Nun standen sie beide zusammen.

In dem Moment, als er »Keine so gute Idee« sagte und hoffte, sie würde ihm widersprechen, wurde die Terrassentür aufgeschoben, und Lilo und Hanno gesellten sich zu ihnen.

»Magdalena, ich habe dich gesucht«, sagte Hanno vorwurfsvoll. Seine Stimme zitterte leicht. »Ich muss mir doch keine Sorgen machen?«

»Doch. Was immer ich tue, es kann gefährlich sein. Also sieh dich vor.« Ihre Augen funkelten, und das Terrassenlicht ließ ihr Haar glänzen.

Das knappe Shirt schmiegte sich eng an Magdalenas Körper und erinnerte Rosner an das, was sie monatelang miteinander verbunden hatte: leidenschaftlicher Sex. Darüber hinaus seine verklärte Verliebtheit. Magdalena hatte nie ein Geheimnis daraus gemacht, auch an anderen Männern interessiert zu sein. Er war für sie, wie sie ihm einmal sagte, eine Art Durchgangssyndrom. Für ihn jedoch war sie die Einzige.

Sie sah Hanno belustigt an, als er etwas sagen wollte. »Du machst doch jetzt keinen auf Spießer?« Sie blinzelte ihrer Freundin zu. »Ich geh lieber mal schlafen. Lilofee und ich haben morgen einiges vor.«

Auch Lilos Augen glänzten. Aus Vorfreude auf die gemeinsame Unternehmung oder vielleicht doch nur vom Alkohol.

»Hanno, was meinst du? Sollen wir den Mädels morgen Gesellschaft leisten?«, schlug Rosner vor.

Aber Hanno gähnte nur und legte den Arm um Magdalenas Schulter. »Pass auf dich auf«, murmelte er.

Lilos Augen schickten blitzende Pfeile, und Rosner erkannte, dass die kleine, zarte Lilofee noch nicht aufgegeben hatte. Sie wollte Hanno zurück, um jeden Preis.

Damals war er schlafen gegangen, hatte wild von Magdalena geträumt und beschlossen, sie zurückzuerobern. In irgendeiner verqueren Weise empfand er sich und Lilo als Verbündete. Auch wenn ihm das nicht besonders gefiel.

Am nächsten Tag spazierten Hanno und er am Lendkanal entlang Richtung Wörthersee. Gemächlich wie alte Leute fütterten sie Schwäne mit Brotkrumen. Als sich die Sonne hinter den Wolken verkroch, setzten sie sich in ein Café am Ufer und tranken Tee.

»Mit Rum«, bestellte Rosner, »wir wollen doch unseren Kater pflegen.«

Die Stimmung schlug um, als Hanno Simon unvermittelt am Arm packte und zischte: »Du wirst dich nicht zwischen Magdalena und mich drängen. Schlag dir das aus dem Kopf. Wir haben nämlich ein kleines Geheimnis, mein Schatz und ich.«

»Hatte ich gar nicht vor«, log Rosner, »du kannst mir dein Geheimnis also ruhig anvertrauen.«

»Ja? Es wird dir zeigen, wie nutzlos deine Versuche wären, Magdalena zurückzuerobern. Du weißt, dass sie die Aufnahmeprüfung für das Geigenstudium bestanden hat und in Salzburg am Mozarteum studieren wird? Ich habe mich an der juristischen Fakultät eingeschrieben. Das heißt, wir werden zusammenziehen.«

Rosner klangen die Ohren. »Ich dachte, Magdalenas Eltern haben dafür kein Geld. Sollte sie nicht in ein Studentenheim?«

»Ja, aber ich konnte sie überreden. Mein alter Herr kennt jemanden, der uns eine Wohnung zu überschaubaren Konditionen vermietet.«

»Dann ist ja alles bestens«, entgegnete Rosner und versuchte, die aufsteigende Wut zu unterdrücken.

Am Abend, sie spielten Dart in Hannos Hobbykeller, klingelte das Telefon der Grabners.

»Für dich«, rief Hannos Mutter von oben und legte das Gespräch auf den Apparat im Keller.

»Schatz«, sagte Hanno fröhlich, um kurz darauf zu erstarren. Wortlos und weiß wie die Wand hielt er Rosner den Hörer hin.

»Ja?«, meldete der sich.

»Hanno, bist du das?«

»Nein, hier spricht Simon.«

»Ich bin im Unfallkrankenhaus.« Lilos Stimme schrillte in seinem Ohr. »Sie haben mir meinen Finger gerade wieder angenäht. Die Polizei ist schon da, sie wollen mit mir reden, und dann muss ich hier im Krankenhaus bleiben.«

»Was? Warum bist du im Krankenhaus? Was ist mit deinem Finger? Was, wieso Polizei? Wo ist Magdalena? Gib sie mir.«

»Das geht nicht. Magdalena ist tot.«

Rosner lehnte sich an die Wand. Er spürte, wie das Blut aus seinen Adern wich.

»Tot? Ich verstehe nicht.«

»Ich ja auch nicht.« Lilo schluchzte auf. »Könnt ihr herkommen? Wenigstens einer von euch? Bitte.«

Er fuhr mit Hanno und dessen Vater ins Unfallkrankenhaus und danach auf die Polizeistation.

Magdalena war auf einem Felsen ausgerutscht und abgestürzt. Bei Lilos Versuch, sie festzuhalten, hatte sich ihr Rubinring in einer Schlaufe von Magdalenas Anorak verhakt. Die Hebelwirkung des Zuges hatte Lilos Finger an der Handwurzel beinahe vollständig abgetrennt. Er baumelte nur noch an einem Hautfetzen.

Lilo war schreiend zur nächsten Hütte gelaufen.

Für Magdalena kam jede Hilfe zu spät. Sie wurde in den Abendstunden tot geborgen. Beim Aufprall hatte sie sich das Genick gebrochen.

Nach zwei komplikationsbehafteten Operationen stand fest, dass es den Ärzten nicht mehr gelingen würde, Lilos Finger erfolgreich anzunähen. Er musste amputiert werden.

Die Maturareise hatte keiner von ihnen angetreten. Hanno war lange Zeit am Boden zerstört. Statt wie geplant in Salzburg Jura zu studieren, begann er im darauffolgenden Herbst zur Freude seines Vaters, einem Baumeister, ein technisches Studium in Graz, um in dessen Fußstapfen zu treten. Er absolvierte es in Rekordzeit. Lilo war die Einzige, der es gelang, einen Zugang zu ihm zu finden. Das lag daran, dass sie nicht, wie sie es ursprünglich vorgehabt hatte, in Wien Italienisch studierte, sondern kurz entschlossen mit Hanno nach Graz ging, um sich dort weiter um ihn kümmern zu können. Was sie sehr intensiv getan haben musste, denn kurze Zeit später hörte Rosner, dass die beiden ein Paar wären. Er selbst hatte zu Hanno keinen Kontakt mehr. Das Unglück hatte ihre Freundschaft beendet und ihre Wege getrennt.

Auch Rosners Welt war dadurch in Unordnung geraten. Er tat ein Jahr lang gar nichts, ließ sich treiben, lag seinen Eltern auf der Tasche, bis er sich spontan entschloss, als einfacher Streifenpolizist in den Polizeidienst einzutreten.

So ging sein Leben weiter. Er war eben ein Durchgangssyndrom, wie Magdalena treffend erkannt hatte. Ein bisschen Verzweiflung, ein bisschen Trauer und danach alles wieder auf Anfang.

Der Lokalbesitzer hat die Vorratskammer längst verlassen.

Rosner ist allein mit seinen trüben Gedanken und weiß nun wieder, was er schon in der Nacht verstanden, aber vor Trunkenheit nicht gesehen hatte.

Lilos Finger und Magdalenas tödlicher Absturz.

Zwanzig Jahre ist sie her, die Geschichte, und doch wird er mit Lilo darüber reden müssen. Er musste sie danach fragen, was damals wirklich bei dem Unfall geschehen war, wie sich alles genau zugetragen hatte.

Zuerst aber muss er in die Klinik und ein anderes Gespräch führen.

Rosner eilt mit beschämt gesenktem Kopf am Portier vorbei zu seinem Zimmer. Erleichtert stellt er fest, dass alles an seinem Platz ist und kein fertig gepackter Koffer vor seinem Bett steht.

Sein Wiederauftauchen scheint bemerkt worden zu sein, denn er hört leises Klopfen.

Einer der Psychologen tritt ein und sieht ihn eine Weile schweigend an. Das gehört wohl zum üblichen Bestrafungsprozedere, überlegt Rosner.

»Okay, meine Schuldgefühle bringen mich um«, sagt er schnell. »Ist es jetzt gelaufen für mich, oder bekomme ich noch eine Chance?«

Erst als er zu Ende geredet hat, bemerkt er, wie wichtig die Antwort für ihn geworden ist.

»Nicht wir geben Ihnen eine neue Chance, Sie müssen sie sich selbst geben.«

Rosner nickt.

Kurz überlegt er, ob er erklären soll, wie es zu dem Rückfall gekommen ist, aber so genau weiß er das selbst nicht.

Stattdessen richtet er sich auf und sieht dem Psychologen in die Augen: »Ich werde es schaffen.«

Woher er die Sicherheit nimmt, weiß er nicht, aber in diesem Moment glaubt er fest daran.

»Gut. Die Schwester kommt bei Ihnen vorbei und gibt Ihnen Ihre Medikamente. Sie werden eine Zeit lang wieder eine höhere Dosis Benzodiazepine nehmen müssen, um den Entzug zu bewältigen. Heute Abend haben Sie ein Gespräch mit der Ärztin. Und ...« Er stockt und sieht auf seinen Block. »Eine junge Frau war heute hier. Morgen, sagt sie, will sie wiederkommen.«

»Danke«, entgegnet Rosner und fragt sich, womit er so viel Glück verdient hat.

17

Eben noch erwische ich den Hemdzipfel meiner hinauseilenden Tochter.

»Lena, warte.«

Lena aber versucht sich loszureißen, und ich schlinge den Arm um mein sich wehrendes Kind.

»Ist das die nächste brutale Attacke? Schlägst du mich wieder?«

»Du weißt, wie leid mir die Ohrfeige tut.«

»Mama, lass endlich los! Meine Bluse geht wegen dir noch kaputt.«

»Ich lasse erst los, wenn du mit mir redest.«

Ihr Widerstand erschlafft. »Mach es kurz.«

Als ich hinter ihr in die Küche gehe, bemerke ich, dass Lenas französischer Zopf perfekt geflochten ist. So viel Geschick hätte ich ihr gar nicht zugetraut.

Missmutig lässt sie sich auf die Bank fallen, ich setze mich neben sie. Das Narbengewebe um meinen fehlenden Finger macht sich unangenehm bemerkbar.

»Möchtest du einen Saft?

»Nein. Ich möchte, dass du dich beeilst, ich bin verabredet.«

»Mit deinem Freund?«

»Am Vormittag im Kaffeehaus wird wohl nichts gegen ein Treffen einzuwenden sein.«

So wird das nichts. Ich muss versuchen, einen Draht zu meiner Tochter zu finden, sonst entgleitet sie mir nur noch mehr. Aus der Hosentasche ziehe ich einen Zwanzig-Euro-Schein und gebe ihn ihr. »Für Latte macchiato und Kuchen.«

»Danke. Sind wir jetzt fertig?«

Am liebsten würde ich ihr das Geld wieder abnehmen, aber ich reiße mich zusammen und bemühe mich, meine Stimme unter Kontrolle zu halten. »Ich möchte über das reden, was du Papa gegenüber angedeutet hast.«

Lena rückt von mir ab.

»Du weißt, was ich meine?«, frage ich, als sie nicht antwortet.

»Klar.«

»Gut. Wo hast du den Brief hingetan?«

»Ich habe den blöden Wisch natürlich zerfetzt und im Klo runtergespült. Willst du, dass Dunja ihn findet oder gar Papa?«

Als wäre dies sein Stichwort, steht Hanno vor uns. »Was soll ich nicht finden?«

Helle Röte, die sich mit der Farbe ihrer Haare beißt, überzieht Lenas Gesicht. Auch meine Wangen beginnen zu glühen. Hanno betrachtet uns nachdenklich.

»Was gibt es heute zum Essen?«, fragt er schließlich gleichgültig, so als würde ihn das Geheimnis nicht mehr interessieren. Aber ich kenne ihn besser. An seinen Gesichtszügen und dem leichten Zucken unter dem linken Auge, das immer dann auftaucht, wenn er angespannt ist, kann ich erkennen, dass er auf Antworten lauert. Gleich wird er auf seine Frage zurückkommen.

Um ihn auf andere Gedanken zu bringen, entgegne ich: »Bestellen wir uns etwas vom Chinesen? Wer hat schon Lust, selbst zu kochen.«

Doch Hanno ist nicht zu stoppen. »Was sollen die Putzfrau und ich nicht wissen?« Er dreht Lena unsanft an den Schultern zu sich.

»Lass sie doch«, sage ich, um zu verhindern, was folgen muss.

»Papa, du tust mir weh.« Diese Behandlung ist Lena von ihrem Vater nicht gewöhnt, so kennt sie ihn nicht. Solcherlei Grobheit ist mir vorbehalten.

»Dann rede.«

Und Lena spricht. Mir wird ganz anders bei dem, was sie erzählt, und meine Narbe beginnt unerträglich zu jucken.

»Ich habe in der Hütte einen Brief gefunden, in dem jemand Mama bedroht. Stell dir vor, Papa, mit aus Zeitungen ausgeschnittenen Buchstaben, die auf Papier geklebt waren. Wie in so einem altmodischen Film. Zuerst dachte ich an einen Scherz oder einen dummen Streich. Aber dann habe ich verstanden.«

»Was hast du verstanden?«, fragen wir beide gleichzeitig, und Lena fuhr zusammen.

»In der Schule wird schon lange über Mama geredet. Ich habe immer geglaubt, das seien blöde Gerüchte, aber nachdem ich den Brief gelesen habe, weiß ich es besser.«

»Was weißt du?«, wiederhole ich monoton.

Und Lena schreit: »Dass es stimmt! Dass du wirklich etwas mit einem Schüler der oberen Klassen gehabt hast. Und jetzt macht er Terror, weil er genau weiß, dass du von der Schule fliegst, wenn das rauskommt.«

Ich bin sprachlos.

»Werde ich jetzt wieder geohrfeigt, weil ich es Papa verraten habe?«

»Lena, das ist doch Unsinn. Wie kommst du auf so etwas Dummes?«

»War doch nicht meine Idee. In der Schule reden sie so. Die wissen über alles Bescheid. Und ich jetzt auch. Beim Privat-Nachhilfeunterricht für diesen Kevin hast du mich weggeschickt. Dabei unterrichtest du nur Italienisch und nicht Französisch.«

Hanno wendet sich mir mit entsetztem Gesichtsausdruck zu. »Lilo. Bist du komplett durchgeknallt? Der Bub ist noch minderjährig und kann dich jederzeit anzeigen.«

»Seid ihr beide noch bei Trost? Das ist doch absurd. So etwas ist nie geschehen.«

Mir steigen Tränen in die Augen. Einerseits vor Wut, dass meine Familie so von mir denkt, andererseits vor Erleichterung, dass Lena die wirkliche Bedeutung des Briefes nicht erkannt hatte.

»Jetzt heul nicht gleich los wie ein Kleinkind«, schimpft Hanno, ritterlich wie immer.

Lena reißt ein Blatt von der Küchenrolle und reicht es mir. Ganz wohl scheint ihr in ihrer Rolle der Whistleblowerin nicht zu sein.

Ich schnäuze mich ausgiebig.

Hanno will etwas sagen, aber ich komme ihm zuvor: »Ich fahre zurück nach Grado, wenigstens für ein paar Stunden, ich muss zu Leuten, die an mich glauben. Und ihr überlegt euch mal in Ruhe, was ihr mir unterstellt.«

»Du willst zu diesem Ricardo«, sagt Lena anklagend. »Papa, der ist ein Gigolo. Und einen doofen Sohn mit einem ganz blöden Namen hat er auch.«

»Luca«, sage ich automatisch.

»Warum musst du ausgerechnet jetzt Ricardo treffen?« Hanno zieht wehleidig die Augenbrauen in die Höhe.

»Von *müssen* ist nicht die Rede. Ich möchte.«

»Ich will das alles nicht hören!«, schreit Lena, springt auf, läuft in ihr Zimmer und knallt die Tür hinter sich zu.

»Gut gemacht. Musste das unbedingt vor der Kleinen sein?«

»Sie ist dreizehn und weiß, dass wir getrennt leben. Irgendwann wird sie sich damit abfinden müssen, dass ihre Eltern neue Partner finden. Besser früher als später.«

Hanno schaut mich kopfschüttelnd an und zieht die Mundwinkel nach unten. »Lilo, hör mit deinen albernen Spielchen auf. Du willst doch nicht ernsthaft behaupten, dass Ricardo dein Freund ist? Und was hat es mit diesem verfluchten Brief auf sich?«

Ich zucke mit den Schultern, gebe aber keine Antwort. Soll er nur in seinem eigenen Saft schmoren. Geschieht ihm recht.

»Ich bin spät in der Nacht zurück. Ab morgen kümmere ich mich um Lena. Du schaffst das ja offensichtlich nicht. Ich lebe erst wieder in Grado, wenn mit ihr alles okay ist.«

»Mach, was du willst. Aber es sind an die vierhundert Kilometer hin und retour. Schlaf doch dort. Du kannst dann ausgeruht am Vormittag nach Hause kommen.«

»Wie großzügig und umsichtig von dir, ganz der brave Familienvater. Aber schreib mir nichts vor, nie wieder.« Ich stehe auf. »Grüß Lena von mir.«

Ich muss zurück sein, ehe der nächste Brief kommt, erfahrungsgemäß kann das einige Tage dauern, aber das werde ich meinem Mann nicht auf die Nase binden.

Auf der ersten Autobahnraststätte in Richtung Grado mit dem malerischen Namen »Autogrill Campiolo Ovest« halte ich und überprüfe das Display meines Smartphones. Kein Anruf in Abwesenheit, keine neuen Nachrichten.

Ich schaue, wann Ricardo bei WhatsApp zuletzt online war. Er ist es jetzt. Die Chance, ihn zu erreichen, ist daher groß. Und wirklich, er hebt nach dem zweiten Läuten ab.

Hastig erkläre ich, dass ich nach Grado unterwegs bin, aber nur kurz bleiben kann. Er reagiert gleichgültig.

»Du wolltest neulich etwas mit mir besprechen, kurz bevor Hanno auftauchte«, erinnere ich ihn.

»Ich kann es dir auch am Telefon sagen, wenn du das möchtest.«

Betreten wehre ich ab. »Nein, bitte nicht. Lass uns doch gemeinsam bei Gianni zu Abend essen.«

»Am Abend habe ich einen Termin, aber vorher, gegen fünf, ginge es. Treffen wir uns bei Salvatore?«

Enttäuscht werfe ich ein, dass ich lieber in die »Bar al Porto« gehen möchte. Dort fühle ich mich wohl.

»Ich bräuchte deinen Rat.«

»Wegen der neuen Wohnung?«, fragt er desinteressiert.

»Darum geht es nicht. Bis später dann.«

Dieses Gespräch ist ganz und gar nicht so verlaufen, wie ich es mir vorgestellt hatte.

Die Landschaft fliegt an mir vorbei, ich fahre viel zu schnell mit hunderterlei Gedanken im Kopf.

Als ich den Wagen in der weißen und damit kostenfreien Zone entlang des Canale della Schiusa abstelle, verfliegt mein Ärger, und ich spüre nun doch erwartungsvolle Vorfreude. Der Geruch nach gebratenem Fisch hängt in der Luft und lässt meinen Magen knurren.

In meiner Wohnung werde ich erst nach dem Date vorbeischauen, vielleicht sogar in Begleitung von Ricardo.

Bis zum Treffen ist noch etwas Zeit, so werfe ich einen Blick in den kühlen Innenraum der Basilica di S. Eufemia und bummle durch die Altstadt.

In der Fußgängerzone begegnet mir Elisabetta, die freundliche Immobilienmaklerin, der ich meine Wohnung zu verdanken habe. Wir plaudern ein Weilchen, und sie erzählt begeistert, sich mit Maddalena Degrassi, einer Commissaria, angefreundet zu haben.

»Es ist immer gut, die Polizei bei Fuß zu haben«, sage ich, und wir verabschieden uns lachend.

Obwohl ich mich um zehn Minuten verspäte, muss ich noch eine Viertelstunde warten, bis Ricardo erscheint.

Ich gebe vor, in den »Il Piccolo« vertieft zu sein, und blättere gelangweilt eine Seite um, als ich sein: »Ciao, bella, ciao«, höre.

Er setzt sich mir gegenüber, ohne wie sonst meine Wange zu küssen. Übergangslos beginnt er zu sprechen. »Was ich dir sagen wollte, Lilo, ich habe bemerkt, dass du mehr als nur Freundschaft für mich übrighast.«

Unsicher räuspere ich mich. »Ich dachte, du empfindest ebenso für mich?«

»Nein, Lilo, das tue ich nicht. Wenn überhaupt, dann war es ein Flirt für mich. Ich hoffe aber, dass wir Freunde bleiben, besonders jetzt, da ich mich mit einer anderen treffe.«

Danke, Ricardo, denke ich, der eiskalte Kübel Wasser, den du gerade über meinem Kopf ausgeleert hast, war genau richtig bei dieser Hitze. Ich fühle mich geradezu erfrischt.

Oh nein, er wird nicht sehen, wie sehr mich seine Klarstellung getroffen hat.

»Das ist schön für dich. Um mich musst du dir keine Sorgen machen. Du irrst, wenn du meinst, ich wollte mehr von dir. Es war bloß ein Spiel. In Klagenfurt gibt es einen Kollegen, mit dem ich gelegentlich ausgehe. Auch er lebt in Scheidung.«

Ricardo wirkt sichtlich erleichtert.

»Darf ich fragen, mit wem du dich triffst?«, erkundige ich mich beiläufig.

»Es ist kein Geheimnis, Paola und ich sind einander wieder nähergekommen.«

»Deine Ex-Frau?«

Er nickt stumm.

Im Stiegenhaus empfängt mich angenehme Kühle. Bevor ich zur Wohnung hinaufgehe, hole ich die Post, die ich bis zur Stornierung meines Nachsendeauftrags erhalten habe, aus dem Briefkasten. Es macht mich stolz, eine eigene Adresse in Grado zu haben, ein eigenes Türschild, und im Meldeamt registriert zu sein.

Oben lasse ich mich auf den Fauteuil sinken. Es wundert mich, wie heftig ich atme.

Der Brief steckt in einem hellblauen Umschlag. Es dauert ein wenig, bis ich kapiere, was ich da in den Händen halte: eine weitere Drohung. Mit zitternden Fingern reiße ich das Kuvert auf, und die aufgeklebten Buchstaben tanzen mir entgegen.

Doch der Inhalt ist um vieles schlimmer, als ich es mir vorgestellt habe.

18

Ein ums andere Mal wundert Cordula sich, was die Leute alles wegwerfen.

Mit spitzen Fingern schiebt sie den Müll im Abfalleimer neben ihrer Bank beiseite und befördert eine Plastikverpackung, in der sich ein halb aufgegessener Hamburger befindet, ans Tageslicht.

Hastig schluckt sie die paar Bissen hinunter. Es zahlt sich nicht aus, diesen Rest mit E-Dog zu teilen.

Weiter unten blitzt etwas auf. Sie erkennt zerknülltes silbriges Schokoladenpapier. Als sie es auf ihren Handteller legt, spürt sie die harten Rippen der Schokolade. Schon wieder Glück gehabt. Drei vollständig erhaltene Reihen. Im Vorgeschmack auf das Vergnügen läuft ihr das Wasser im Mund zusammen.

Sie wird die Schokolade aufheben und sie später mit E-Dog verspeisen. Das ist der Deal. Sie sorgt für das Futter, er für das Dach über ihrem Kopf.

Die Beute vom Benediktinermarkt war heute ebenfalls ergiebig: eine Gurke, drei Äpfel, einige verwelkte Salatköpfe, eine Banane, eine Handvoll ausgetriebene Kartoffeln, eine kleine Zucchini, zwei Zitronen und der Zipfel einer Salami.

Ein Festessen.

Heute geht es Cordula gut. Sie konnte sogar drei Stunden am Stück schlafen, was selten vorkommt. Schnaps ist genügend vorhanden, da sie im Supermarkt zwei Flaschen mitgehen lassen konnte. Sie macht das selten, denn allzu schnell wird sie von Schuldgefühlen gequält, und die Gefahr, erwischt zu werden, ist bei all der modernen Technologie nicht zu unterschätzen. Nach Polizei, Gericht, Geldstrafen oder Gefängnis hat sie nicht das geringste Verlangen. Außerdem würde E-Dog es nicht verstehen. Seit er damals, verursacht durch seine Spielsucht, einen Berg Schulden angehäuft und bei der Bank, in der er arbeitete, einige hunderttausend abgezweigt hat, wobei er letztendlich erwischt wurde, sind seine Grundsätze eisern. Einen großen Unterschied jedoch sieht er in ihrer Art der Beschaffung von Lebensmitteln. Was Menschen wegschmeißen oder liegen lassen, steht denen zu, die über wenig oder gar kein Geld verfügen. So nimmt man niemandem etwas weg und verhindert, dass noch verzehrbare Nahrung verkommt. An manchen Tagen monologisiert er Stunden über die Missstände auf der Welt und präsentiert seine Lösungsstrategien. Das langweilt Cordula, denn wenn ihr etwas klar geworden ist, dann, dass man beim besten Willen nichts ändern kann. Die Herrschaft wird immer in den Händen der Ungerechten, Gierigen bleiben. Dagegen sind auch E-Dogs Weltverbesserungsideen machtlos.

Beide gehören sie zur unterprivilegierten Schicht. Er bezieht die Mindestsicherung, Cordula hingegen ist durch alle sozialen Raster gefallen.

Dass sie den Schnaps gestohlen hat, wird er nicht erfahren.

Nicht nur die Kleidungsschichten, die ihren Körper verhüllen, bieten ein gutes Versteck, sie kennt genügend weitere Tricks, ihren Alkohol vor ihm und anderen zu verbergen.

Sie sieht auf und bemerkt, dass sich jemand neben sie, auf *ihre* Bank, gesetzt hat. Cordula findet ein solches Verhalten unverschämt. Auf dem Neuen Platz gibt es eine Unzahl von Bänken. Muss der Kerl ausgerechnet hier rasten?

Seit damals, seit dem Tag, der sie veränderte, hat sie Angst vor Menschen, Angst vor zu viel Nähe. Nur bei E-Dog machen ihre Neurotransmitter eine Ausnahme.

Cordula lächelt bei dem Gedanken, wird aber sofort wieder ernst, als sie den Mann auf der Bank betrachtet. Ein scharfer Geruch geht von ihm aus. Ganz fremd ist er ihr nicht. Sie hat ihn schon einige Male gesehen und in keiner guten Erinnerung behalten.

Vor ein paar Wochen war sie im Freien eingeschlafen und ruckartig aufgewacht. Ein Schatten stand über sie gebeugt, und gierige Finger nestelten an ihrer Kleidung. Mit einem Schrei hatte sie ihn weggestoßen, ihre Plastiktaschen an sich gerafft und war geflüchtet. Rennen kann sie seit einem unbehandelten Knöchelbruch nicht mehr, aber wenn sie will – oder wenn es sein muss –, entwickelt sie noch immer eine beachtliche Geschwindigkeit.

Als sie sich nach einer Weile umdrehte, war niemand zu sehen. Ob das Gespenst sie vergewaltigen wollte oder ausrauben, bleibt ein Geheimnis. Einige Zeit nahm sie sogar an, der Nachtschatten sei bloß ein weiteres Produkt ihrer überreizten Phantasie gewesen.

Bis jetzt. Eine Welle der Angst durchflutet sie.

»Möchtest du einen Schluck?«, fragt ihr Nachbar, rückt näher und hält ihr einen Pappkarton hin.

Obwohl Gier in ihr hochsteigt, ekelt sie sich.

»Hab für heute genug«, murmelt sie.

Er scheint sie nicht zu erkennen. Wahrscheinlich war er zu benebelt, um von jener Nacht überhaupt etwas in Erinnerung zu behalten.

Trotzdem steht Cordula auf, dabei spürt sie das vertraute schmerzhafte Stechen in ihrem Rücken. Schwerfällig schlurft sie zur Wohnung. Im Fenster, das zur Straße hinausgeht, brennt Licht. E-Dog ist also wach.

Das Stiegenhaus riecht muffig und ist mit Kinderwagen verstellt.

Bevor sie die Wohnung betritt, setzt sie noch einmal die Flasche an ihre Lippen und lässt es sich gut gehen.

»Morgen, Cordula«, sagt E-Dog und schaut von seiner Lektüre auf. Meistens kann sie am Tonfall seiner Stimme erkennen, ob er gut oder schlecht gelaunt ist. Nicht so heute. Seine Miene ist undurchdringlich.

»Reiche Ausbeute«, nuschelt sie undeutlich, obwohl sie versucht, nicht allzu betrunken zu wirken.

Mit zittrigen Händen öffnet sie die Plastiktaschen und fördert ihre Güter zutage.

»Gut, daraus lässt sich etwas machen«, urteilt E-Dog beifällig. »Ich habe Haferflocken im Schrank. Gesunde Ernährung ist das Um und Auf. Vitamine, in Pillen zu sich genommen, zerstören mehr, als dass sie helfen.«

Cordula, der das egal ist, schneidet Banane und Äpfel klein und vermengt die Haferflocken mit Wasser.

»Heute gibt es einen Bonus.« Sie lächelt ihn zaghaft an und holt die Schokolade aus den Tiefen ihrer Tasche. »Haben wir ein Reibeisen?«

Als sie E-Dog gegenübersitzt, in ihre Müslischale starrt und sorgsam die Schokoladeflocken vom Obst trennt, hört sie ihn sagen: »Heute habe ich an der Pinnwand gelesen, dass die alte Frau über uns einen Hundesitter sucht. Sie ist krank und braucht Unterstützung. Du wirst ihr helfen.«

Erschrocken sieht Cordula von ihrer Müslischale hoch. »Wie stellst du dir das vor? Das schaffe ich nicht. Wenn der Köter mich durch die Gegend zieht, finde ich nie mehr zurück. Ich vergesse in letzter Zeit so viel, kann mich kaum orientieren.«

»Stell dich nicht so an. Du hast bisher immer noch hierher zurückgefunden. Die alte Frau wohnt in diesem Haus. Und der Hund ist nicht groß.«

»Ich vertrage keine Tierhaare. Daran kann ich mich erinnern. Ich weiß so vieles nicht mehr, aber das weiß ich noch.«

»Lüg mich nicht an.« E-Dogs Stimme hat diesen grollenden Ton, den Cordula nicht mag. Er sieht sie hinter seinen dicken Brillengläsern eindringlich an. Seine Nasenflügel beben, als er weiterspricht. »Du wirst dich gleich heute bei ihr melden, bevor einer der Teenager dir den Job wegschnappt. Sie zahlt dafür, und du kannst auch mal was in die Haushaltskasse legen.«

Cordula zuckt zusammen. So direkt spricht er ihre finanziellen Verhältnisse sonst nicht an. Mit schlechtem Gewissen kramt sie den Wurstzipfel aus der Plastiktasche und reicht ihn ihm.

»Das war auch noch dabei. Hätte ich fast vergessen.«

Eigentlich hatte sie die Wurst später allein essen wollen. Ungarische Salami gehört zu ihren Lieblingsspeisen.

E-Dog wischt ein paar Krumen vom gewachsten Tischtuch. Sie sieht die schwarzen Ränder unter seinen Nägeln.

»Warst du im Wald Pilze suchen?«

»Ja. Habe viele gefunden. Auch Wurzeln und Beeren. Aber lenk nicht ab. Schwammerlgulasch gibt es nur, wenn du die Arbeit als Hundesitterin annimmst.«

Cordula läuft beim Gedanken an die Pilze das Wasser im Mund zusammen.

»Mache ich. Gleich nachdem ich mich ein wenig ausgeruht habe, gehe ich zu der alten Frau und frage sie. Wollen wir eine Runde Siebzehnundvier spielen oder lieber pokern?«

Jetzt huscht ein zufriedener Ausdruck über E-Dogs bleiches Gesicht. Cordula meint sogar, die Andeutung eines Lächelns zu erkennen.

Es ist eine Art Ritual zwischen ihnen geworden, nach dem Frühstück Karten zu spielen.

»Gib mir zuerst das Zeug, das du mitgebracht hast.«

Zufrieden betrachtet er die Lebensmittel und dreht sie in seinen schwieligen Händen. Dann steht er auf und holt die Karten.

»Siebzehnundvier ist heute dran.«

Cordula weiß, dass es ihm großes Vergnügen bereitet, sie an seinem Wissen teilhaben zu lassen. Auch wenn er sehr viel Geld verloren hat, so ist er doch ein Experte im Blackjack.

Während er den Tisch abräumt, verzieht sie sich ins Badezimmer und nimmt ein paar große Schlucke aus der verborgenen Flasche.

Eigentlich freut sie sich auf die neue Aufgabe. Hunde mag sie.

19

Simon Rosner schaut hoch.

Und begegnet dem Blick von Alices smaragdgrünen Augen.

Sie sieht ihn an.

Auf diese ganz besondere Weise, die sein Herz schon früher zum stürmischen Klopfen gebracht hat.

Und so beginnt sein Herz auch jetzt stürmisch zu klopfen.

Ihr zartes Gesicht beugt sich über seines, bis ihre Nasen sich fast berühren. Ihre vollen Lippen öffnen sich leicht, das blonde Haar kitzelt seine Wangen. Es ist während ihrer Weltreise lang und um einiges heller geworden. Die Sonne hat es ausgebleicht und die blauen Spitzen endgültig verschwinden lassen.

Rosner hebt wie in Trance seine Hände und streichelt über Alices Wangen. Wie samtig sich ihre Haut anfühlt.

Er will sie an sich ziehen, nah, ganz nahe, und wird durch ein Pochen an seiner Zimmertür abrupt in die Wirklichkeit zurückgeholt.

Im Lärm, der seinen wunderschönen Traum durchbrochen hat, richtet er sich auf.

Und da sitzt sie.

Alice!

Seine Alice kauert auf der Bettkante und fragt in ihrer ihm so vertrauten Art: »Wie soll das etwas werden mit unserer Zweisamkeit? Sind wir allein, schläfst du, bist du wach, werden wir gestört.«

Delirium tremens, denkt Rosner, beißt auf seine Fingerknöchel und ruft zittrig: »Herein!«

»Mittagessen. Sie wollten es doch heute aufs Zimmer bekommen, Herr Rosner.«

Stimmt.

Rosner will nicht im Kreise seiner Abstinenzkollegen sitzen, will nicht mit ihrem hämischen Getuschel im Ohr scheinbar unbeteiligt auf seinen Teller starren, will nicht schlucken, was die ihm servieren. Da zieht er eine einsame Mahlzeit in seiner Klause allemal vor.

Einsam? Wer ist hier einsam? Rosner beißt auf die Fingerknöchel der anderen Hand, wirft einen scheuen Blick auf die Stelle, an der die Erscheinung sitzt, und betet stumm um einen Hauch Realität.

Die Hilfsschwester schiebt den Wagen vor sein Bett. Suppe, gebratene Kartoffeln, Gemüse, Fleisch, Salat und ein Stück Apfelstrudel.

»Hätten Sie gern einen Kaffee?«, fragt sie und blickt an Rosner vorbei.

»Danke, nein«, entgegnet Alices raue Stimme.

Erst in diesem Augenblick glaubt er daran. Sie ist keine Traumgestalt, sie sitzt hier wirklich.

Alice, seine Alice, ein Mensch aus Fleisch und Blut.

In ihrem kurzen zartrosa Kleid sieht sie wunderschön aus. Ihre Haarspitzen fallen federnd auf die Schultern, das Grün ihrer Augen leuchtet.

»Rosner.«

Er nimmt ihre Hand, und sie wehrt sich nicht.

Sie küssen sich. Dann hält er sie ein Stück weit von sich.

»Ich dachte, ich deliriere.«

»Wie eine weiße Maus sehe ich also aus?« Sie lächelt ihn an, und er streicht über ihre leicht gebräunten Wangen.

So viel Glück. Sie ist hier. Hier bei ihm.

»Als du vor mir davongelaufen bist, Alice, da dachte ich, das war's, und du kommst nie wieder. Ich hatte keine Ahnung, wo ich dich finden könnte. Ich habe es trotzdem versucht. Und dabei bin ich fundamental abgestürzt.«

Abgestürzt.

Kurz hallt das Wort in ihm nach und hinterlässt einen seltsamen Klang.

Alice streicht sich eine Haarsträhne hinter das Ohr und fährt mit den Fingerkuppen leicht über die Haut unter seinem verletzten Auge.

»Das muss wehgetan haben. Es ist blau, grün, sogar violett verfärbt. Verträgt sich aber gut mit dem Grau. Bist du mit dem

Auto gegen ein Reh geprallt?« Wieder lächelt sie, und Rosner zieht sie erneut an sich.

»Du hast mir unendlich gefehlt. Jeden Tag, jede Stunde musste ich an dich denken. Und du bist schön.«

»Wo ist denn deine Hornbrille?«

»Um das zu sehen, brauche ich keine Sehhilfe.« Rosner lächelt, zieht aber gehorsam die Nachttischlade auf und reicht Alice das Etui. »Außerdem habe ich mir Kontaktlinsen anpassen lassen.«

»Mit Brille gefällst du mir besser.« Alice sieht ihn ernst an und setzt sich auf den Besucherstuhl. »Ich hatte ein langes Gespräch mit deiner Ärztin, als ich auf dich gewartet habe. Sie hat sich viel Zeit genommen, mir vieles erklärt.«

Rosner sieht sie fragend an.

»Als ich damals zu dir sagte: ›Damit ist jetzt Schluss. Ein für alle Mal!‹, war ich ziemlich naiv. Ich dachte, es ginge einfach so. Heute weiß ich, dass es ein mutiger Schritt von dir war, überhaupt in die Klinik zu gehen und den Entzug zu beginnen. Dass es nicht reicht, einfach ›Schluss und aus‹ zu sagen, ist mir erst heute so richtig bewusst geworden. Deine Therapeutin beschrieb mir die verschiedenen Phasen, sie sagte auch, dass es zu Rückfällen kommen kann.«

Sie bricht ab und sieht ihn an. Ihre Augen wirken verhangen.

Rosner nimmt ihre Hand. »Ich habe versagt. Mich bei der ersten Gelegenheit niedergetrunken.«

»Schluss damit. Ich dachte, allein die Vorstellung von uns beiden als Paar würde dich motivieren und wäre quasi genug Medizin für dich, unser geheimes Zaubermittel. Es war eine Dummheit von mir, unsere Beziehung mit dem Entzug zu verknüpfen. Sicher, es war notwendig. Ich will dich schließlich nicht als Alkoholiker neben mir haben, aber in Asien habe ich gespürt, wie sehr auch du mir fehlst und dass es mir reicht zu wissen, dass du gegen die Sucht ankämpfst. Rosner, kannst du mir das versprechen?«

Unfähig, etwas zu erwidern, nickt er.

»Und jetzt will ich von dir hören, wer diese Frau war, die dich umarmt und geküsst hat. Glaub mir, es hat mich Überwindung gekostet, zurückzukommen. Als du nicht hier warst, dachte ich, du wärst bei *ihr.*«

Rosner steht auf und bittet Alice, ebenfalls aufzustehen. Er schließt seine Hände sanft um ihr Gesicht.

»Das war Simone, meine Ex-Frau. Sie ist mir vor Kurzem zufällig über den Weg gelaufen, und wir hatten das erste Mal seit Klaras Tod ein Gespräch. Ein gutes Gespräch. Sie macht mir keine Vorwürfe mehr, den Unfall verursacht zu haben, bei dem unsere Tochter starb. Ich habe ihr erzählt, dass es eine neue Frau in meinem Leben gibt und dass die Sache ernst ist. Als sie dann noch mal in der Klinik auftauchte, war mir das unangenehm. Sie fragte, ob wir nicht doch noch eine Chance hätten. Mein Schweigen war ihr Antwort genug. Sie umarmte mich, um sich zu verabschieden. Und dann sah ich dich.«

»Gut«, murmelt Alice, deren Gesicht noch immer von Rosners Händen gehalten wird, »und jetzt lass mich an dir schnuppern.«

Sie schmiegt sich eng an ihn. Mit einem Aufseufzen legt sie ihre Nase an seinen Hals.

»Rosner, so ist es besser. Lange musste ich mich mit deinem Aftershave zufriedengeben.« Sie greift in ihren bestickten Beutel und zieht lächelnd ein bläuliches Fläschchen hervor. »Das habe ich damals aus deinem Badezimmer geklaut, um dich immer bei mir zu haben.«

»Alice.« Rosner flüstert ihren Namen. Immer und immer wieder.

»Sag, solltest du nicht etwas essen?« Sie schiebt ihn von sich und deutet auf den Servierwagen.

»Appetit habe ich tatsächlich, aber nicht darauf.«

Alice grinst. »Was ist mit deinem Finger passiert?«

Er erzählt ihr die ganze Geschichte, und dann reden sie darüber, dass sie zusammenziehen werden, sobald sein Aufenthalt hier beendet ist. Alice will sofort mit der Wohnungssuche beginnen. Rosner bietet ihr an, in der Zwischenzeit in seiner Wohnung zu bleiben, aber sie möchte sich lieber hier in Villach, in seiner Nähe, ein Zimmer nehmen.

Erst ein Pfleger, der ihn zur nächsten Therapie holt, unterbricht ihre Einigkeit.

Alice verspricht, morgen wiederzukommen.

Und Rosner ist glücklich.

Seine Kollegen bei der Gruppentherapie ignoriert er einfach. Jetzt fühlt er sich erhaben über Häme und Spott.

Nicht dass tatsächlich gespottet wird. Ganz im Gegenteil. Rosner kommt es beinahe so vor, als hätte er sich mit seiner Eskapade Respekt eingehandelt. Aber auch das lässt ihn kalt.

Zum ersten Mal öffnet er sich bewusst den Therapien. Heute will er mitmachen, er will so schnell wie möglich gesund werden, und wenn er dazu aus Ton einen Hundenapf formen muss, soll es ihm recht sein.

Ausgerechnet bei der Jacobson-Entspannung – Rosner stellt sich gerade kleine, dahinziehende Wolken vor und will seine Gedanken hinterherschicken – fällt ihm Lilos fehlender Finger ein.

Unmittelbar nach der Gruppentherapie ruft er sie an.

»Wenn etwas unklar ist, schicke deine türkische Mitarbeiterin, dich will ich nicht sehen«, wütet sie.

Lilo schafft es doch jedes Mal aufs Neue, ihn zu verärgern.

»Admira Spahic ist Österreicherin, genau wie du. Und du wirst es dir nicht aussuchen können, wer mit dir spricht. Wir sehen uns morgen, so gegen elf Uhr.«

Die Luft ist mild, der Tag verspricht prachtvoll zu werden, und der Rosenduft aus dem nahen Park verstärkt Rosners Vorfreude auf das Treffen mit Alice am Abend.

Er ist verblüfft, wie einfach sich die Ausgangsformalitäten trotz seines Rückfalls gestalten. Er hat mit Ermahnungen gerechnet, vielleicht gar mit Vorhaltungen. Nichts dergleichen.

Auch die Zugfahrt nach Klagenfurt ist ganz nach seinem Geschmack. Der Großraumwaggon ist so gut wie leer, und Rosner kann sich in Ruhe eine Gesprächsstrategie zurechtlegen.

Schon als er die Stufen zu Grabners Haus hinaufgeht, öffnet Lilo die Tür. Mit einer abschätzigen Geste winkt sie ihn grußlos herein.

»Was soll das Theater, Simon? Ich habe deine kleine Bosnierin vorhin angerufen, die wusste von nichts. Also, was willst du von mir?« Wütend hacken ihre Absätze auf die Dielen, als sie vor ihm die Küche betritt. Wütend setzt sie sich auf einen Küchenstuhl, wütend fächert sie sich Luft zu.

Rosners Blick sucht die Narbe zwischen ihrem Mittel- und kleinen Finger.

Unaufgefordert setzt er sich ebenfalls. Und spürt, genau in dem Moment, als er zu reden beginnt, heftige Entzugssymptome. Sein Mund ist wie ausgedörrt, Schweiß tritt auf seine Stirn.

»Lilo«, beginnt er gequält, »warum ist eure Tochter abgehauen?«

»Misch dich nicht in unsere Familienangelegenheiten ein. Du hast mit dir selbst genug zu tun, wie es scheint. Was interessieren dich die Launen eines pubertierenden Teenagers?«

Lilo wirkt fahrig, und Rosner bemerkt, dass nicht nur seine Hände zittern. Sie holt sich ein Glas Wasser, ohne ihm eines anzubieten, und trinkt es halb leer.

»Was war der Grund? Warum lief sie davon?«

»Das geht dich nichts an, aber es ist kein Geheimnis. Wenn du es unbedingt wissen willst, Lena hat sich verliebt. In einen um einiges älteren Burschen. Mehr ist da nicht.«

»Die Pubertät hat schon so ihre Tücken. Wir waren nicht viel anders. Bockig und uneinsichtig. Aber eure Kleine schien mir eingeschüchtert und verängstigt, als wir sie einsammelten, nicht etwa berauscht von Frühlingsgefühlen. Wovor fürchtete sie sich?«

»Simon, lass mich in Ruhe. Ich weiß, dass du Berauschungs-Experte bist, aber verschone mich mit deinem laienhaften psychologischen Einfühlungsvermögen.« Lilo verschränkt störrisch die Arme vor ihrer Brust.

Wieder fällt Rosner auf, dass es die Jahre nicht gut mit ihr gemeint haben. Er schiebt die Erinnerung an die junge, schöne Lilofee jedoch rasch beiseite. Ihm sitzt eine gealterte, verbitterte Frau gegenüber. Sie ist viel zu mager, und viel zu blass ist sie außerdem.

»Lilofee«, sagt er unvermittelt und sieht mit Genugtuung, wie sie erstarrt. »Ich werde aus einer bestimmten Sache nicht schlau.«

»Hör auf, es reicht. Was versuchst du in unsere Beziehung mit Lena hineinzudeuten? Dass wir schlechte Eltern sind?«

»Darum geht es nicht.« Rosner hält seine Hand mit dem dicken Verband hoch. »Als ich mir den Finger gequetscht habe, ist etwas passiert. Du, Lilo, warst plötzlich in meinem Kopf. Und eines ist mir dabei klar geworden: So, wie du uns die Sache mit Magdalena geschildert hast … Was war damals auf dem Berg wirklich los?«

Das Wasserglas entgleitet ihren Händen und geht klirrend zu Bruch.

20

Ich drapiere ein großes Tuch, das Lena achtlos auf die Kommode geworfen hat, um meine bebenden Schultern, nachdem ich Rosner vor die Tür gesetzt habe.

Mich fröstelt.

Was dieser impertinente Säufer da angedeutet, mir im Grunde sogar unterstellt hat, ist ungeheuerlich. Er glaubt allen Ernstes, ich hätte Magdalena auf dem Gewissen, glaubt, ich hätte meine beste Freundin gekillt. Er also auch. Der Alkohol muss ihm das Hirn weggebrannt haben, sonst wäre er nicht auf diese wahnwitzige Idee gekommen. Das Narbengewebe an meiner linken Hand beginnt wie verrückt zu brennen.

Sind denn jetzt alle durchgedreht, oder ist es gar Rosner selbst, der hinter der ganzen Sache steckt? Jedenfalls habe ich die Schnauze voll. Ich lasse mich von niemandem mehr am Nasenring durch die Arena ziehen. Mein Entschluss, den Verbrecher, der mein Leben zerstören will, zu stellen, um ihn den laschen Behörden zu präsentieren, ist unumstößlich. Sogar einen Schritt weiter werde ich gehen. Sobald ich den Kerl erwischt habe, werde ich die Sache öffentlich machen. Ich informiere die Medien. Nie wieder wird dieser Wahnsinnige danach ein Bein auf den Boden bekommen. Zuerst aber muss ich ihn haben, und daran arbeite ich.

Ich fluche im leeren Vorzimmer und zucke beim Hall meiner eigenen Stimme zusammen. So viel zu meinem Nervenkostüm.

Jetzt brauche ich frische Luft.

Als ich die Tür öffne, pralle ich beinahe zurück. Von mir unbemerkt, hat das Wetter umgeschlagen. Aus einem lauen Sommermorgen ist ein früher Herbsttag geworden. Es gießt, ein scharfer Wind bläst. Über den Himmel jagen dunkle Wolken. Trotzdem mache ich mich auf den Weg.

Immer wieder dreht der Wind und sprüht mir Tropfen ins Gesicht.

Der nahe Wald verspricht ein wenig Schutz vor dem Unwetter. Dort rieselt der Regen sanft durchs Blätterdach, es riecht vertraut nach Pilzen, Moos und Tannennadeln. Ich mag den Wald. Früher mochte ich auch die Berge. Jetzt nicht mehr. Nach dem Unfall war ich nie wieder wandern.

Unter einer Fichte mit ausladenden Ästen lehne ich mich an den Stamm. Ich massiere die prickelnde Narbe mit Daumen und Zeigefinger, und Magdalenas tiefe Stimme lässt mich aufschauen.

»Lilo«, sagt sie strahlend, »meine Großmutter zahlt es mir.« Sie springt auf, umarmt mich und dreht sich mit mir im Kreis.

Langsam weicht die Benommenheit, die mich immer erfasst, wenn ich an Hanno denke und mir in wunderschönen Pastellfarben eine gemeinsame Zukunft mit ihm ausmale. In letzter Zeit bin ich fast nur noch benommen.

Wir lassen uns auf die dicken Kissen fallen, hier in der alten Scheune, die zur Privatdisco umfunktioniert wurde. Sie gehört den Eltern von Simon. Freitag- und samstagabends ist sie unser Treffpunkt. Jeder von uns hat etwas beigesteuert. Die Theke haben wir gemeinsam gezimmert, die Sofas und den kleinen Kühlschrank bekamen wir von meinen Eltern, von Simons Vater stammen die Discokugeln, ein Kassettenrekorder und riesige Lautsprecherboxen. Herr Rosner ist Tontechniker und will, dass sein Sohn später ebenfalls in der Musikbranche Fuß fasst. Aber Simon ist der unmusikalischste Mensch, den ich kenne. Im Partymachen allerdings ist er groß, und – darin sind wir uns alle einig – es wäre unfair, ihn dabei allein zu lassen.

Magdalena und ich sind vor den anderen da, weil wir Pizza gebacken haben.

»Was zahlt sie dir?«, frage ich, als ich wieder zu Atem komme, und dann dämmert es mir. »Doch nicht den Auslandsaufenthalt in Amerika?«

»Doch!«, schreit sie und wirft vor überschäumender Freude die Arme in die Höhe. »Und privaten Geigenunterricht noch dazu.«

Ich bin sprachlos, und wieder kämpfen in mir zwei unterschiedliche Gefühle. Kummer, so lange von meiner besten Freundin getrennt zu sein, und hämische Freude darüber, Hanno während dieser Zeit für mich allein zu haben. Die Freude siegt.

»Toll, aber du wirst mir schrecklich fehlen. Ich sterbe sicher, wenn ich dich nicht jeden Tag sehen kann. Wann soll es denn losgehen?«

»Das weißt du doch. Am Beginn des zweiten Semesters. Also zum Jahresanfang.«

»So bald schon! Was sagt Hanno dazu?«

»Hanno? Happy ist er nicht, aber du kannst ihn ja in der Zwischenzeit trösten.« Nichts kann Magdalenas Freude stoppen.

Aber auch ich fühle mich gut, denn ich habe mir längst vorgenommen, ihre Anregung aufzugreifen.

Hanno, Simon und ein paar andere Freunde leisten uns bald darauf Gesellschaft. Wie üblich hat Hanno nur Augen für Magdalena, er bemerkt nicht mal meine neue Frisur. Dabei hat sie mich ordentlich viel Zeit gekostet. Ich habe die Haare kunstvoll hochgesteckt und ein paar Strähnchen herausgezogen.

Wir machen alles, was wir sonst auch machen. Rauchen, trinken, Pizza essen, Musik hören, tanzen. Und weil Vorfreude nun mal die schönste Freude ist, macht es sogar noch mehr Spaß als sonst.

Anfang Jänner begleiten Simon, Hanno und ich Magdalena zum Flughafen.

Wie oft hat Hanno inzwischen gefragt: »Warum hast du dein Auslandssemester nicht rechtzeitig erwähnt? Ich hätte mit dir kommen können.«

Magdalena reagiert von Mal zu Mal gereizter, aber mir tut Hanno leid. Es ist offensichtlich, dass sie ihn nicht dabeihaben will.

»Lass dich solange von Lilofee bemuttern«, ist ihr zunehmend genervter Kommentar.

Hanno hat echte Tränen in den Augen, und auch Simon schaut unglücklich, als der Abschied unmittelbar bevorsteht. Ich bin die Einzige, die froh, richtig erleichtert darüber ist, dass wir Magdalena für eine Weile los sind.

Als sie geht, wirft sie uns Kusshände zu.

Magdalena und ich schicken einander Luftpostbriefe, und ich beneide sie um ihr Leben dort drüben.

Zwei Wochen nachdem sie nach Amerika geflogen ist, treffe ich mich mit Simon und ein paar Freundinnen auf einen Kaffee. Ich muss mich gar nicht bemühen, das Gespräch auf sie zu lenken, denn Simon fragt, sobald wir sitzen: »Gibt es etwas Neues von Magdalena?«

Das ist mein Stichwort.

Ich erzähle, was sie so treibt, und erwähne dann beiläufig, dass sie riesigen Spaß hat und ständig neue Leute kennenlernt. »Stellt euch vor, ihr Geigenlehrer ist kaum älter als wir, Anfang zwanzig, und er sieht angeblich rattenscharf aus. Sie war schon im Kino mit ihm. Und außerdem –« Ich höre mitten im Satz zu reden auf und schlage mir auf den Mund.

Alle hängen an meinen Lippen.

»Bin ich blöd. Glaubt jetzt bitte nicht, dass zwischen den beiden etwas läuft. Aber ihr dürft dem armen Hanno trotzdem nichts erzählen, versprecht es mir. Der dreht sonst noch völlig durch, und wahrscheinlich ganz grundlos.«

Schon zwei Tage später ruft mich ein verunsicherter Hanno an und will mit mir reden.

Von da an treffen wir uns regelmäßig. Ich muss ihm alles berichten, was Magdalena mir schreibt. Er selbst bekommt kaum Post von ihr, was ihn zusätzlich verunsichert und noch unglücklicher macht.

An einem Samstag mit den anderen in der Scheune – wir sitzen, wie in letzter Zeit immer, nebeneinander auf den Kissen – mache ich Hanno betrunken. Ich schütte unbemerkt Schnaps in sein Bier und animiere ihn, wild durcheinanderzutrinken. Eine dicke Zigarre gibt ihm den Rest. Irgendwann ist er so hinüber, dass die anderen sich Sorgen machen. Nur Simon, der immer viel trinkt, nimmt es nicht tragisch.

»Das ist bloß der Kreislauf«, meint er gleichgültig. »Einer sollte trotzdem auf ihn aufpassen. Hier, Lilo, nimm den Scheunenschlüssel. Nachdem du fast nichts getrunken hast und deine Eltern verreist sind, hast du open end, also wirst du das übernehmen.«

Er schickt die anderen heim und bringt Decken und Kissen. Auch an einen Kübel hat der Romantiker gedacht.

Dann mache ich es mir gemütlich. Ich ziehe den halb toten Hanno und mich splitternackt aus und kuschle mich an ihn. Es stört mich nicht, dass er schwitzt und nach Alkohol stinkt. Als er sich träge auf mich wälzt, bin ich bereit.

Am nächsten Morgen werde ich durch ein erschrockenes »Magdalena?« geweckt.

»Ich bin es, Lilofee«, flüstere ich und drücke mich fest an ihn.

Beinahe grob macht er sich von mir los und erstarrt, als er sieht, dass wir beide nackt sind. Das Blut zwischen meinen Beinen lässt ihn nach Luft schnappen.

»Was?«, stammelt er.

Ich schaue gekränkt. »So habe ich mir mein erstes Mal auch nicht vorgestellt.«

Darauf sagt er nichts, sondern wendet sein totenbleiches Gesicht von mir ab.

Ich beginne zu weinen, und Hanno springt auf. »Ich mache es wieder gut«, verspricht er.

Danach verbringen wir schöne Wochen, und ich spüre, dass er mich zu lieben beginnt. Vielleicht eine Spur weniger, als er Magdalena geliebt hat, und ganz sicher eine Spur weniger, als ich ihn liebe, aber was zählt, ist, dass Hanno jetzt mir gehört. Mir allein.

Simon lässt mich eine Zeit lang spüren, dass er mich für ein berechnendes Luder hält, aber ich weiß, dass er nicht unglücklich über die Situation ist. Jetzt darf er sich bei Magdalena größere Chancen ausrechnen. Was ich allerdings nicht eingeplant habe, ist, dass er Magdalena in einem Brief alles berichtet. Ich wundere mich, nichts mehr von ihr zu hören, aber es ist mir egal. Einzig wichtig ist, dass Hanno und ich miteinander gehen.

Mein Traum hat sich erfüllt.

Und dann steht Magdalena, Wochen vor ihrer erwarteten Rückkehr, eines Freitags in Simons Scheune. Sie sieht noch besser aus als zuvor. Ihr dunkles Haar ist jetzt länger, sie trägt es als glatten Pagenkopf um ihr Gesicht. Ihre Augen funkeln zornig, aber mich beachtet sie nicht. Sie sitzt mit Simon in einer Ecke der Scheune und raucht eine Zigarette nach der anderen. Ich spüre, wie nervös Hanno ist. Seine Hand ist schweißnass.

Als ich ihn bitte, mich nach Hause zu bringen, setzt Magdalena sich zu uns.

»Hanno«, sagt sie mit ihrer rauchigen Stimme, »es gibt viel, was ich dir erzählen möchte. Bringst du mich heim?«

Und Hanno steht auf, wirft mir einen hilflosen Blick zu und geht mit ihr.

Simon sieht, dass ich heule, und sagt ganz ruhig: »Selbst schuld, Lilofee. Das hast du dir allein eingebrockt, jetzt löffle es auch aus. Du hast einmal zu oft Ärger gemacht.«

Am folgenden Vormittag macht Hanno telefonisch mit mir Schluss. Ich müsse ihn verstehen, sie hätten sich ausgesprochen. Es sei alles ein Missverständnis, Magdalena liebt ihn noch immer. Sie jetzt zu verlassen, würde die zarte Seele nicht verkraften. Es sei ein Dilemma, denn er liebe nur mich, behauptet er, und ich glaube ihm kein einziges Wort.

Ich bekomme die Grippe und muss eine Woche im Bett liegen.

In dieser Zeit wächst Hass auf meine ehemals beste Freundin in mir, wird riesengroß und lässt mich beinahe ersticken.

Der Wind hat das Blätterdach bewegt, und eine Ladung Wasser ergießt sich auf mich. Ich wische die Erinnerung beiseite. Traurig mache ich mich auf den Heimweg.

Zu Hause lasse ich die schmutzigen Gummistiefel vor der Wohnungstür stehen und gehe auf Socken ins Haus. Nachdenklich wickele ich Lenas Tuch ab, um es zum Trocknen auf den Wäscheständer im Badezimmer zu hängen. In der Küche koche ich mir einen starken Espresso, so einen, wie Salvatore ihn immer macht.

»Mama«, ruft Lena, »bist du das?«

»Wer denn sonst?«

»Was wollte der Polizist?« Ihre Stimme klingt ängstlich.

Wie viel hat sie gehört? Ich dachte, ihre Tür wäre geschlossen gewesen.

Das Narbengewebe beginnt zu jucken.

»Nichts.«

Lena kommt in die Küche und sieht mich verstört an.

»Warum warst du so unfreundlich zu ihm?«

Als ich nicht antworte, macht sie einen Schritt auf mich zu und sagt leise: »Mama, ich habe dich lieb.« Dann dreht sie sich um und verlässt hastig das Zimmer.

Ich setze mich ins Wohnzimmer und greife nach dem Brief, den ich gestern in Grado in meiner Post gefunden habe.

Er ist direkter als die davor, zorniger.

Er macht mir Angst.

21

Einige Wochen zuvor

Emil wusste, dass die Zeit knapp wurde.

Es war Juni, und schon im August sollte es so weit sein. Dann würde Onkel Gustav auf der Matte stehen, dann würde er, Emil, auch noch das wenige, das ihm geblieben war, verlieren.

Spätestens dann, dachte Emil, muss ich die Stadtwohnung aufgeben und, schlimmer, viel schlimmer noch, auch die geliebte Hütte.

Aus dem kleinen herzförmigen Spiegel gleich hinter der Tür blickten ihm ängstlich aufgerissene Augen entgegen. Der bläuliche Bartschatten hob die ungesunde gelbliche Farbe seines Gesichtes hervor.

Übernachten kann ich im Dacia, überlegte er, aber frage nicht, was wird, wenn der Herbst kommt – und erst der Winter.

Er musste die Angelegenheit in den nächsten Wochen zu einem Ende bringen. Es war fraglich, ob seine Karre überhaupt so lange mitmachte. Womöglich fand er ja einen geeigneten Stellplatz, einen, bei dem ihm die Karosse zumindest des Nachts ein Dach über dem Kopf bot. Vorzugsweise unter Tannenbäumen, am Ufer des Sees oder vielleicht oben in den Bergen auf einer lauschigen Almwiese. Aber wo auch immer er den Wagen abstellte, ohne feste Bleibe konnte die Umgebung das reinste Paradies sein, den Arsch müsste er sich dennoch abfrieren.

Und dann das nächste Problem: Wohin mit seinem Zeug? Viel besaß er zwar nicht, aber trotzdem musste auch das wenige irgendwo verstaut werden. Fiel die Karre ganz aus, ließ sie ihn vor der Zeit im Stich und war nur noch ein Fall für den Schrotthändler, wäre er komplett am Ende. Dann bliebe ihm nichts anderes übrig, als im Freien zu campieren. Und im Winter dann das Männerwohnheim.

Ich werde zum Obdachlosen, dachte er, erschrak und sagte trotzig ins fast leere Wohnzimmer: »Nein, ich *bin* dann obdachlos.«

Diese grausige Erkenntnis musste begossen werden. Emils Finger nestelten am Verschluss der Schnapsflasche.

Erst als die Wärme des Alkohols sich in seinem Körper auszubreiten begann, wurde er ruhiger. Ratlos durchquerte Emil den Raum.

Er kratzte sich die kahle Stelle auf seinem Kopf und legte anschließend sorgsam Strähne um Strähne darüber. Mit trüben Gedanken starrte er durch die ungeputzten Fensterscheiben. Unten auf dem Gehsteig gingen die Menschen durch den lauen Nachmittag, als hätten sie keine Sorgen.

Schemenhaft erkannte Emil eine Frau mit grauem, strähnigem Haar, die sich an eine Aktentasche klammerte, als hätte sie Angst, davonzufliegen. Mit unsicheren Schritten überquerte sie die Straße.

»Hast wohl nach Dienstschluss einen über den Durst getrunken und jetzt ordentlich Schlagseite?«, sagte er schadenfroh und klopfte zur Bestätigung an die Scheibe.

Aber die Frau sah nicht hoch, sie war auch schon viel zu weit entfernt. Sie erinnerte ihn in ihren unsicheren Bewegungen an Annemarie, sein letztes, erzwungenes Abenteuer.

Erotisch konnte man es nicht nennen, was da zwischen ihnen stattgefunden hatte, eher schon neurotisch.

Doch Sex war für Emil immer schon ein fremdes Land gewesen, in dem er sich nur schwer zurechtfand. Sein Vater hatte einmal gemutmaßt, dass er schwul wäre, da er nie mit einer Frau heimkam.

»Sohn, bist du ein Homo? Macht nichts, ich habe nichts gegen warme Brüder, nur mit nach Hause bringen darfst du mir keinen, die will ich hier nicht haben.«

Emil, der selbst auch nicht gerade zur politisch korrekten Spezies zählte und von so einigen Vorurteilen geprägt war, hatte sich zu seiner eigenen Verwunderung heftig über die Wortwahl seines Vaters empört und geschrien: »Ich rechne diesen Unsinn einzig und allein deiner Senilität zu, denn sonst müsste ich ernsthaft an deinem Verstand zweifeln. ›Homos‹ und ›warme Brüder‹ sind ebenso Schnee von gestern wie ›Neger‹ und ›Mischlinge‹. Du redest wie der ärgste Zigeuner!«

»Ausgestorbene Rassen, hä?«, ätzte sein Vater daraufhin, und Emil wäre am liebsten handgreiflich geworden.

Nur sein inneres Motto, nicht die Hand zu beißen, die einen füttert, hielt ihn zurück. »Man sagt diese Wörter nicht mehr, das war gemeint, und du hast es genau verstanden.«

»Ist schon gut. Was regst du dich auf? Bist du jetzt eine Tunte oder nicht?«

Emil hatte nur noch den Kopf geschüttelt. Dass er keine Freundin hatte, lag nicht etwa daran, dass er auf Männer stand, nein, er war eindeutig heterosexuell, sondern daran, dass Sex ihn nicht allzu sehr interessierte. In seiner Jugend, während seiner Sturm-und-Drang-Phase, hatte die Auswahl seiner pornografischen Heftchen, die er, kreativ, wie er war, unter seiner Matratze versteckte, deutlich gezeigt, wo seine Vorlieben lagen. Doch das war lange her. Sex war ein einfaches Mittel zum Spannungsabbau, mehr aber nicht. Als er sich das irgendwann eingestanden hatte, war eine Last von seinen Schultern gefallen. Nun musste er nicht mehr vorgeben, eine Freundin finden zu wollen, konnte die Anstrengungen der Balzerei und die Annäherungsversuche an das andere Geschlecht einstellen, musste den Konventionen nicht mehr entsprechen: Er war mehr oder weniger asexuell. Freilich glotzte auch er gern hin, wenn er leicht bekleidete Frauenkörper sah, denn hinsehen kostet bekanntlich nichts. Im Fall der beiden Mädchen auf dem Foto würde er im Gegenteil sogar noch was verdienen. Die zwei waren zudem ausnehmend hübsch gewesen, was man von dieser Lehrerin wirklich nicht behaupten konnte.

Und schon war er in seinem Gedankenkarussell wieder bei Annemarie angelangt.

Eines hatten das Besäufnis und das Herumwälzen in den schmuddeligen Laken – neben dem anhaltenden Juckreiz an der Innenseite seines linken Oberschenkels und der Erkenntnis, keinen mehr hochzubekommen – immerhin gebracht: Er kannte nun die Namen der beiden Mädchen.

Und eine davon war die Kollegin von Annemarie.

Gleich am nächsten Tag hatte er sich über sie kundig gemacht. Erleichtert wurde seine Suche durch den Umstand, dass der Ehemann ein bekannter Baumeister war. Auch das hatte ihm Annemarie verraten.

Mit dem Stadtplan in der Hand war er zu der Straße gegangen, in der die beiden laut Internet wohnten, und hatte rasch das entsprechende Haus gefunden. Unbemerkt bezog er Stellung, um auf die *Zielperson* – dieser Ausdruck für sie gefiel ihm außerordentlich gut – zu warten. Er betrieb seine Observierung konsequent und wusste rasch nicht nur, wie sie aussah, wann sie zur Schule aufbrach, wann sie zurückkehrte, wann sie joggte oder einkaufen ging, nein, er wusste schon bald noch einiges mehr. Da gab es zum Beispiel einen jungen Burschen, der angeblich zum Nachhilfeunterricht kam, um danach regelmäßig mit verräterisch rotem Kopf eilig davonzulaufen. Und auch einen Lehrerkollegen gab es, einen, der ihr an einem ihrer schulfreien Vormittage Rosen brachte und angeblich zum Kaffee blieb.

Zum Kaffee, na klar …

Emil hatte sehr wohl verstanden, was der Pauker ihr einmal zurief: »Bis zum nächsten Kurzen!«

Verlottertes Ding.

Neben ihrer Tochter, einem hübschen rothaarigen Sturkopf, gab es in diesem verkommenen Haushalt noch den sehr beschäftigten ahnungslosen Ehemann, der stets spät, offensichtlich zu spät, nach Hause kam. Weitere Verwandtschaft konnte Emil nicht ausmachen. Freundinnen schien die Frau Oberlehrerin auch keine zu haben, denn Emil sah außer einer bosnischen oder kroatischen Putzfrau niemals auch nur ein einziges anderes weibliches Wesen ihres Alters das Haus betreten. Er erklärte sich diesen Umstand mit ihrem Charakter.

Als Emil der Meinung war, dass ihm ausreichend viele Informationen zur Verfügung standen, hatte er sich an den alten Sekretär seines Vaters gesetzt und auf der klapprigen Schreibmaschine die Adresse der Lehrerin auf den ersten einer Reihe von anonymen Drohbriefen getippt. Das Ausschneiden und Aufkleben von Buchstaben und Ziffern aus Zeitungen und Journalen hatte ihm großes Vergnügen bereitet und ihn an die Bastelarbeiten als Kind erinnert.

Was er wollte, was er forderte, war Geld. Geld als Gegenleistung für das Überlassen eines Fotos. Eines Fotos, auf dem ein Mord abgebildet war. Geben und Nehmen, das war das Prinzip.

Er hatte etwas, das sie haben wollte, haben *musste*. Er gab es ihr, und sie bezahlte. Klare Sache.

Unten auf der Straße war die Frau mit den grauen Haaren und der Aktentasche um die nächste Ecke gebogen. Emils Atem hauchte Wolke um Wolke auf die Scheibe, und durch den Dunst sah die Straße verzerrter aus als jemals zuvor.

22

Adrenalin schießt in mein Blut, und dieser jähe Energieschub macht mich kribbelig. Ich muss handeln. Jetzt sofort. Und ich weiß, wie ich es angehe.

Heute Morgen habe ich einen weiteren Brief erhalten. Der Inhalt wird deutlicher und um vieles bedrohlicher.

Fast hätte ich den Briefträger verpasst.

Wegen Lena!

Ich wollte ihr eine Freude machen, ihr frische Kipferln von ihrem Lieblingsbäcker besorgen, und stand viel zu lange in der Warteschlange.

Als ich zurückkam, sah ich das gelbe Postauto an mir vorbeifahren. Eilig holte ich den täglich anfallenden Berg an Werbung aus dem Briefkasten. Glück gehabt. Mit einem flauen Gefühl zog ich die wenigen Briefe aus der Masse der unverlangt entsendeten Prospekte. Dann fiel mir ein, dass die letzten Drohbriefe nicht auf dem Postweg zu mir gelangt waren. Etwas entspannter blätterte ich die Post durch.

Und – da war er.

Anscheinend schon zuvor eingeworfen.

Wie unscheinbar so ein Unglück von außen doch aussieht. So unauffällig, dass ich den Umschlag ohne Marke in der Menge der anderen Sendungen beinahe übersehen hätte.

Ich versicherte mich, dass mich niemand beobachtete, und riss das Kuvert auf.

Nein, ich hatte mich nicht geirrt. Es war ein weiterer anonymer Brief. Als ich den Sinn der aus einer Zeitung geschnittenen Buchstaben erfasste, wurde mir übel. Heute schon sollte es so weit sein.

Zeitpunkt und Ort der Übergabe schrie mir die Nachricht geradezu entgegen, darunter stand kleiner, aber umso bedrohlicher die Warnung, mich genau an die Angaben zu halten. Ich verbarg das Papier unter meiner Bluse, über meinem heftig pochenden Herzen, und knöpfte die Strickjacke bis oben hin zu.

Es hatte wieder leicht zu regnen begonnen.

Lena saß mit geröteten Wangen am Küchentisch. »Ich habe Kaffee gemacht. Und Tee. Orangenmarmelade hat Papa gestern für dich vom Einkauf mitgebracht.«

»Fein«, sagte ich mit aufgesetzter Fröhlichkeit, »und hier sind die Kipferln. Wie lange bist du schon wach?«

»Als du losfuhrst, bin ich ins Bad gegangen. Also noch nicht lange.«

»Ich dachte, du wolltest mal richtig ausschlafen?«

»Nein«, kam es zögernd, »ich möchte den Tag mit Rocky verbringen, da ist Schlaf nicht so wichtig. Mama, darf ich dort übernachten?«

»Übernachten? Auf keinen Fall.« Als ich sah, wie die Farbe aus Lenas Wangen wich, bemühte ich mich, den scharfen Ton aus meiner Stimme zu nehmen. »Schätzchen, jetzt mal im Ernst. Wie stellst du dir das vor? Wenn ich dir das erlaube, kann man mich wegen Vernachlässigung der Aufsichtspflicht anzeigen. Wie alt ist dieser Rocky überhaupt?«

Lena druckste ein wenig herum und antwortete schließlich leise: »Neunzehn.«

»Das darf ja wohl nicht wahr sein. Was will der denn mit einem so jungen Mädchen, mit einem Kind?« Ich konnte mich nicht zurückhalten.

»Kind? Ich bin kein Kind, Mama, und wir haben viel gemeinsam. Er sieht mich als gleichberechtigte Partnerin.«

Ich musste trotz meines Ärgers ein Lächeln unterdrücken.

»Lena, laut Gesetz ist das schlichtweg verboten. Du bist erst dreizehn.«

»Fast schon vierzehn, außer du hast vergessen, dass ich bald Geburtstag habe. Wäre dir zuzutrauen.«

Bevor ich etwas erwidern konnte, sprang meine Tochter auf und lief in ihr Zimmer.

Ich trank meinen Tee, versuchte, mich zu beruhigen, und spülte das Geschirr. Dann klopfte ich an ihre Tür, mit dem Vorsatz, mich mit ihr zu vertragen. Als sie nicht antwortete, öffnete ich.

Leer, keiner da. Der Vogel war ausgeflogen. Hätte ich mir

eigentlich denken können. Aus dem Fenster, durch den Garten, hin zur Straße.

Ich kochte vor Wut. Erst nach einiger Zeit konnte ich den für mich daraus entstandenen Vorteil erkennen.

Jetzt konnte ich unbeobachtet und störungsfrei die Lösung meines Problems in Angriff nehmen.

Nach reiflichem Überlegen kann ich keine Schwachstelle mehr in meinem Plan erkennen. Es ist eine einfache Strategie, sozusagen todsicher.

Am frühen Nachmittag fahre ich mit dem Zug nach Villach und miete ein unauffälliges dunkles Auto. In Klagenfurt ist mir das zu gefährlich, ich kenne zu viele Leute. Zufällige Begegnungen, verbunden mit lästigen Fragen, wären fatal.

In einem dezenten Mittelklassewagen düse ich zurück und stelle das Fahrzeug ein paar Häuser von meiner Wohnung entfernt in einer Seitengasse ab. Mein VW parkt unschuldig vor der Haustür.

Es hat zu regnen aufgehört, und so kann ich mit dem Rad in die Innenstadt fahren, wo ich mir eine dunkle Kurzhaarperücke, eine Sonnenbrille und neue Klamotten besorge.

Jetzt heißt es warten.

Hanno und Lena haben den ganzen Tag über weder auf meine Anrufe noch auf meine Nachrichten reagiert. Lena schmollt und Hanno grollt. Meinem Plan kommt das jedoch entgegen. Ohne mich vor einem der beiden rechtfertigen zu müssen, verlasse ich unser Haus eine Stunde vor dem vorgegebenen Termin und stelle das Mietauto auf einen Parkplatz, von dem aus ich eine gute Übersicht habe.

Der Erpresser hat fünfzigtausend Euro in bar von mir gefordert, sicher verpackt in einer braunen Papiertüte. Ich soll sie im Mülleimer der dritten Parkbank von links auf der Südseite des Neuen Platzes deponieren. Danach habe ich sofort zu verschwinden. Wenn der Kerl das Geld erhalten hat, will er mich wissen lassen, wie ich das verräterische Foto bekomme.

So jedenfalls stellt der Idiot sich das vor.

Ich aber habe entschieden andere Vorstellungen und ihm gegenüber einen überzeugenden Vorteil: Ich bin unschuldig und habe von seinem blöden Foto, was immer auch darauf abgebildet sein mag, nichts zu befürchten. Wäre doch gelacht, wenn ich den Spieß nicht umdrehen könnte.

In den unauffälligen neuen Klamotten fühle ich mich wohl, und die Perücke verdeckt mein blondes Haar gänzlich.

Mit einbrechender Dämmerung beginnt es stärker zu regnen. Immer wieder muss ich den Scheibenwischer betätigen, um klare Sicht zu erhalten. Bald schon beginnen meine Augen vor Anstrengung zu tränen. Auch die Narbe juckt unablässig.

Ein Mann, durch die immer wieder beschlagenden Scheiben schwer zu erkennen, nähert sich der besagten Bank. Er lässt sich trotz des Regens darauf nieder, schaut auffällig nach links und rechts und greift schließlich in den Papierkorb. Von meiner Position aus kann ich nur seinen Rücken und sein spärliches Haar sehen. Um zu begreifen, dass ich es hier mit keiner Geistesgröße zu tun habe, sondern mit einem, der offensichtlich in der untersten Amateurliga spielt, reichen die wenigen Eindrücke jedoch allemal.

Mein idiotischer Erpresser wühlt inzwischen mit beiden Händen im Papierkorb. Sekunden später zieht er sie endlich heraus und beginnt entgeistert an ihnen zu riechen. Jetzt dürfte selbst ihm klar geworden sein, dass weder Papiertüte noch Geld im Mülleimer deponiert sind, denn er springt auf und wirft die Arme in einer zornigen Geste in die Höhe.

Ich bedaure zutiefst, ihn jetzt nicht filmen zu können, der Kerl hat eindeutig das Potenzial, es bei der Wahl des monatlichen YouTube-Dummkopfs bis ins Finale zu schaffen.

Er umrundet langsam den Platz. Bei jeder Bank bleibt er stehen und vergewissert sich, dass ich nicht die Mülltonne verwechselt habe, wahrscheinlich sind ihm Missverständnisse und Irrtümer aus eigener Erfahrung äußerst vertraut. Bis ihm dämmert, dass er vergeblich sucht, vergeht eine geraume Zeit.

Mit wütenden Schritten marschiert er schließlich zu seinem Ausgangspunkt zurück und setzt sich auf die inzwischen klitschnasse Bank. Der Regen wird noch stärker, und ich hoffe, dass er bald abhaut, aber dieser Idiot blickt nur immer wieder in alle Richtungen, als würde er erwarten, dass das sich verspätende

Frauchen doch noch auftaucht. Ab und zu nuckelt er an einem Flachmann.

In der Dunkelheit tue ich mich zunehmend schwer, seine Bewegungen zu erkennen, und ich beginne zu fluchen.

Da, er steht auf und verlässt den Platz in meine Richtung.

Endlich!

Ich ducke mich hinter dem Lenkrad. Einen Moment lang befürchte ich, er könnte mich gesehen und trotz meiner Verkleidung erkannt haben. Doch als ich vorsichtig hochsehe, überquert er weiter vorn die Straße und setzt sich in ein schäbiges Auto.

Endlich kann auch ich handeln.

Der starke Regen erleichtert mir die Verfolgung, er macht mich unsichtbar.

Schnell wird mir klar, dass sein Weg mich aus Klagenfurt hinausführt. Er biegt auf dem Ring in die Rosentaler Straße ein. Trotz des abscheulichen Wetters sind so viele Autos stadtauswärts unterwegs, dass ich immer zwei, drei zwischen uns lassen kann.

Nach einiger Zeit taucht Ferlach vor uns auf, und ich hoffe, dass er nicht über den Loiblpass nach Slowenien will.

Nein, will er nicht. Er fährt durch den Ort und biegt Richtung Zell-Pfarre ab. Hier sind deutlich weniger Autos unterwegs, ich vergrößere den Abstand zwischen uns. Es wundert mich, wie beherzt ich bin.

Gleich hinter der Ortstafel Waidisch nimmt er die Straße in Richtung Zell-Oberwinkel. Mir bleibt nichts anderes übrig, als ebenfalls abzubiegen. Vorbei am Wasserwanderweg geht es etwa vier Kilometer geradeaus. Ich vergewissere mich, immer genügend Sicherheitsabstand zu halten.

Wir scheinen doch nicht die einzigen Fahrzeuge weit und breit zu sein. Hin und wieder sehe ich im Rückspiegel andere Autos, die aber nie lange hinter uns bleiben.

Endlich verlangsamt er das Tempo und biegt scharf rechts in eine Forststraße ein. Ich schalte das Licht aus und folge ihm vorsichtig. Klar weiß ich, dass dies ein gefährliches Unterfangen ist, aber ohne Einsatz kein Resultat.

Einige Zeit geht es kurvig dahin. Gut so, wegen der vielen Kehren hat er kaum eine Chance, mich zu bemerken.

Dann leuchten in einiger Entfernung seine Bremslichter auf. Ich bleibe hinter einem vorspringenden Felsstück stehen. Gerade rechtzeitig, denn der Idiot steigt aus. Er holt eine Tasche aus dem Kofferraum und geht zu Fuß weiter.

Leise öffne ich die Wagentür und schleiche ihm nach. Die Perücke dient mir als Kopfbedeckung, der schwarze Trenchcoat als Regenmantel. Trotzdem bin ich innerhalb von Sekunden durchnässt.

Die Nacht im dunklen Nadelwald, umgeben von schroffen Felsen, ist unheimlich, aber aufgeben kommt nicht in Frage. Ich muss die Sache durchziehen.

Da höre ich Schritte hinter mir und drehe mich um, aber es ist nichts außer dem Geräusch des Regens, dem Pfeifen des Windes und dem Surren meiner zum Zerreißen gespannten Nerven. War vielleicht ein Tier, das sich zur Straße vorgewagt hat. Welche Tiere es hier wohl gibt?

Die Forststraße wird enger und geht in einen unbefestigten steilen Weg über. Ich unterdrücke ein Keuchen. Der Anstieg macht mir zu schaffen. Unter dem Trenchcoat bildet sich Schweiß. Brennende Stiche in der Narbe an meiner Hand.

Wie lange dauert diese Nachtwanderung noch, wo will der Typ hin? Und das alles zu Fuß, mit dem Auto kommt man hier nicht herauf.

Endlich!

Eine heruntergekommene Holzhütte taucht vor mir auf, sie steht mitten auf einem Wiesenstück im Nachtschatten hoher Berge.

Hier also wohnt er, hier am Ende der Welt.

Mein Erpresser stellt die Reisetasche auf der Holzbank vor der Eingangstür ab und schließt die Hütte auf. Bevor er eintritt, blickt er über seine Schulter zurück, so als wüsste er mich dort in der Dunkelheit, verborgen hinter einem Holzstoß. Ich mache mich klein und schließe die Augen. Mein Herz schlägt stürmisch in meiner Brust.

Als ich es endlich wage hochzusehen, bin ich immer noch

allein, und ein Lichtschein dringt aus der Hütte. Ich schleiche so nahe es geht heran und kann meinen Peiniger sehen.

Dieser jämmerlich wirkende Kerl will mein Leben zerstören?

Ein mittelgroßer dicklicher Mann mit pausbäckigem Gesicht, das von bläulich roten Äderchen durchzogen ist, trinkt gierig aus einer Schnapsflasche. Er hat sie an seine wulstigen Lippen gesetzt und lässt den scharfen Alkohol einfach in sich hineinlaufen, ohne zu schlucken. Sein spärliches Haar ist über seine Glatze gekämmt. Widerlicher Typ. Lebt in desolaten Verhältnissen, wirkt verkommen.

Angeekelt verlasse ich meinen Beobachtungsposten.

Vorsichtig, um nicht auf den nassen, glatten Steinen auszurutschen, mache ich mich auf den Rückweg, zurück zu meinem Auto. Auch jetzt meine ich, Geräusche zu vernehmen, die nicht zu den üblichen des Waldes gehören, zwinge mich aber, sie irgendwelchen friedlichen Tieren zuzuordnen.

Endlich sitze ich, durchnässt bis auf die Haut und klapprig vor Kälte, auf dem trockenen Sitz meines Mietwagens. Ich ziehe die Perücke von meinem Haar, das erstaunlicherweise kaum feucht geworden ist, und stecke sie in eine Plastiktasche. Morgen werde ich sie kämmen und waschen, aber ich glaube, sie ist endgültig hinüber.

Als ich starte, dringt ein Lichtstrahl wie von Autoscheinwertern durch den Wald. Schneller, als die unebene Forststraße es erlaubt, fahre ich zurück in die Zivilisation.

Jetzt erst habe ich Angst. Angst auch vor meinem eigenen Mut.

Erleichtert atme ich auf, als ich die Hauptstraße erreiche, und noch erleichterter, als ich vereinzelt Licht in den verstreut liegenden Häusern sehe.

Mit den Worten »Wo warst du?« empfängt Hanno mich, kaum dass ich die Küche betrete. Er hat ein volles Glas Cognac in seiner Hand, und seine Augen sind blutunterlaufen.

»Bei einer Freundin«, antworte ich knapp und ziehe meine klammen Schuhe und den an mir klebenden Mantel aus.

»Wohl eher auf einem Begräbnis«, meint Hanno nach einem

Blick auf die schwarzen Klamotten. »Möchtest du auch einen?« Er hält sein Glas in die Höhe und hebt fragend die Augenbrauen.

»Tee mit Rum wäre mir lieber«, antworte ich. »Und Lena, hast du nach ihr gesehen? Ist sie zu Hause?«

»Nein. Sie rief mich an und fragte, ob sie heute bei Vicky schlafen dürfe. Sie machen einen Filmeabend. Es sind ja Ferien, also ist das okay.«

Filmeabend bei Vicky, denke ich spöttisch, reagiere aber nicht darauf. Morgen werde ich mir das Fräulein vorknöpfen. Es gefällt mir immer weniger, wie kaltblütig sie mich und Hanno gegeneinander ausspielt.

Hannos Hand liegt vor mir auf dem Tisch. Ein unerwarteter Anflug von Rührung überkommt mich beim Anblick seiner blassen, von Sommersprossen überzogenen Finger. Ich verwehre es mir, darüberzustreichen. Unsere Blicke treffen sich, und in einem seltenen Einverständnis berühren sich unsere Hände, verschränken sich ineinander.

Kurz möchte ich mich an ihn klammern, alles andere ausblenden.

Hanno löst seine Finger von meinen und sagt schroff: »Es ist spät, zu spät. Und ich bin müde vom Tag, müde von deinen Geheimnissen, deinen Launen, bin müde vom Warten auf dich.«

Ungelenk wie ein sehr alter Mann stemmt er sich hoch und verlässt den Raum.

23

Rosner schlendert mit Alice am Ufer des bräunlich schimmernden Lendkanals entlang. Immer wieder bleiben sie stehen und schmiegen sich aneinander.

Vor einer Stunde erst sind sie von ihrer dritten Wohnungsbesichtigung zurückgekehrt. Ziemlich zuversichtlich, den schönen Altbau mit den prachtvollen Holzböden in der Innenstadt zu bekommen, haben sie sofort begonnen, die vier Räume und das Bad in ihrer Phantasie einzurichten.

Alice steuerte, Rosner mit sich ziehend, schnurstracks ein Möbelgeschäft an, in dem sie sich sogleich – fürs Erste – auf eine Bodenvase, Bettzeug und Kerzen einigten.

»Äußerst passend. Wir beginnen mit den Accessoires. So soll es sein.« Rosner zahlte und ließ alles zurücklegen.

Den ganzen Spaziergang über tauschten sie weiter Ideen aus und stellten fest, dass ihre Geschmäcker sich in vielem ähneln. Alices Vorliebe für Schwarz, so waren sie übereingekommen, vertrug sich bestens mit Rosners Faible für Grau. Und nachdem Alice lachend »Wir einigen uns auf ganz wenige Farbtupfer« gesagt hatte, war Rosner zufrieden. Mehr als das, er war glücklich.

»Ich habe dich vermisst.« Er lächelt sie an.

Ihre Antwort verschlägt ihm den Atem.

»Schau, hier hat es mich damals erwischt«, sagt sie. »Genau an dieser Stelle. Ich wache oft mitten in der Nacht auf, bin schweißgebadet, und mein Herz rast. Dann weiß ich nicht, wo ich bin, und sehe wieder dieses grauenvolle Grinsen vor mir, über mir.«

Sie entwindet sich seinem Arm, tritt in eine Pfütze und flucht.

»Komm, gehen wir weiter und lassen diesen Ort weit hinter uns«, sagt Rosner betreten und zieht sie an sich. »Ich weiß, was du durchgemacht hast. Auch in mir kommen immer wieder Bilder von diesem Tag hoch. Ich dachte, ich hätte dich für immer verloren.«

Er spürt, dass Alice sich entkrampft, sieht ihre Gesichtszüge weicher werden.

»Willst du noch ein paar Sitzungen bei Dr. Roth machen? Schaden können sie nicht.«

»Ich kümmere mich selbst darum, wenn ich meine, dass es notwendig ist. Auf meiner Reise gab es auch keine Psychotherapeuten«, wehrt sie ab.

Der Wind sprüht Regentropfen von den Bäumen. Obwohl Hochsommer ist, sind die Temperaturen eher niedrig. Es kommt fast täglich zu heftigen Schauern. Die Spitzen der Karawanken sind weiß bestäubt. Und das im August.

Alice nimmt Rosners feuchtes Gesicht in die Hände. Ihre Augen erstrahlen in einem warmen Grünton.

»Verzeih, heute sind die Bilder der schrecklichen Vergangenheit besonders deutlich.«

Als Rosner antworten will, verschließt sie seinen Mund mit einem Kuss. Er presst sie an sich und hebt sie dabei ein wenig hoch.

»Rosner, der Entzug tut dir gut.« Sie lacht ihn mit geröteten Wangen an. »Ich würde ein frisches Laken dem holprigen Uferweg allerdings vorziehen. Außerdem fängt es gleich wieder an zu regnen.«

Lächelnd sehen sie zu den dunklen, sich türmenden Wolken hinauf.

»Was ist jetzt mit den Laken?« Alice hängt sich stürmisch bei ihm ein, sodass ihre blonden Haare um ihr zartes Gesicht wehen.

»Ich lasse mir etwas einfallen«, sagt Rosner mit rauer Stimme und verspürt wilde Vorfreude auf ihre gemeinsame Nacht. Doch plötzlich taucht wie aus dem Nichts ein beschlagener Krug mit über den Rand schäumendem Bier vor ihm auf. Speichel sammelt sich in seinem Mund.

Er überlegt kurz und sagt dann mit fester Stimme: »Mein Belohnungssystem betreibt mal wieder arglistige Täuschung. Ich falle aber nicht mehr darauf herein.«

»Was meinst du?« Alice bleibt unter einem Baum stehen und lehnt sich an den Stamm.

»Früher habe ich immer getrunken, wenn mir etwas besonders gut gelungen ist. Ebenso wenn es etwas zu feiern gab oder wenn ich mich einfach nur riesig freute. Das musste unmittelbar belohnt werden. Mein Anerkennungspreis war Alkohol.«

»Und weshalb willst du dich ausgerechnet jetzt belohnen?«

Da ist ein neckischer Ton in ihrer Stimme.

»Deshalb«, sagt er leise, »weil ich glücklich bin, mit Alice, dem Mädchen mit den ehemals blauen Haaren, zusammenzuziehen. So etwas Wundervolles musste früher sofort und reichlich begossen werden. Ich hatte also auf einmal große Lust auf Bier, aber zum Glück habe ich jetzt andere Möglichkeiten, zu feiern. Alice, du bist mein Glück.«

Zwei Stunden später, Alice macht eine Runde durch die Stadt und will dann in einem Café auf ihn warten, trifft Rosner seinen alten Schulfreund in einem Eisgeschäft auf dem Heuplatz. Hanno hatte gleich zugesagt, als Rosner ihn anrief.

Auf Anhieb bemerkt Rosner Hannos blutunterlaufene Augen. Er sieht aus, als bekäme er viel zu wenig Schlaf.

»Einiges um die Ohren, was?«

»Ich habe ein paar große Projekte am Laufen. Aber auch nicht mehr Stress als sonst. Du wolltest mich dringend sprechen, Simon. Hat es etwas mit Lenas Verschwinden zu tun?«

»Nicht direkt. Obwohl ich verstehen möchte, warum sie ausgebüxt ist.«

Hanno wirft sein Haar in einer Art zurück, die Rosner aus seiner Jugendzeit vertraut ist. »Ach das. Da hatte Lilo mal wieder recht mit ihrer Einschätzung. Lena wollte nicht nach Grado fahren und stieg mit einem Schulfreund, den sie im Bus getroffen hatte, einfach mal so, ohne einen von uns zu benachrichtigen, wieder aus. Er hat sie mit zu sich nach Hause genommen, und dort lernte sie seinen Bruder kennen, einen gewissen Rocky. Was für ein blöder Name, egal, die beiden verknallten sich ineinander. Große Liebe und so. Stell dir vor, der Bursche ist neunzehn und Lena erst dreizehn. Aber wir haben Angst, Lena mit Strenge komplett zu verlieren.« Hanno räuspert sich verlegen.

»Mir kam sie eher belastet und traurig als frisch verliebt vor, eure Lena.«

»Das lag wohl daran, dass sie sich vor unserer Reaktion fürchtete.«

»Soll ich mit diesem Rocky mal reden? Dann wärt ihr aus der Schusslinie.« Rosner zieht ein Notizbuch aus seiner neuen Tasche.

Hanno macht eine abwehrende Handbewegung. »Besser nicht. Dann flippt sie uns völlig aus. Aber danke für dein Angebot. Ich weiß das zu schätzen.«

Rosner nickt und bestellt zwei Kugeln Nougateis. Hanno nimmt einen Grappa. Einen Moment lang bedauert Rosner, es ihm nicht gleichtun zu können, fängt sich aber schnell und löffelt sein Eis.

»Hanno, ich will mit dir über diese Nacht in der Scheune reden, über damals, als Magdalena …« Rosner fällt es immer noch schwer, ihren Namen auszusprechen. »Als sie überraschend aus Amerika heimkam.«

Hanno wirft ihm einen erstaunten Blick zu.

»Du musst glücklich gewesen sein, sie zurückzuhaben. Ihr wart sofort wieder ein Paar. Und unzertrennlich.«

»Nein, ganz so war das nicht.« Hanno trinkt seinen Grappa mit einem Zug aus und bestellt ein Lemonsoda mit Eiswürfeln. »Ich mochte sie noch immer, ja, aber verliebt war ich zu dem Zeitpunkt schon in Lilo. Ziemlich verliebt sogar. Vor der Amerikareise war das anders. Ich war von Anfang an zwischen den beiden hin- und hergerissen. Zwischen der schönen Lilofee und der wilden, ungestümen Magdalena.«

»Ging mir nie so. Ich wollte immer nur Magdalena«, sagt Rosner. »Ich dachte, dir ginge es genauso.«

Hanno lacht auf. »Eine Weile glaubte ich das auch. Aber als Magdalena in Amerika war, hat es zwischen Lilo und mir gefunkt. Ich war total verschossen in sie. Und nachdem sie mich endlich erhörte und in eurer alten Scheune mit mir schlief, nun ja … Ich war hin und weg von ihr. Das waren die schönsten Wochen in meinem Leben, diese kurze Zeit, in der wir damals zusammen waren. Es übertraf alles, wirklich alles, was ich mit

Magdalena jemals erlebt hatte.« Er seufzt wehmütig, und Rosner sieht ihn erstaunt an.

»Ich dachte, *Lilo* hätte alles drangesetzt, *dich* zu verführen? Dass es umgekehrt war, dass du in sie verknallt warst, ist völlig an mir vorübergegangen. Wenn das aber so war, warum bist du dann sofort zur Gegenseite übergelaufen, als Magdalena wiederaufgetaucht ist? Das macht doch keinen Sinn.« Rosner, der eben sein Faible für Nougateis entdeckt hat, bestellt eine weitere Portion. »Mein Belohnungssystem«, sagt er und lacht, als er Hannos hochgezogene Augenbrauen sieht. »Ich kannte Herrn Dopamin zuvor auch nicht. Er wurde mir erst in der Klinik vorgestellt.«

Hanno schaut noch irritierter, fragt aber nicht nach. Er war immer schon etwas phlegmatisch und desinteressiert, sofern etwas nicht ihn selbst betraf, erinnert sich Rosner.

Jetzt macht Hanno ein angestrengtes Gesicht, so als würde ihm das Folgende einiges an Konzentration abverlangen.

»Weißt du, Simon«, beginnt er zögernd und steigert sich dann im Tempo, »obwohl wir so verdammt jung waren, haben Lilofee und ich damals sogar davon gesprochen, uns ganz altmodisch zu verloben.«

»Zu verloben?« Rosner traut seinen Ohren nicht. Das Eis schmeckt wunderbar, und er muss sich zwingen, nicht noch eine dritte Portion zu bestellen. »Das beantwortet meine Frage nicht«, sagt er stattdessen und löffelt den letzten Rest.

»Magdalena hatte etwas Despotisches. Wenn man sie allerdings besser kannte und sie einen näher an sich heranließ, konnte man sehen, wie verletzbar sie war. Sie hatte in ihrer Familie schon in jungen Jahren einiges Unerfreuliches mitmachen müssen und sich mir anvertraut. Und als sie an dem Abend aus heiterem Himmel wieder vor mir stand und mich mit ihren dunklen blitzenden Augen ansah, wusste ich gleich, ich kann sie zu diesem Zeitpunkt unter keinen Umständen verlassen. Dabei war ich in Lilo verliebt. Die Trennung von ihr war furchtbar. Aber es musste sein, denn Magdalena war unberechenbar. Ich hatte Angst, sie würde sich oder Lilofee etwas antun. Alle Versuche, es Lilo zu erklären, scheiterten. Sie ließ mich nicht mehr an sich heran. Machte komplett zu. Für sie war es eine Katastrophe, ich weiß das. Dass ich sie damals sitzen ließ, hat später unsere ganze Ehe überschattet. Das tut es noch. Auch wenn sie es abstreitet, sie hat es mir nie verziehen.«

»Lilo muss einen furchtbaren Hass auf Magdalena entwickelt haben.«

Hanno kratzt sich nachdenklich die Wange. »Nun, sie haben eine Zeit lang kein Wort miteinander gewechselt, sich dann aber irgendwann wieder vertragen, wie du weißt.«

Die nächste Frage fällt Rosner, dem geschulten Ermittler, überraschend schwer.

»Hanno, glaubst du, dass Lilo die Wahrheit erzählt hat über das, was an jenem Tag auf dem Berg passiert ist?«

Hanno stellt ruckartig sein Glas auf den Tisch. Dann schnäuzt er sich ausgiebig. Rosner, zum Psychologen mutiert, erkennt in Hannos Verhalten eine typische Übersprunghandlung.

Ich muss mit dem lächerlichen Pseudoanalysieren sofort aufhören, nimmt er sich vor.

»Ehrlich?« Hanno räuspert sich. »Ja, zu Beginn habe ich daran gezweifelt, in dunklen Stunden sogar daran gedacht, Lilo zu fragen, ob sie Magdalena gestoßen hat. Zum Glück tat ich das nie. Sie wäre an der Unterstellung zerbrochen. Ich glaube es auch nicht mehr. Lilo ist ein schwieriger Mensch, sehr kompliziert, aber zu etwas so Grausamen wäre sie nicht fähig. Da bin ich mir sicher.«

»Hm«, macht Rosner.

»Außerdem hatte ich ihr kurz davor anvertraut, dass Magdalena schwanger ist. Schon aus dem Grund hätte sie ihr nie etwas zuleide getan.«

»Schwanger?« Rosner schaut überrascht auf.

»Es wusste niemand außer uns. Und nach dem schrecklichen Unglück habe ich es nicht an die große Glocke hängen wollen.«

Rosner zieht die Luft ein und muss Hannos Worte erst mal verdauen.

»Glaubst *du* denn, dass sie es getan hat?« Hannos Stimme klingt belegt.

»Damals hatten viele diesen Verdacht, es schwirrte nur so

vor Gerüchten. Mir fiel vor Kurzem, als ich mir die Pfoten quetschte«, er zeigt auf seinen Verband, »Lilos fehlender Finger ein und wie es dazu kam. Es war nur ein Bauchgefühl, aber es erschien mir wichtig, dem nachzugehen.«

»Jetzt weichst du mir aus.« Hanno wirft ihm einen fragenden Blick zu. »Wie ist deine Meinung dazu? Glaubst du, sie hat es getan? Trotz ihres Wissens um Magdalenas Schwangerschaft?«

»Nun, das ist ein neuer Aspekt. Aber ich bin mir trotzdem nicht sicher. Sie reagierte ausgesprochen hysterisch, als ich sie darauf ansprach.«

»Simon, Lilo hat mir von eurem Gespräch erzählt. Es hat sie getroffen. Sie war aufgebracht, fassungslos, was du ihr da unterstellst. Ich bitte dich als Freund, lass sie damit in Ruhe. Lass die ganze Sache auf sich beruhen. Was soll das denn jetzt noch bringen? Zwanzig Jahre nach Magdalenas Tod? Glaub ihr doch einfach, dass sie Magdalena halten wollte und nicht gestoßen hat.«

Hanno wartet Rosners Reaktion nicht ab. Er steht auf und zahlt an der Kasse.

»Da bist du ja«, begrüßt Alice ihn aufgeregt. »Der Makler hat angerufen. Wir haben die Wohnung! Und jetzt bitte kein Wort vom albernen Belohnungssystem.« Sie hebt ihren Zeigefinger zur Bekräftigung ihrer Worte.

»Ich denke gar nicht daran«, lügt Rosner heiter und küsst sie auf den Mund.

Als sie in Richtung Villach fahren wollen, Alice hat vorerst ein Auto gemietet, sagt Rosner: »Bitte halte kurz in der Kempfstraße. Ich habe noch etwas zu erledigen. Es dauert nicht lange.«

Alice wirft ihm einen raschen Seitenblick zu und verzieht das Gesicht. »Wohnt Simone dort?«

Rosner lacht. »Nein. Sicher nicht. Das heißt, ich weiß nicht, wo sie wohnt, und es interessiert mich auch nicht. Ich muss jemanden etwas fragen. Es geht um einen Fall.«

»Okay, ich mache einen kleinen Spaziergang und liefere dich dann in der Klinik ab. Du hast deine Ausgehzeit schon überschritten. Also beeil dich.«

Rosner läutet an der Wohnungstür im zweiten Stock eines heruntergekommenen Mietshauses.

»Ja?« Eine heisere Stimme dringt durch die Tür zu ihm nach draußen.

»Inspektor Rosner von der Kriminalpolizei Klagenfurt.«

Sofort wird geöffnet.

»Warum machst du es so spannend und sagst nicht gleich, dass du es bist, Simon?«

Er wird in das Vorzimmer gezogen und steht einer älteren Frau mit groben Gesichtszügen gegenüber. Sie trägt eine Kittelschürze, eine ähnliche, wie Rosners Großmutter sie getragen hat, und ihre Füße stecken in Filzschuhen. Die gesamte Wohnung stinkt nach kaltem Zigarettenrauch.

»Hast du geglaubt, ich vergesse die Schulfreunde meiner Magdalena, und ausgerechnet dich? Du warst doch bis über beide Ohren in sie verknallt, aber schüchtern warst du, viel zu schüchtern.« Sie boxt ihn gegen die Brust, und Rosner weicht zurück.

»Frau Berger, ich möchte Sie etwas fragen. Natürlich nur, wenn es Sie nicht zu sehr aufwühlt, über Magdalena zu sprechen.«

»Ist schon gut. Zwanzig Jahre sind eine lange Zeit. Möchtest du einen Kaffee? Ich habe gerade welchen gekocht.«

»Gern. Ohne Milch und Zucker bitte.« Er folgt ihr in die Küche und beobachtet, wie sie eine angeschlagene Tasse aus dem Schrank nimmt und vor ihn auf das Plastiktischtuch stellt. Rosner verbietet es sich, die Küche genauer zu betrachten, will nicht wissen, was sich in den klebrigen Töpfen, die auf dem Gasherd stehen, befindet, will das schmutzige Geschirr nicht bemerken.

»Also«, sagt sie und setzt sich ihm gegenüber, »worum geht es?«

Rosner fühlt sich unbehaglich. Eine rot getigerte Katze streift um seine Beine. Er will sie streicheln, aber sie faucht ihn an.

»Was ist aus dem Rubinring geworden, den Magdalena Lilo geschenkt hat?«

»Der Ring? Da musst du dieses Biest schon persönlich fragen. Die Grabner. So heißt sie ja jetzt. Zuerst meiner Magdalena den

Rubin abluchsen und dann den Freund. Ein schönes Früchtchen.«

Jetzt redet sie sich in Rage, denkt Rosner und bereut es fast, hierhergekommen zu sein.

»Kaum ist die Freundin außer Landes, schnappt sie sich den zurückgebliebenen Verlobten. Die war immer schon so. Hat meiner Magdalena nichts gegönnt. Obwohl wir kaum Geld hatten, ließ sie sich von ihr einladen. Ein verwöhntes Gör.«

Rosner, der die Geschichte ein wenig anders kennt und sich über den »zurückgebliebenen Verlobten« amüsiert, wendet ein: »Lilo bekam den Ring von Magdalena, weil sie beste Freundinnen waren.«

»Das behauptet Lilo. Ich denke, sie war das genaue Gegenteil. Die Mutter von meinem verstorbenen Mann war so blöd, Magdalena den Ring und diese Amerikareise zu schenken. Ich war von Anfang an dagegen. Es ist auch nichts Gutes dabei herausgekommen. Jetzt sind alle unter der Erde. Außer ich und der Schnurli.«

»Was ist mit dem Ring passiert? Lilo hat den Finger, auf dem er saß, bei dem Unfall verloren.«

»Das Biest wird ihn eingesteckt haben. Bei meinem toten Mädchen, unten in der Schlucht, wurde er jedenfalls nicht gefunden.«

»Frau Berger, haben Sie mit Lilo irgendwann über den Unfall gesprochen?«

»Wo denkst du hin, Simon? Ich habe sie rausgeschmissen, als sie bei mir geläutet hat, mir ihr hochgestochenes Beileid aussprechen wollte. Und dann besaß die Kleine auch noch die Frechheit, beim Begräbnis aufzutauchen. Ich habe sie persönlich verjagt.«

Rosner kann sich nicht an diese Szene erinnern, aber er war damals betrunken, also ist es kein Wunder.

»Danke, Frau Berger. Ich muss dann mal wieder.«

»Schade, Simon. War nett, mit dir über alte Zeiten zu plaudern. Hab ja sonst niemanden. Komm mich wieder einmal besuchen. Bist jederzeit gern gesehen. So einen Schwiegersohn wie dich hätte ich mir gewünscht.«

Sie begleitet ihn, an der fauchenden Katze vorbei, hinaus ins Stiegenhaus. Als sie die Tür hinter sich zuzieht, atmet Rosner auf. Mit einem Mal erscheint ihm die Klinik als ein erträglicher Ort.

Alice schlendert ihm entgegen. Sie winkt ihm zu.

Die Sonne hat eine breite Bahn durch die Wolken geschlagen, und es riecht nach frisch gemähtem Rasen.

24

Der Abend ist lau, und Cordula marschiert mit Poldi, dem kleinen Dackel ihrer Nachbarin, durch die Fußgängerzone in der Innenstadt. Sie hat es sich zur Gewohnheit gemacht, die verschiedenen Plätze der Stadt mit dem Hund zu besuchen. Eigentlich eine gute Sache: Der kleine Köter ist für sie eine Art Glücksschweinchen. Sie kriegt ein wenig Kohle fürs Gassiführen und kann um einiges unauffälliger in Mülleimer und unter Gemüsestände schauen. Poldi zerrt sie ja geradezu dorthin, schnüffelt und japst, sobald er etwas Fressbares gesichtet hat. Und wählerisch ist Cordula schon lange nicht mehr.

Allerdings kommen ihr auf den belebten Straßen viel zu viele Menschen nah, zwängen sich viel zu eng an ihr vorbei. Körperliches Unbehagen ist die geringste Folge, damit kommt sie klar. Schlimmer, viel schlimmer ist die Angst, das Panikgefühl, das sie erfasst, sobald sie von jemandem berührt wird.

Nach dem Pilzgulasch, das sie in sich hineingeschaufelt hat, ist ihr eines wirklich klar geworden: Sie muss den Schnaps lassen. Betrunken hat sie das gute Essen kein bisschen genießen können.

Nicht nur E-Dog zuliebe wollte sie es so halten, auch ihrer eigenen Gesundheit wegen. Außerdem wäre die Hölle los, wenn E-Dog von der Menge, die sie täglich in sich hineinschüttet, Wind bekäme. Sein Blick weilt schon jetzt manchmal viel zu lang und viel zu prüfend auf ihr. Und wenn sie etwas sagt, schaut er von seinem Buch hoch, rückt umständlich die Brille zurecht, als könne er so besser hören, und lauscht aufmerksam dem Klang ihrer Stimme.

Cordula ist nicht so blöde anzunehmen, dass es etwas Romantisches ist, das ihn dazu treibt. Nein, es ist pure, unverfälschte Kontrolle. Bislang hat er noch nichts gesagt. Und in den letzten Tagen ist es ihr sogar gelungen, die Flasche Korn zu halbieren. So wird sie es ab sofort halten: Weniger, immer weniger, und dann ganz damit aufhören.

Vor ihr liegt der Alte Platz. Er trennt wie ein breites Band die Kramer- von der Wiener Gasse.

Luft. Raum.

Hier verteilen sich die Menschen besser, quetschen sich nicht so aneinander. Nun kann sie durchatmen.

Mit Poldi macht es ihr Spaß, an den Geschäften vorbeizuschlendern. Meistens beginnt sie an der Westseite, macht eine Runde im Landhaushof und spaziert von dort weiter zur Bahnhofstraße.

Eine junge Frau aus der Apotheke auf der anderen Straßenseite hat ihr einmal ein Kräuterelixier ohne Alkohol geschenkt, zum Kräftesammeln, wie sie meinte. Das fand Cordula nett. Leider hat sie die Apothekerin nie wiedergesehen. Sooft sie auch durch die Scheiben schaut, steht ein anderer Weißmantel hinter dem Verkaufspult.

Heute beschließt Cordula, mit Poldi eine längere Wanderung in Angriff zu nehmen. Sie hat auch schon einen Plan für die Strecke: Alle Apotheken der Innenstadt will sie ablaufen. Zuerst jedoch muss sie sich auf einer der Bänke ausruhen, genau genommen auf *ihrer* Bank. Und die steht nur ein paar hundert Meter entfernt auf dem Neuen Platz.

E-Dog hat ihr einmal aus einer Zeitung vorgelesen, dass in englischen Parkanlagen die Bänke Namen tragen und bestimmten Menschen gewidmet sind. Das findet Cordula eine schöne Idee.

Sie hat es geschafft, mit E-Dogs Schweizermesser ihren Vornamen in die Lehne zu ritzen. Schade nur, dass sich vor ihr schon andere dort verewigt haben.

Na, es gibt Schlimmeres. Zum Beispiel die Enttäuschung, wenn sie den Platz betritt und sieht, dass jemand anderer sich auf ihrer Bank breitmacht. Dann muss sie an sich halten, um nicht richtig wütend zu werden.

Heute ist das zum Glück nicht der Fall. Es nieselt, und die meisten Menschen verbringen ihre Mittagspause dadurch nicht im Freien. Entspannt lässt Cordula sich auf ihrer Bank nieder. Der Hund scheint die Pause ebenso zu genießen wie sie.

Gedankenverloren schlingt sie Poldis Leine um das unterste Brett und lehnt sich zurück.

Auch damals benetzte ein feiner Sprühregen ihr Gesicht. Es war Februar, die Temperatur jedoch tropisch. Sie war zum Karneval nach Rio geflogen, mit Jamiro, ihrem brasilianischen Freund. Der Kindergarten, in dem sie zu Hause arbeitete, hatte wegen der Energieferien geschlossen, und sie konnte noch ein paar zusätzliche Tage Urlaub bekommen.

Damals war ihre Welt in Ordnung gewesen, das Leben machte ihr Spaß.

Jamiro wollte ihr sein Rio zeigen, seinen Karneval. Einer seiner Freunde fuhr einen der geschmückten Karnevalswagen, und sie beide standen in prachtvollen Kostümen obendrauf. Um sie herum wogte ein Meer von Menschen, maskierte und unmaskierte. Über ihnen spannte sich ein grau verhangener Himmel. Trotz der Hitze nieselte es. Die dadurch entstandene Schwüle nahm ihr die Luft zum Atmen. Aber all das machte ihr nichts aus, Jamiro mit seinem dunklen Lockenkopf stand ja neben ihr, und nur das zählte.

Sie hielten Caipirinhas in ihren Händen, einen Cocktail, den sie erst in Brasilien kennengelernt hatte. Er schmeckte wunderbar, süß und sauer zugleich, und der Cachaça gab ihm die notwendige Schärfe. Sie trank ihn wie Fruchtsaft. Als sie zu schwanken begann, nahm Jamiro sie fest in den Arm.

Irgendwann sprangen sie auf die Straße und verschmolzen mit der singenden Menschenmenge.

Doch immer noch nahm die Hitze zu, und die Schwüle wurde unerträglich. Schweiß perlte von Cordulas Stirn, und das Kostüm wurde enger und schnürte sie zunehmend ein. Sie spürte, wie ihr das Blut in den Kopf stieg, wie er zu pochen begann.

Nach zwei Stunden hatte sich der Schmerz ins Unerträgliche gesteigert. Erst jetzt wandte sie sich an ihren Freund und bat ihn, sie zum Apartment zu begleiten.

Doch seine Freunde hatten sich zu Jamiro gesellt, und er vertröstete sie auf später. Er war so lange nicht in seiner Heimat gewesen, ein wenig feiern wollte er noch.

Und Cordula? Sie war nur ein paar Straßen von ihrer Bleibe entfernt, also würde es nicht schwer sein, allein zurückzufinden. Sie umarmte ihren Jamiro und drängelte sich durch die Menge. Die Masse der Menschen, die Musik, das Grölen, das Singen wurde auch in den Nebenstraßen nicht weniger. Erschöpft lehnte sie sich schließlich an eine Hausmauer, um kurz auszuruhen, neue Kräfte zu sammeln.

Als sie die Augen öffnete, beugten sich zwei Männer mit Masken über sie und zogen sie mit sich. Fremde Hände griffen nach ihr, betasteten ihren Körper.

Cordula schrie, aber ihre Hilferufe gingen im Lärm der Tobenden unter. Eine pelzige Zunge schob sich in ihren Mund, und sie konnte malzigen Bieratem schmecken.

Dann knipste jemand das Licht aus.

Es blieb lange dunkel.

Und als es wieder hell wurde, war alles anders.

Ihr Kopf war verbunden, und sie verstand nicht, wo sie sich befand, wie sie hierhergekommen war, warum sie hier war, was mit ihr los war und wer sie überhaupt war.

Später, viel später, als sie wieder in Österreich in einem Krankenhaus lag, versuchten Ärzte ihr zu erklären, sie habe ein Aneurysma erlitten, anscheinend genetisch bedingt, wohl schon vorher vorhanden und durch die Blutdruckkapriole schließlich geplatzt.

Zuerst war sie zuversichtlich. Es würde eben eine Zeit dauern, bis sie wieder auf die Füße kam. Viel später erst erkannte sie das ganze Ausmaß ihrer Situation. Sie hatte bleibende Schäden davongetragen. Das Formulieren von Gedanken fiel ihr schwer, das Sprechen, das Denken insgesamt. Sie konnte sich kaum etwas merken, und die korrekten Bezeichnungen für Gegenstände, die man ihr zeigte, erinnerte sie nicht. Es war ein Jammer. Ihr rechtes Bein und ihr rechter Arm benötigten sehr viel Training, bis sie sich wieder einigermaßen auf sie verlassen konnte.

Ihre Eltern waren da schon nicht mehr am Leben, Geschwister gab es keine. Sie hatte nur Jamiro.

Aber wo blieb er?

Niemand hatte eine Ahnung. Als sie Monate später wieder in ihre Wohnung kam, waren seine Sachen verschwunden, genauso auf Nimmerwiedersehen wie er selbst.

Doch das alles war erst der Beginn ihrer persönlichen Misere. Nach und nach verschlimmerte sich die Situation. Sie konnte wegen der Konzentrationsschwäche und der Bewegungseinschränkung nicht mehr arbeiten, wurde in der Folge gekündigt. Die Wohnung verlor sie, weil sie die Miete nicht mehr bezahlen konnte.

Eine Zeit lang gewährte ihr eine ehemalige Kollegin ein Dach über dem Kopf.

Aber es war nicht leicht, mit Cordula, die resigniert hatte, zusammenzuleben. Sie verließ erst am Abend das Bett, weinte viel, konnte im Haushalt nicht mithelfen, sprach schleppend und undeutlich und war insgesamt eine Belastung. Schließlich bat die Kollegin sie, sich eine eigene Bleibe zu suchen.

Cordula fand sie in der Notschlafstelle. Dort traf sie Leute, die ihr zeigten, wie man auf der Straße überlebte und dass Alkohol ein verlässlicher Freund war, auch dann, wenn andere Freunde längst gegangen waren.

Irgendwann tauchte E-Dog auf und setzte dieser Idylle ein Ende. Was er an ihr fand, wusste sie nicht, weiß es immer noch nicht, aber er nahm sie mit zu sich in die kleine Wohnung und versuchte, ihr Leben neu zu organisieren.

Poldi zerrt an der Leine und beginnt zu kläffen. Cordula wischt die Tränen von ihren Wangen und hebt den Dackel auf ihren Schoß. Er schleckt über ihre Hand, und sie zieht spielerisch an seinen Ohren. Längst schon hat sie den kleinen Kerl in ihr Herz geschlossen.

Jetzt beugt sie sich über ihn und wirft einen Blick in »ihren« Mülleimer. Diesmal ist die Ausbeute mager. Außer einer halb leeren Colaflasche gibt die Speisekammer nichts her.

Schwerfällig steht sie auf und beginnt von Neuem ihre Runde.

25

Heute

Emil schreitet aus. Er macht Riesenschritte, die Hände fest in den Hosentaschen verkrallt. Sein Hirn raucht. Der Ärger beschert ihm nicht nur pochende Kopfschmerzen, er schlägt ihm auch auf den Magen und bringt sein Blut in Wallung. Heftig tritt er gegen einen Stein am Wegrand.

Ärger? Ein viel zu schwacher Ausdruck. Heiße Wut brodelt in ihm.

Wut. Zorn. Hass.

Wut darauf, dass eine zickige Lehrerin ihm diesen bösen Streich gespielt hat.

Zorn darüber, dass sie ihm nicht gehorchte. Ihm das Geld vorenthalten hat.

Hass darauf, dass er sich etwas Neues einfallen lassen muss, etwas, das sie unter noch größeren Druck setzt.

Er braucht das Geld.

Er braucht es zum Überleben.

Er braucht es sofort.

Die Strafe für sie muss hart sein. Drakonisch.

Wütend stapft er querfeldein, bis er sein Ziel erreicht.

Vor dem Bauernhaus, in dem auch ausgekocht wird, qualmt er eine selbst gedrehte Zigarette. Die Sonne blendet ihn, und er schützt die Augen mit seiner Hand. Der Bauer, ein freundlicher, wortkarger Mann, bringt ihm, ohne dass er bestellen muss, ein großes Glas Most.

»Vergelt's Gott.«

Er sitzt auf der Holzbank und starrt auf die Bergkette, zu der die Vertatscha und die Bielschitza gehören. Heute reizt es ihn nicht, einen der Gipfel zu erklimmen. Er muss auf dem Boden bleiben, um einen klaren Gedanken entwickeln zu können. Als der Landwirt sich zu ihm setzt und ihm das Wetter voraussagt, ein Ritual, das er sonst zu schätzen weiß, steht Emil abrupt auf und wirft ein paar Münzen auf den Holztisch. Grußlos verlässt er den Hof.

Er stapft durch die satten Blumenwiesen, über die sich im Winter die Langlaufloipe zieht, und beschließt, einen Abstecher zum »Meerauge«, dem sagenumwobenen Teich, zu machen.

Mit festen Schritten marschiert er kurz darauf über den Holzsteg und freut sich über das Knirschen der Bretter.

Früher waren sein Vater und er oft hierhergepilgert.

Einem Vorfahren des Bauern, bei dem er vorhin eingekehrt ist, soll der Sage nach einmal eine Ochsenfuhre ins Meerauge gestürzt und untergegangen sein. Viele Wochen später tauchte das Gespann auf der anderen Seite der Karawanken, in Slowenien, im Bleder See wieder auf.

Gruselig findet Emil die Vorstellung, dass der Teich im Toteisloch so tief ist, dass es angeblich sogar eine Verbindung zum Meer geben soll.

Eine Weile starrt er auf das türkisblaue Wasser. Er stellt sich vor, wie er die Lehrerin hineinstößt und wie sie für immer aus seinen Gedanken verschwindet.

Fahrig kramt er in den Tiefen seiner Hosentaschen nach Münzen. Erfolglos zieht er seine Hände wieder heraus. Er ist pleite, blank, bargeldlos.

Wieder macht er sich auf den Weg, die späte Nachmittagssonne im Nacken. Vor ihm taucht sein bevorzugter Gasthof auf. Dort hat er den Dacia geparkt.

»Die Karre ist am Ende. Genauso wie ich«, murmelt er und wundert sich, dass der Wagen überhaupt bis Ende August durchgehalten hat.

Die Zeit ist so schnell vergangen, und der Ankunftstag seines Onkels nähert sich in Lichtgeschwindigkeit. Alles ist unabwendbar, ausweglos, ganz so, wie er es sich vor Monaten vorgestellt hat.

»Hallo, Emil«, begrüßt ihn Vroni, die Schwester der Wirtin, aufgeräumt.

»Grüß dich«, gibt er brummig zurück.

Fast jedes Mal kehrt er hier ein, wenn er zwischen der Wohnung in Klagenfurt und der Almhütte pendelt. Der Abstecher lohnt sich für ihn. Bier und Most schmecken, und hier kann er anschreiben lassen. Die Großzügigkeit der Wirtsleute hat er dem Renommee seines Vaters zu verdanken, der war hier zeit seines Lebens Stammgast. Und zahlte stets verlässlich.

Gleich beim Hereinkommen holt er sich bei Angelika, der Wirtin, ein großes Bier und trinkt es im Stehen, in zwei, drei riesigen Schlucken.

Sein Vater und er nannten dieses Hinunterschütten des ersten Glases nach einer Wanderung »die Labung«. Und diese Labung braucht Emil jetzt dringender als je zuvor.

Danach setzt er sich hinaus, hockt trübsinnig vor einem Krug Most und einem Teller mit Kasnudeln, die in brauner Butter schwimmen, und stochert im warmen Krautsalat mit Grammerln und Speck. Sein Leibgericht soll bewirken, dass sich sein aufgewühlter Magen beruhigt, allerdings mit wenig Erfolg.

Auch wenn er ansonsten auf Kirche und Religion pfeift, versichert er sich mit einem demütigen Blick hin zum Heiligen, der gemalt aus der Hauskapelle schaut, dessen Gunst. Man kann ja nie wissen.

Nach jeder einzelnen der fünf Kasnudeln raucht Emil eine Selbstgedrehte, schnippt die Asche achtlos auf den Boden, zerdrückt und pulverisiert die Kippen mit seinem Schuh auf dem Stein.

Seit Längerem schon kauft er keine Zigaretten in Packungen mehr, muss sich mit Tabak begnügen.

Ein Kellner, den er noch nie zuvor gesehen hat, fordert ihn auf, die Asche in den dafür vorgesehenen Behälter zu streifen. Die fette, prall gefüllte Kassierkasse schlägt bei jedem Schritt gegen das Bein des Weitereilenden. Emil droht hinter seinem Rücken mit der geballten Faust.

Jetzt ist ihm der Appetit vergangen. Trotzdem verschlingt er die letzten Bissen Krautsalat und holt noch ein Liptauerbrot aus der Küche. Was vorerst kostenlos ist, muss auf Vorrat gegessen werden.

Trübsinnig verlässt er schließlich das Gasthaus. Gerade als er in die Karre steigen will, sieht er etwas, das ihn veranlasst, innezuhalten und genauer hinzuschauen.

Ein Fenster, das zu einem der Vorratsräume an der Hinterseite des Gebäudes führt, steht einen Spalt weit offen.

Nach einem prüfenden Blick in alle Richtungen nähert Emil sich der Stelle und wirft einen raschen, taxierenden Blick in den Raum. Er traut seinen Augen nicht: Stangen von Zigaretten, eine Kiste mit Marillenschnaps, einige Fässer Bier, ein Karton mit Erdnüssen und eine kleine silberne Handkasse stehen auf dem Tisch.

Er steigt in seinen Wagen. Später, auf der Landstraße, gondelt er auf der Suche nach einer geeigneten Stelle einige Zeit gemütlich dahin, ehe er scharf abbiegt. Das Auto muss sich einen schmalen, steilen Weg hinaufquälen und wird von Emil hinter einem Busch abgestellt. Hierher kommt so schnell keiner.

Um sich Mut zu machen, greift Emil zum Flachmann. Eine angenehme Schläfrigkeit überkommt ihn, und er rollt sich auf der Rückbank zusammen.

Als er erwacht, ist es stockdunkel. Hoch am Himmel hängt eine bleiche Mondsichel zwischen funkelnden Sternen. Das sind die einzigen Lichtquellen dieser Sommernacht. Ein Blick auf die Uhr bestätigt ihm, dass es bereits weit nach Mitternacht ist.

Um völlig sicherzugehen, dass der letzte Gast das Wirtshaus verlassen hat und alle schlafen, will er sich trotzdem noch eine Weile gedulden.

Als schließlich große Wolken Mond und Sterne verschlucken, fährt Emil ohne Scheinwerferlicht zum Wirtshaus hinunter und rollt mit ausgeschaltetem Motor, darauf bedacht, kein Geräusch zu verursachen, auf den Parkplatz.

Alles ist dunkel. Niemand ist ihm bisher begegnet. Leise öffnet er die Autotür und lässt sie angelehnt. Vorsichtshalber schleicht er einmal ums Haus. Weder im Gastraum noch in einem der Fremdenzimmer oder in den Personalunterkünften brennt Licht. Auch aus der Wohnung der Wirtsleute dringt kein Schein.

Wie nicht anders erwartet ist das Fenster zum Vorratsraum fest verschlossen. Darauf ist Emil vorbereitet. Vorhin hat er einen Hammer aus dem Werkzeugkasten im Auto genommen und in ein dickes Frotteehandtuch gewickelt.

Als er den Hammer an der Scheibe ansetzt, macht es kurz

»plopp«, und Emil hält eine große Glasscherbe in der behandschuhten Hand.

Mit einem einzigen Griff nach innen öffnet er die Fensterflügel und steigt ein.

Alles steht noch genauso da wie zuvor, das kann er im schwachen Lichtschein seines Handys erkennen. Die Taschenlampe einzuschalten, wagt er nicht. Ohne sich aufzuhalten, rafft er einige Stangen Zigaretten, die Handkasse und ein paar Flaschen Schnaps in die mitgebrachte Nylontasche.

Hinauszuklettern gestaltet sich schwieriger, als er dachte, aber er schafft es. Als er die schwere Tasche auf die Rückbank seines Wagens legt, sieht er in zwei funkelnde Augen.

Emil erschrickt, und sein Herz beginnt wild zu trommeln.

Eine der Hauskatzen hat es sich in seinem Auto gemütlich gemacht. Er scheucht das dumme Vieh zurück auf den Parkplatz. Fauchend stiebt es davon.

Zum Glück bist du kein Köter, denkt er und versucht, ein zweites Mal in den Vorratsraum zu gelangen. Den restlichen Schnaps und eine Ladung Erdnüsse möchte er sich nicht entgehen lassen.

Doch am Ende des Hauses brennt jetzt ein Licht. Die Wolken geben die Mondsichel frei, und Emil ist alles zu hell.

Leise schließt er die Autotür und bleibt noch einige Zeit unbeweglich im Wagen sitzen. Jetzt den Motor zu starten, könnte ihn verraten.

Als nach einer endlosen halben Stunde das Licht wieder verlischt, holt Emil den Hammer, den er auf dem Boden vor dem Fenster liegen gelassen hat.

Noch einmal einzusteigen, dazu fehlt ihm der Mut.

Mit einem viel zu lauten Brummen springt der Motor an.

Die erste Strecke fährt er ohne Licht. Als er erleichtert auf die Hauptstraße abbiegt, hat er eine Idee.

Er wird seiner Zielperson einen Brief mit so grauenvollen Drohungen zukommen lassen, dass sie unmittelbar um das Leben ihrer Tochter fürchten muss. Weiter wird er ihr drohen, die Affäre mit dem Lehrerkollegen und auch die mit dem Nachhilfeschüler auffliegen zu lassen. Sie muss befürchten, dass er nicht nur ihren Mann und die Direktorin ihrer Schule verständigen wird, sondern mit den Fakten an die Öffentlichkeit geht.

Zufrieden mit seinem Beschluss und den Ergebnissen dieser Nacht fährt Emil zu seiner Almhütte.

26

Die Mittagssonne sticht senkrecht auf mich herab, direkt in mein gemartertes Hirn. Das Triumphgefühl, das mich erfasst hat, nachdem ich dem Spinner bis zu seiner Hütte gefolgt war, ist großer Verzweiflung gewichen. Ich fühle mich schwach und habe Angst.

Es gibt einen neuen Brief.

Und Lena ist nicht nach Hause gekommen.

Hanno und ich haben die erste Nacht ihrer Abwesenheit als kleine Intrige verstanden, als den gelungenen Versuch, uns gegeneinander auszuspielen. Natürlich war es nicht Vicky, die ihr einen Schlafplatz bot, sondern Rocky. Kurz waren wir versucht, Lena anzurufen und zur Rede zu stellen, unterließen es dann aber. Wir einigten uns darauf, mit ihr in aller Ruhe zu sprechen, sobald sie nach Hause käme, wir wollten ihr unmissverständlich begreiflich machen, dass weitere Spaltungsversuche im Sande verlaufen würden.

Nur ist sie bisher nicht aufgetaucht.

Ihr Bett ist nun schon die zweite Nacht unberührt geblieben. Weder auf unsere Anrufe noch auf unsere Nachrichten reagiert sie.

Obwohl es mich Überwindung kostete, haben wir gestern Abend, nachdem die Dämmerung in ein stürmisches Dunkel übergegangen war, beschlossen, uns noch einmal an Rosner zu wenden. Ich kann diesen überheblichen, selbstgefälligen Kauz nicht ausstehen. Schon in der Schulzeit konnte ich ihn kaum ertragen. Immer mischte er sich in meine Angelegenheiten und in die seiner Freunde ein. Ständig wurde durch ihn alles kompliziert. Und er gab mir fortwährend ungeschminkt zu verstehen, dass er mich nicht mochte.

Trotzdem, so dachten wir, bleibt uns nichts anderes übrig, als ihn um Hilfe zu bitten. Rosner hatte Hanno angeboten, ein ernstes Wörtchen mit Lena und diesem Rocky zu reden. Und mir ist klar, dass ein solches Gespräch dringend notwendig ist.

Doch seit heute ist alles anders.

In einem hellblauen Umschlag lag ein weiterer Brief auf der Fußmatte vor der Haustür.

Keine Marke, kein Stempel.

Zuerst war ich wie erstarrt. Dann begann ich heftig zu zittern. Als ich den Brief schließlich öffnete und den Inhalt las, stülpte mein Magen sich um.

Entweder heute Nacht um 23:30 Uhr die 50.000 Euro im selben Mistkübel, oder deine Tochter bleibt für immer, wo sie grad ist, und Ehemann und Schule werden von deinen Verbrechen erfahren.

Ich fühlte mich träge und schwer, als hätte man mir flüssiges Blei in die Adern gegossen.

Warum das alles, zwanzig lange Jahre nach der Tragödie in den Bergen, die meine Freundin das Leben gekostet hatte? Warum jetzt?

Hat der Kerl Lena wirklich entführt, oder blufft er nur?

Ich darf jedenfalls kein Risiko eingehen, denn Lena meldet sich nach wie vor nicht.

Aber was soll, was kann ich tun? Wie in einem Hamsterrad rotieren in meinem Kopf die immer gleichen Gedanken.

Wenn er sie hat, müssen wir handeln.

Wir müssen die Polizei einschalten.

Wir haben keine andere Wahl.

Es geht um das Leben unserer Tochter.

Aber dann fliege ich auf.

Alle werden erfahren, dass ich eine Liebschaft mit meinem Kollegen pflege, einen minderjährigen Schüler verführt habe, meine beste Freundin den Berg hinunter in den Tod gestoßen habe.

Und keiner wird sich darum scheren, dass es nicht stimmt.

Der Kerl wird für fingierte Beweise gesorgt haben. Auf dem erwähnten Foto wird irgendetwas zu sehen sein, das Raum für Spekulationen bietet.

Ich war dumm, hätte sofort zur Polizei gehen müssen.

Wenn ich Rosner nicht informiere, kann das Lena in große Gefahr bringen, aber umgekehrt auch.

Was, verdammt noch mal, soll ich tun?

Eine Weile zupfe ich wilde Brombeeren von den Sträuchern und ärgere mich unsinnig darüber, wie sauer sie schmecken.

Moment!

Es gibt eine dritte Möglichkeit. Sie ist einfach und perfekt zu bewerkstelligen. Der Erpresser hat keinen Komplizen. Bei dem geforderten Betrag wäre er blöde, ihn mit jemandem zu teilen. Fünfzigtausend sind zwar viel Geld, aber so viel auch wieder nicht. Dass er die Summe nicht erhöht hat, lässt mich zudem daran zweifeln, dass er Lena in seiner Gewalt hat. Im Fall des Falles hätte er die Summe doch sicher dem Risiko angepasst.

Langsam lässt die Sorge um mein verschwundenes Kind etwas nach. Immer wieder kontrolliere ich sie über WhatsApp, stelle fest, sie ist zu unterschiedlichen Zeiten online. Das beruhigt mich, denn selbst der hirnverbrannte Idiot hätte ihr das Handy wohl abgenommen.

Ich werde ihm diesmal zähneknirschend die braune Papiertüte in den Mülleimer legen, weit nach unten, sodass man sie nicht so leicht findet, aber ich werde nicht wie vereinbart um dreiundzwanzig Uhr dreißig vor Ort sein, sondern lange davor.

Mein Plan ist, sofort nach Hinterlegung des Geldes zu seiner Almhütte zu fahren. Er wird zu dem Zeitpunkt bereits unterwegs zum Neuen Platz sein. Und falls er Lena wider Erwarten doch in seiner Gewalt hat, gehe ich davon aus, dass er sie in der Almhütte zurückgelassen hat.

Jetzt gilt es, Hanno, der von der Erpressung nichts ahnt, zu überzeugen, mit seinem Anruf bei Rosner noch zu warten.

Bis zum Abend räume ich die Wohnung auf, wasche Wäsche, hänge sie auf die Leine hinter dem Haus, bügle, sobald die Sonne sie getrocknet hat, staple alles in die Kästen, bereite einen Braten für Hanno und mache aus den Brombeeren, die ich im Wald gesammelt habe, zwei Gläser Marmelade. Danach putze ich Bad und Toilette, dusche, wasche mein Haar, schminke mich, ziehe mir frische Klamotten an und decke den Tisch.

Manuelle Beschäftigungstherapie.

Vor allem aber versuche ich, meiner Angst und der nervenaufreibenden inneren Unruhe Einhalt zu gebieten.

Als Hanno kommt, wundert er sich.

»Gibt es einen Grund, zu feiern? Ist Lena wieder bei uns?«, fragt er, als ich ihm ein Glas Weißwein reiche.

»Dann hätte ich dich sofort verständigt. Ich bin nervös, ich musste was dagegen unternehmen.«

»Sie ist also immer noch weg«, stellt er enttäuscht fest. Der erstaunte Ausdruck weicht einem besorgten. »Ich habe versucht, Simon zu erreichen, aber sein Handy ist ausgeschaltet. Ich hoffe, er ruft zurück.«

Hoffentlich nicht, denke ich.

»Während der Bauverhandlung heute Abend leite ich meine Anrufe auf dein Telefon weiter, Lilofee. Ist dir das recht? So kann Rosner uns jederzeit erreichen.«

»Klar«, antworte ich, »so machen wir es.«

Das Narbengewebe beginnt zu pulsieren.

Hanno fährt ins Büro. Seine Bauverhandlung kommt mir gelegen.

Während ich warte, erhalte ich auf meinem Handy einige Anrufe, die ich für ihn notiere. Irgendwann habe ich Rosner an der Strippe. Perfekt.

»Hanno«, fragt er, »was ist los?«

»Hallo, ich bin es, Lilo. Hanno ist in einer Sitzung«, erkläre ich verhalten.

Er zögert. »Kannst du mir sagen, warum er mich erreichen wollte?«

»Wir machen uns Sorgen, weil Lena wieder ausgebüxt ist. Schon die zweite Nacht ist sie nicht nach Hause gekommen. Sie reagiert weder auf unsere Anrufe noch auf Nachrichten.« Ich halte inne, um Luft zu holen.

»Soll ich meine Dienststelle benachrichtigen?«

»Danke, nein. Sie ist immer mal wieder online. Es besteht also kein wirklicher Grund zur Sorge.«

»Aber sie ist erst dreizehn«, erinnert Rosner mich.

Ich überhöre den impliziten Vorwurf. »Hanno hat mir von deinem Angebot erzählt, und wir dachten, dass du mit unserer Tochter und ihrem Freund morgen mal ein ernstes Gespräch führen könntest. Bis dahin taucht sie bestimmt wieder auf. Ginge das?«

»Lässt sich einrichten. Meldet euch morgen«, sagt er und beendet das Gespräch, ohne sich zu verabschieden.

Ich habe ein wenig Zeit gewonnen und kann die drohende Lawine vielleicht noch aufhalten.

Draußen ist es endlich dunkel geworden, das Wohnzimmer spiegelt sich in den Fensterscheiben. Im Haushalt gibt es nichts mehr zu tun. Eine Aufgabe allerdings liegt noch vor mir.

Mit heftig klopfendem Herzen, bewaffnet mit einer Taschenlampe, gehe ich in Hannos Arbeitszimmer. Ohne das Licht einzuschalten, öffne ich den Aktenschrank, in dem sich der Tresor verbirgt.

Da sich auch meine Sparbücher und Wertpapiere darin befinden, kenne ich die Kombinationszahlen. Natürlich hat der treu sorgende Vater Lenas Geburtstag gewählt. Nicht sehr einfallsreich, denn vermutlich überprüfen Einbrecher zuerst die Daten der Familie und probieren dann die Geburts- und Hochzeitstage durch.

Egal. Ich weiß, dass Hanno hier eine beträchtliche Summe Schwarzgeld bunkert. »Am Finanzamt vorbeizuarbeiten, ist in der Baubranche fast schon als Sport zu bezeichnen«, meinte er einmal jovial.

Ich zähle fünfzigtausend Euro ab und gebe sie in die vorbereitete braune Papiertüte, denn ich habe mich entschlossen, dem Idioten das Geld zu geben. Hanno wird die Summe verschmerzen, und ich kann meine Familie und mich dadurch schützen. Denn selbst wenn Lena nicht von ihm festgehalten wird, besteht die Gefahr, dass der Erpresser ihr Schaden zufügt, wenn ich nicht zahle.

Endlich ist es Zeit. Zeit, zu handeln.

Schwarz gekleidet, getarnt durch die Perücke, die ich notdürftig wieder hinbekommen habe, fahre ich in die Innenstadt. Vorsichtshalber auch diesmal wieder in einem Mietauto.

Der Neue Platz ist um diese Zeit menschenleer. Schnell schiebe ich den Umschlag unter den ekligen Abfall im vorgesehenen Mülleimer, haste zurück zum Auto und rase los.

Noch nie habe ich so viele Geschwindigkeitsbeschränkungen ignoriert. Erst an der Abbiegung fahre ich um einiges langsamer den steilen Forstweg hinauf. Wieder stelle ich das Auto hinter dem vorspringenden Felsen ab und marschiere zu Fuß den steilen, holprigen Weg zur Almhütte hinauf.

Auch diesmal begegnet mir niemand, nur weit entfernt schreit ein Nachtvogel.

Gruselig.

Was mich wohl in der Hütte erwartet?

Es war doch verdammt leichtsinnig, ja irrsinnig, Rosner nicht sofort alles zu beichten.

Vor mir schält sich der Umriss der Hütte aus der Dunkelheit. Beklommen schleiche ich näher, kein Licht dringt aus den Fenstern. Auch vom Idioten ist nichts zu sehen. Ich muss mich dennoch beeilen, denn er ist bald auf dem Rückweg, mit meinem Geld in der Tasche.

»Lena?«, rufe ich zaghaft und erschrecke, weil meine Stimme schaurig klingt.

Dann sage ich mir, dass mich in dieser Einöde bestimmt niemand anderer als möglicherweise meine Tochter hören kann, und klopfe heftig an Tür und Fensterscheiben.

Keine Reaktion.

Mit einem Ast schlage ich das Fensterglas ein. Vorsichtig stecke ich meine Hand durch die gezackte Öffnung und schiebe den Hebel beiseite. Darauf bedacht, mich an den Splittern nicht zu verletzen, krieche ich in den Raum.

Sogar in der Dunkelheit kann ich das Chaos erkennen. Mit der Taschenlampe leuchte ich jeden Winkel aus, rufe immer wieder Lenas Namen. Doch weder in der schmutzigen Wohnküche noch im Schlafzimmer oder im Bad finde ich eine Spur meiner Tochter.

Enttäuscht und erleichtert zugleich mache ich mich auf die

Suche nach dem Foto. Ich durchstöbere eine einzelne Kommode, die Nachttischschublade und den Küchenschrank.

Nichts.

Zornig klettere ich durchs Fenster hinaus in die sternenklare Nacht.

27

Leer.

Emil kann es nicht glauben. Es ist nicht zu fassen. Immer wieder durchwühlt er den Müll. Bananenschalen, leere Kaffeebecher, Zigarettenkippen, Tageszeitungen, Coladosen. Aber keine braune Papiertüte, kein Geld.

Vor ihm türmt sich der Abfall. Ungläubig starrt er auf den Berg Dreck, bis er endlich begreift.

Die Schlampe hat nicht abgeliefert. Sie hat ihn zum zweiten Mal betrogen.

Jetzt wird sie büßen. Weiß Gott, er hätte ihre Kleine verschont. Einem Kind, einem so jungen Mädchen, will er nichts zuleide tun. Vor allem nicht so einer kleinen Schnuckelmaus. Aber das Blatt hat sich soeben gewendet. Die Schlampe zwingt ihn dazu.

Der Schmerz wird tief sitzen, es wird ein brennender, ein wilder Schmerz sein, den die Frau Oberlehrerin durch ihn erleiden wird. Ein Kind zu verlieren, gehört zu den schlimmsten Dingen, die Müttern widerfahren können.

Er hat keine andere Wahl. Den Verlauf der Dinge hat schließlich nicht er bestimmt.

Trotz seiner freudigen Überraschung, als er die Handkasse geknackt und knapp tausend Euro herausgezählt hat, ist ihm klar, dass er selbst in einer noch so kleinen Unterkunft damit gerade mal die Miete für zwei, drei Monate begleichen kann. Vielleicht geht sich noch ein Großeinkauf im Billigsupermarkt aus. Mehr aber ist nicht drin.

Und schon morgen Vormittag trifft Onkel Gustav ein, er fliegt von Wellington nach Frankfurt und direkt weiter nach Klagenfurt. Emil soll ihn vom Flughafen abholen.

Bis dahin muss er den Zaster haben. Ihm bleiben also nur noch wenige Stunden.

Außerdem muss er noch einige verräterische Dinge wegräumen.

Nach einem abschließenden Rundgang, bei dem er alle Mülleimer durchwühlt, marschiert er mit zornigen Schritten zum Auto.

Bisher hat die Karre anscheinend Mitleid mit ihm gehabt und mehr als wacker durchgehalten. Aber jetzt begleitet ihn während der ganzen Fahrt ein neues, unangenehm scharrendes Geräusch. Beharrlich versucht er, es zu überhören, bemüht, seinen Tinnitus an- und abschwellen zu lassen, um dem tosenden Meer in sich Raum zu geben.

Der Wind zieht und zerrt an den Ästen der Nadelbäume, fährt wild durch Hecken und Gebüsch und übersät die Straße mit Blättern und kleinen Zweigen. Die Nacht ist tintenschwarz und wird nur durch die kleinen Lichtkegel seiner Scheinwerfer erhellt.

Ein Angsthase war Emil noch nie. Aber heute überfällt ihn ein banges Gefühl, das er nicht benennen kann.

Vielleicht hat es ja mit dem unerfreulichen Besuch zu tun, den er heute Morgen bekam.

Es war sehr früh am Morgen, zu früh, wohl erst sechs Uhr, als kräftig an seine Tür gehämmert wurde.

»Hallo, Angelika«, brummte er schlaftrunken und ziemlich verkatert. »Was gibt es? Ist etwas passiert?«

Der Schreck über das unerwartete Auftauchen der jungen Wirtin aus dem Bodental war ihm heftig in die Glieder gefahren. Natürlich ahnte er, was sie zu ihm geführt hatte.

»Emil, darf ich hereinkommen?«

Sie wartete seine Antwort nicht ab, sondern schob sich an ihm vorbei in die Hütte. Ihre prüfenden Blicke taxierten den Raum.

Zum Glück lagerte das Diebesgut gut versteckt im Schnapsbrennkeller. Und der Fleckerlteppich lag über dem Brett, das man erst anheben musste, um hinunterzugelangen.

»Was gibt's denn?«, fragte er abermals.

»Ach, nichts. Ich war in der Gegend, wollte ein paar Pilze sammeln. Halt das, was die Italiener und Slowenen uns übrig gelassen haben.«

Einen Korb oder eine Tasche hatte sie nicht dabei. Sie bemerkte seinen Blick und sah ihrerseits auf die Kippen im Aschenbecher. Scheiße, dachte Emil.

»Rauchst du neuerdings das starke Zeug? Ich dachte, du hältst es mit den Selbstgedrehten?«

Ihre Stimme hatte einen harten Klang, der gar nicht zu ihrem hübschen, freundlichen Äußeren passen wollte. Früher einmal hatte Emil eine kleine Schwäche für Geli gehabt. Jetzt nervte sie ihn. Sie warf ihr blondes Haar zurück und legte ihre Stirn in zornige Falten.

»Mal so, mal so. Wie es gerade kommt«, antwortete er ausweichend.

»Hast du für mich einen Schluck Wasser?« Sie sah ihn auffordernd an und hob wie in Zeitlupe das Glas, das vor ihr auf dem Tisch stand. Mit gerümpfter Nase schnüffelte sie dran. »Marillenschnaps? Jetzt ist mir der Durst vergangen.«

»Sei nicht so zimperlich«, maulte Emil und stellte ein Glas Wasser vor sie auf den voll geräumten Tisch.

»Bei uns wurde neulich eingebrochen.« Sie sah ihn lauernd an. »Genauer gesagt an dem Tag, an dem du zum Kasnudelnessen bei uns warst. Weißt du etwas darüber?«

Emil wurde abwechselnd blass und rot. Dachte die dumme Gans sich denn gar nichts dabei, allein bei ihm aufzutauchen und ihm unverblümt mitzuteilen, dass sie ihn für den Dieb hielt?

»Wie sollte ich? Hier oben in der Einöde erzählt mir doch niemand etwas.«

»Kann sein, dass einer der Ferlacher Polizisten bei dir vorbeischaut und ein bisschen mit dir redet.«

»Bin ich denn ein Verdächtiger?« Emil gab sich Mühe, beiläufig zu klingen.

»Die befragen jeden hier in der Gegend. Ob verdächtig oder nicht.« Ihre Augen blitzten zornig.

Als Geli endlich die Hütte verlassen hatte, zündete er sich mit zitternden Fingern eine Zigarette an und setzte sich mit einem Glas Marillenschnaps vor die Tür auf die Holzbank. Noch mal Schwein gehabt!

Emil schüttelt die Erinnerung ab, denn an der Abbiegung, die zur Forststraße führt, kommt ihm ein kleines, dunkles Fahrzeug viel zu schnell entgegen. Die Räder schlittern über den schlecht befestigten Straßenbelag, und der Wagen droht jeden Augenblick ins Schleudern zu geraten.

Einen Augenblick lang meint Emil, im Strahl der Scheinwerfer ein bekanntes Gesicht zu erkennen, als er sich jedoch umdreht, ist das Fahrzeug bereits in Richtung Hauptstraße verschwunden. Kurz überlegt er, dem Wagen zu folgen, verwirft den Gedanken aber, da es eindeutig nicht das Auto der Lehrerin war.

Seine überreizten Nerven müssen ihm einen Streich gespielt haben.

Mit diesen Überlegungen stellt Emil den Wagen ab und bewältigt die restliche Strecke zu Fuß.

Die Nacht ist jetzt wie versilbert, die schweren Wolken haben Sterne und Mondsichel freigegeben. Vor ihm, im Schatten der dunklen Bäume, werden die Konturen der Hütte erkennbar.

Als er sich nähert, hört er ein Geräusch, das er nicht zuordnen kann, und starrt erschrocken zum Waldrand hinüber. Aber da ist nichts. Nichts außer dem bleichen Mondlicht, das durch Zweige und Blattwerk sickert.

Dann sieht er die eingeschlagene Fensterscheibe und die Glasscherben auf dem Boden davor, auf der Holzbank. Er hält die Hand vor den Mund, um den Schrei, der sich Bahn brechen will, zu ersticken.

Mit heftig schlagendem Herzen drückt Emil die Klinke der Tür herunter. Vorsichtig tritt er ein. Er knipst das Deckenlicht an und erstarrt.

Jemand war hier und hat seine Sachen durchwühlt.

Angelika?

Oder doch die verfluchte Schlampe?

Nun, das bewusste Foto ist wohlverwahrt, und auch das Diebesgut ist gesichert. Der unscheinbare Teppich liegt unverändert an derselben Stelle wie zuvor. Rasch schaut Emil ins Schlaf- und Badezimmer, vergewissert sich, auch wirklich allein zu sein.

Dann klebt er eine Plastiktüte über das gezackte Loch in der Scheibe. Für eine Nacht wird es reichen, aber das Fenster muss er dennoch erneuern lassen, ehe er seinen Onkel zur

Almhütte bringt. Emil seufzt, ihm droht alles über den Kopf zu wachsen.

Er zündet sich eine der gestohlenen Zigaretten an und steigt in den Schnapskeller, um eine der letzten verbliebenen Flaschen heraufzuholen.

Als er gerade wieder hinaufklettern will, hört er Schritte über sich, Schritte von mindestens zwei Personen, die über den Bretterboden tappen.

Polizei! Jetzt, zu dieser Stunde? Er lässt vor Schreck die brennende Kippe fallen.

Was soll er tun?

Es bleibt ihm keine Zeit, darüber nachzudenken, denn schon wird er von kräftigen Armen nach oben gezerrt. Instinktiv wehrt er sich, tritt und schlägt um sich. Bevor er erkennen kann, wer ihn drangsaliert, trifft ihn ein heftiger Schlag.

Emil fällt.

Jemand redet, nein, schreit auf ihn ein, er aber versteht kein Wort. Alle Geräusche werden durch ein betäubendes Brummen in seinem Kopf übertönt.

Hände versuchen, ihn aufzurichten.

Zerren, ziehen an ihm.

Die Schreie werden lauter, eindringlicher.

Dann ist da auf einmal ein mächtiges Dröhnen und Krachen. Der Raum hebt sich, wird gleißend hell.

Emil fliegt durch die Luft, wirbelt einem grellen Licht entgegen.

Kurz noch begreift er: Er schmort in der Hölle.

Dann wird es dunkel um ihn.

Alle Geräusche verstummen.

28

Cordula ist der alten Frau inzwischen unendlich dankbar.

Nicht nur, weil die betagte Hundebesitzerin keine Einwände bezüglich Cordulas Zeitgestaltung der Spaziergänge erhebt, sie stellt sich zudem als geduldige Zuhörerin heraus, die Anteil an ihrem Leben nimmt und, danach gefragt, mit Ratschlägen nicht hinter dem Berg hält.

Das gefällt Cordula, und so ist sie gern bereit, zusätzliche Besorgungen für die alte Dame, die ihr stets einen Schein zusteckt und sich überschwänglich für alles bedankt, zu erledigen.

Auch E-Dog ist ausgesprochen zufrieden mit der neuen Situation, zufrieden damit, dass sich die Haushaltskasse füllt und Cordula insgesamt ausgeglichener und zuversichtlicher wirkt.

Die regelmäßigen Wanderungen mit dem Dackel tun ihr gut. Allerdings hat die Alte noch ein Haustier. Einen rotgelben Kater. Den kann Cordula nicht ausstehen. Und diese Antipathie beruht offensichtlich auf Gegenseitigkeit. Kaum betritt sie die Wohnung, beginnt das Katzenvieh heftig zu fauchen und verkriecht sich unter dem Bett der Alten. Trotzdem bringt Cordula das gewünschte Katzenfutter, putzt und füllt seinen Fress- und Wassernapf. Sie säubert sogar, wenn auch widerwillig, das Katzenklo.

Dabei hasst sie es, seine ekligen roten Haare von ihrer Jacke zupfen zu müssen, und bedauert den Dackel zutiefst, der diesen anstrengenden Zeitgenossen ertragen muss.

Erstaunlicherweise scheinen Poldi und der Kater, der auf den dämlichen Namen Paulchen hört, sich recht gut zu verstehen. Vielleicht haben sie sich in einer für Menschen geheimen Sprache darauf geeinigt, einander weitestgehend aus dem Weg zu gehen und so den Frieden zu bewahren.

Aus Tieren wird so schnell niemand klug, denkt Cordula und legt einen Zahn zu.

Die Nacht ist sternenklar, und anders als befürchtet treibt sich heute kaum Pack herum. Nur vor dem Irish Pub grölen ein paar betrunkene Jugendliche. Das gehört dort jedoch zum Ambiente.

Vereinzelt kreuzen Touristen ihren Weg und plaudern in ihren fremden Sprachen. Früher hätte sie sich einen Sport daraus gemacht, Satzfetzen aufzufangen und ihren Sinn zu erforschen, sie hätte versucht, die Bruchstücke zu verstehen, um sich daraus eine eigene Geschichte zu basteln. Heute empfindet sie das Kauderwelsch als unangenehme Geräuschbelästigung.

»Hopp, hopp«, sagt Cordula und zieht kurz an der Leine.

Selten kreuzen andere Hundebesitzer ihren Weg. Wenn doch, dann schnuppert der Dackel zwar, scheint aber nur mäßig an seinem jeweiligen Gegenüber interessiert zu sein und lässt sich von Cordula jederzeit weiterziehen. Sie selbst blickt während dieser kurzen Kontaktaufnahmen zu Boden, vermeidet sorgsam jeglichen Blickkontakt, hat keine Lust auf unnötige Hundebesitzerbekanntschaften.

Schon von Weitem sieht sie den Neuen Platz. Zu Cordulas Erleichterung lungert heute keiner auf ihrer Bank herum, niemand kauert unter ihrem Lindwurm, und keiner krault ihrem Herkules den Rücken oder tanzt besoffen um ihre Maria Theresia herum.

Ein ganzer Platz für sie und den Dackel.

Dabei ist die Nacht lau und noch nicht allzu weit fortgeschritten. Ein leichter Wind bläst immer wieder dunkle Wolkenfetzen vor das Sterngeflimmer und kühlt wohltuend Cordulas Stirn.

Heute hat Poldi sie in einem atemberaubenden Tempo entlang des Lendkanals bis hin zum Ufer des Wörthersees gehetzt. Dort haben sie auf einer der Gartenbänke kurz verschnauft. Während ihrer ausgedehnten Wanderung, die sie schon am späten Nachmittag gestartet haben, waren sie sogar in der Vorstadt und sind durch Waidmannsdorf gelaufen. Zurück ins Zentrum haben sie den Bus genommen, sind ganz hinten eingestiegen und haben natürlich nicht bezahlt. Poldi und sie sind inzwischen geübte Schwarzfahrer.

Jetzt ist Cordula müde, schläfrig in einer ihr wohlvertrauten Art, die sie von früher kennt. Von damals, als ihr Leben noch in

Ordnung war. Sie lässt sich auf die Bank fallen und hebt Poldi auf ihren Schoß. Träge streichelt sie über sein weiches Fell.

Bald wird sie zu E-Dog zurückkehren, sich von ihm Milch mit Honig machen lassen und dann, ohne einen Schluck Korn, entspannt in den Schlaf gleiten.

Cordula ist sehr stolz darauf, die Sache mit dem Alkohol so gut in den Griff bekommen zu haben. Durch die Spaziergänge fühlt sie sich insgesamt kräftiger und hat auch ein wenig an Gewicht verloren.

Sie gähnt und steckt gewohnheitsmäßig die Hand in den Mülleimer. Vom Geld der alten Frau allein lässt sich der Hunger schließlich nicht in den Griff bekommen.

Zwischen einer faulen Orange und einer halb vollen Packung Sushi, die gleich wieder zurück in den Mülleimer wandert, stößt Cordula auf ein braunes Päckchen. Da hat wohl ein Kind seine Jause nicht aufgegessen, denkt sie und schmunzelt erwartungsvoll.

»Schauen wir mal, was Mutti dem Kleinen mitgegeben hat«, sagt sie zu Poldi und setzt ihn ab.

Ein Wurstbrot mit Essiggurke taucht vor ihrem inneren Auge auf, und das Wasser läuft ihr im Mund zusammen.

Sie legt das Päckchen auf ihre Oberschenkel und öffnet es.

Erstaunt schaut sie auf das knisternde Papier, das sie statt der erhofften Mahlzeit in der Hand hält. Hat hier ein Kind sein Spielgeld entsorgt?

Sie zieht weitere Scheine heraus und betrachtet zunehmend ungläubig das beträchtliche Bündel.

Langsam dämmert ihr, was da auf ihrem Schoß liegt. Eine Unmenge Geld, echtes Geld. In gleich großen grünen und roten Stößen, die jeweils mit einem weißen Papierband umwickelt sind.

Das Blut schießt in ihren Kopf, dehnt ihre Adern und rötet ihr Gesicht. Sie schnappt nach Luft, sieht sich nach allen Seiten um und verbirgt die braune Papiertüte mit den Hundertern und Fünfhundertern darin zitternd unter den Stofflagen an ihrem schweißüberströmten Körper.

Dann steht sie auf.

Sie schwankt.

Lindwurm, Herkules und Maria Theresia tanzen um sie im Kreis. Ihr ist so schwindlig, dass sie sich gleich wieder setzen muss. Durch gleichmäßiges Atmen, wie E-Dog es ihr beigebracht hat, bringt sie den Wirbel in ihrem Inneren unter Kontrolle.

Beim zweiten Versuch bleibt der Boden unter ihren Füßen stabil.

So schnell sie kann, marschiert Cordula, Poldi hinter sich herziehend, über den Neuen Platz in Richtung Burggasse. Als sie die Straße überquert, blickt sie zurück und sieht einen Mann den Platz von der Südseite her betreten. Rasch biegt sie ums Eck und verschwindet im Gewirr der kleinen Gassen in der Innenstadt. Hier atmet sie zaghaft auf.

Dann überwältigt sie ein mächtiges Glücksgefühl.

Sie ist auf einen Schlag reich!

Keine Minute darf sie zögern und sich das viele Geld womöglich wieder abjagen lassen!

Auf der Stelle muss sie mit E-Dog reden. Allein wird sie nie begreifen, was eben geschehen ist.

Die klackenden Geräusche ihrer Schritte auf den Gehsteigen, das Trippeln und Hecheln des Hundes, ihr eigener stoßweißer Atem und das Dröhnen ihres überlauten Herzschlags vermengen sich zu einem einzigen Sausen, das sie noch benommener, noch schwindliger macht als vorhin.

Weiter, nur weiter. Weg vom Zentrum muss sie, und in die schützende Dunkelheit der Vorstadt verschwinden.

Sie läuft an einem Brunnen vorbei. Eine Gruppe Jugendlicher hat sich dort auf dem Steinrand niedergelassen. Cordula fühlt sich von ihnen beobachtet. Ein leichter Windstoß treibt einen Sprühregen feiner Tropfen aus der Fontäne des Brunnens zu ihr herüber.

Weiter, nur weiter.

Endlich erreicht sie das Haus, in dem sie wohnen.

Ihr Herz pocht, als wolle es jeden Augenblick aus ihrer Brust springen.

E-Dog fährt erschrocken aus einem Nickerchen hoch, als sie in die Wohnung stürmt.

»Was ist denn los?« Sein Gesicht ist sehr blass, und die Brille wirkt übermächtig.

»Du ...«, stammelt sie und lässt sich auf die zerschlissene Couch fallen.

E-Dog steht auf und kommt zu ihr. Er trägt Klamotten, die ihm um einige Nummern zu groß sind, und wirkt, als würde er gleich darin ertrinken.

In Cordulas Ohren summt das Blut.

Er sagt etwas, das sie nicht versteht, und schaut sie besorgt an. Beruhigend legt er seine kühle Hand auf ihre glühende Stirn.

»Du hast Fieber. Warst du zu lange in der Sonne? Hoffentlich ist es nicht wieder dein Blutdruck«, murmelt er und zählt die Pulsschläge an ihrem Handgelenk.

»Nichts davon habe ich«, widerspricht sie, »aber dafür habe ich das!«

Sie nestelt an ihren Stoffschichten und zieht die Papiertüte mit den Geldscheinen hervor.

»Was ist das?«, fragt E-Dog, ehe er danach greift und die Tüte öffnet.

Dann ist es einen Moment lang totenstill im Raum.

»Woher hast du das?«, fragt er schließlich mit ruhiger Stimme.

Und Cordula erzählt.

Als sie fertig ist, sieht E-Dog sie lange an. Dann sagt er ernst: »Du weißt, dass du das Geld nicht behalten kannst. Keinen einzigen lausigen Schein.«

Cordula presst die Tüte wie einen Säugling an ihre Brust. »Ich gebe es nie mehr her. Es gehört uns.«

»Genug Aufregung für heute. Wir schlafen und reden morgen weiter.« E-Dog ist unerbittlich.

Während er Milch mit Honig zubereitet, schließt Cordula ihre Augen. Das erste Mal seit sehr langer Zeit kann sie sich eine Zukunft vorstellen.

Am nächsten Morgen wird sie von E-Dog geweckt.

»Ich habe nachgedacht«, sagt er und hält unbeirrt ihrem Blick stand.

Mit einem flauen Gefühl im Magen kleidet Cordula sich an, nimmt das Geld und folgt E-Dog auf die Straße.

Vor einem dunklen Gebäude in der Innenstadt bleiben sie stehen.

»Glaub mir, so ist es am besten«, sagt er sanft und nimmt ihre Hand.

Dann betreten sie gemeinsam das Fundbüro.

29

»Lilofee.«

Träume ich, oder bin ich wach?

Eine Hand streicht sanft über meine Wange. Ich öffne die Augen.

»Hanno«, sage ich erstaunt und setze mich auf.

»Du hast lange geschlafen, da wollte ich sehen, ob alles in Ordnung ist.«

Er beugt sich zu mir, und seine Lippen streifen meine Stirn. Der Duft des neuen, unvertraut riechenden Aftershaves kitzelt meine Nase. Es ist, als hätte Lenas Nicht-heimkommen-Wollen unserer Beziehung eine neue Dimension gegeben, uns wieder näher zueinander rücken lassen. Ob mir das gefällt, weiß ich nicht so genau.

»Lena?«, frage ich und stehe auf, »gibt es etwas Neues von ihr?«

Ich habe Hanno erzählt, was ich gestern mit Rosner vereinbart habe.

»Nein.« Er wirft mir einen gequälten Blick zu. »Ich werde Simon anrufen, er soll sofort etwas unternehmen.«

»Ja, mach das.« Ein starkes Angstgefühl erfasst mich und lässt mich taumeln. Geschwächt sinke ich zurück auf das Bett. Instinktiv massiere ich die Haut um meine schmerzende Narbe. Manchmal löst sich dadurch die Verkrampfung.

»Du bist blass. Ist dir nicht gut?«

»Es ist nichts«, beschwichtige ich ihn und trinke einen Schluck Wasser.

Es schmeckt schal.

»Ich mache dir einen Kaffee. Der bringt dich wieder auf die Beine.«

Hanno meint es gut, aber die Ergebnisse seiner Kaffeebraukunst lassen mich eher wieder einschlafen als aufwachen. Ich schüttle ablehnend den Kopf und ziehe fürs Erste einen Schwall kaltes Wasser vor.

Als ich nach dem Duschen, in ein Frotteebadetuch gehüllt, in die Küche gehen will, fällt die Haustür ins Schloss.

Gereizt schlüpfe ich in rosa Jeans und eine weiße, ärmellose Bluse.

Hannos Launenhaftigkeit nervt zunehmend. Zuerst so vertraulich, mitfühlend, und jetzt sein grußloser Abgang.

Aber diesmal täusche ich mich.

Als der Kaffee, den ich selbst gekocht habe, auf dem Tisch steht, kommt Hanno mit frischem dunklen Brot und Bauernbutter herein.

»Ich gehe heute später ins Büro, muss dafür aber etwas länger bleiben. Die nächste langwierige Bauverhandlung steht an. Da wir ein wenig Zeit haben, dachte ich, wir probieren deine Brombeermarmelade?«

»Gute Idee«, gebe ich unsicher zurück. Nachdem ich schon längere Zeit nicht mehr die Adressatin seiner Freundlichkeiten war, fällt es mir schwer, angemessen zu reagieren.

Am Küchentisch sitzen wir einander stumm gegenüber und warten, wer als Erster das Schweigen bricht.

»Rosner wird bei Rocky vorbeifahren und sich melden, sobald er mit den beiden gesprochen hat. Das gibt doch Hoffnung, oder?« Hanno sieht mich mit einem Blick an, der ausdrückt, wie sehr er seinem alten Freund vertraut.

Tief in mir zieht sich etwas schmerzhaft zusammen. Die Narbe pocht, und ich schlucke, ohne Kaffee oder Brot im Mund zu haben.

»Mhmm«, beginne ich halbherzig, werde aber vom Läuten der Türklingel am Weitersprechen gehindert.

Erwartungsvoll, denn es könnte ja Lena sein, stürzt Hanno hinaus, um zu öffnen.

»Simon«, höre ich ihn sagen, und seine Stimme klingt enttäuscht und hoffnungsvoll zugleich.

Hanno lässt Rosner den Vortritt, als die beiden zu mir in die Küche kommen. Der finstere Ausdruck in Rosners Gesicht und der dunkle Bartschatten betonen seine ungesunde blasse Gesichtsfarbe. Er begrüßt mich mit einem leichten, nachlässigen Kopfnicken.

»Hier bitte, nimm.« Hanno schenkt ein und hält ihm einen Kaffeebecher hin. »Wir sind vor Sorge ganz krank. Was haben die beiden gesagt? Warum hast du Lena nicht mitgebracht?« Er holt tief Luft und beginnt zu husten. Hustet, bis ihm der Schweiß auf der Stirn steht. Ich reiche ihm ein Glas Leitungswasser.

Früher äußerten sich Aufregung und Anspannung oft so bei ihm. Manchmal steigerte er sich dann in böse Hustenkrämpfe hinein.

Rosner setzt sich. »Die Angelegenheit ist etwas merkwürdig«, entgegnet er und sieht prüfend in seine Kaffeetasse. »Bei dem Jungen zu Hause traf ich nur Tommy, den jüngeren Bruder von diesem Rocky, an.«

Hanno kommentiert das wie ein Musterschüler: »Ja, er ist ein Schulfreund von Lena und schwul.«

Rosner beachtet den Einwurf nicht, sondern mustert mich mit undurchdringlichem Gesichtsausdruck.

»Tommy sagte, die beiden hätten schon vor Tagen beschlossen, eine Weile wegzufahren. Sie verhielten sich dabei aber so auffällig, dass Tommy annahm, nun … dass sie sich irgendwo einbunkern wollten, um die Zeit ungestört im Bett zu verbringen. Sie sind jedenfalls mit Rockys Auto unterwegs.«

Hanno holt geräuschvoll Luft.

»Warum hat Tommy uns nicht verständigt?«

»Hanno, was für eine Frage. Es ist eine Sache der Ehre, den großen Bruder und dessen Freundin zu decken und nicht zu verpfeifen.« Rosner schüttelt besserwisserisch den Kopf.

Du altes Arschloch, denke ich, lasse mir aber nichts anmerken.

»Was empfiehlst du uns, was sollen wir tun, Simon? Sie ist dreizehn. Lena ist noch ein Kind.«

»Wartet bis morgen. Wenn sie bis dahin nicht aufgetaucht ist, geben wir eine Suchmeldung raus und filzen die Pensionen und Hotels in der Umgebung.«

Hanno zögert. »Sollen wir nicht sofort etwas unternehmen?«

»Mir wäre das auch lieber«, bekräftige ich und stelle mir vor, wie Lena mit dickem Bauch die Schulbank drückt und im nächsten Frühjahr im zarten Alter von vierzehn Jahren ihr Kind zur Welt bringt. Ich sehe mich schon als Großmutter, die unmittelbar die Rolle der Mutter übernimmt, um die Zukunft der Tochter nicht zu zerstören. Mich fröstelt bei diesem Gedanken.

Das Narbengewebe brennt, und ich bemerke das nervöse Zucken unter Hannos linkem Auge, während Rosner schweigt.

Nein. Jetzt, sofort, soll nach ihr gefahndet werden!

»Himmel, Rosner, sie ist erst dreizehn Jahre alt!«, wiederhole ich aufgebracht. Nur weil er im Krankenstand ist und vor sich hin schwächelt, darf er die Dinge, die wichtigen Dinge, nicht schleifen lassen.

»In Ordnung. Ich veranlasse das Nötige. Kommt bitte am Nachmittag aufs Polizeirevier. Spahic wird euch über alles informieren.«

Bevor Rosner geht, wirft er mir einen frostigen Blick zu, den ich kühl erwidere.

Hanno begleitet ihn zur Tür, und ich kann nicht anders, als ihm durchs Küchenfenster nachzublicken. Er steigt in ein Auto, das auf der gegenüberliegenden Seite parkt, und beugt sich über eine blondhaarige Frau, die am Steuer sitzt und ihre dünnen Arme um ihn schlingt.

Dass dieser graue, so unbeteiligt wirkende Mensch über romantische Gefühle verfügt, irritiert mich.

Ich bin nach Pörtschach gefahren, habe mein Auto abgestellt und wandere die staubige Gaisrückenstraße hinauf. Ich brauche Bewegung, muss spüren, wie ich meinen Körper in dieser Hitze an die Grenzen treibe, muss meinen Kopf freibekommen und noch mal über alles nachdenken, was sich gestern – was sich in letzter Zeit – ereignet hat.

Kurz pausiere ich in einem idyllischen Gasthaus und trinke kalte Zitronenlimonade. Stechlustige Insekten umschwirren mich.

Dann marschiere ich weiter in Richtung Pirk – durch eine wunderschöne Landschaft, die mich jedes Mal an Zeichnungen in einem Kinderbuch meiner Jugend erinnert. Die Wiesen blühen unverschämt grün, gelb und weiß, und aus dem Unterholz blitzt es vergissmeinnichtblau.

Der gleichmäßige Rhythmus meiner Schritte übt eine beruhigende Wirkung auf mich aus.

Umso eiskalter wirkt die Lawine der Erinnerung, die mich unbarmherzig und unvorbereitet überrollt.

Magdalena, Simon, Hanno und ich sind mit unserer Skiausrüstung von Simons Vater ins Bodental gebracht worden. Er fuhr, gleich nachdem er uns abgeliefert hatte, weiter nach Ferlach, um für ein Konzert etwas zu installieren. Simon vermutete aber, wohl um Magdalena zu gefallen, dass sein Vater dort eine Freundin hätte, und Magdalena baute und schmückte die Geschichte in ihrer phantasievollen Art hingebungsvoll aus. Beide schienen damit mehr als zufrieden zu sein.

Wir waren damals fünfzehn Jahre alt und genossen es, einen Nachmittag ohne Bewachung durch strenge Elternaugen auf der Piste zu verbringen. Und natürlich im Gasthaus.

Hanno schmachtete mich ein wenig an, und mein Herz schlug höher als sonst. Obwohl Magdalena in Simon einen glühenden Verehrer hatte, gefiel ihr dieses Schmachten gar nicht, war sie es doch gewohnt, im Zentrum von Hannos Aufmerksamkeit zu stehen. Sie ließ von Simon ab und widmete sich intensiv Hanno. Als der nicht auf ihr Geplapper einging, ihr Interesse an ihm nicht zu bemerken schien, war nicht zu übersehen, dass sich Magdalenas Stimmung verdüsterte.

Geli, die Tochter der Wirtsleute, die das Gasthaus an der Piste betrieben, kannten wir aus der Schule. Sie war zwar jünger als wir, beeindruckte uns aber durch ihre lockere Art. Hanno und Simon brachte sie Bier und uns Traubensaft. Magdalena und ich fanden das ungerecht und bestellten heißen Grog.

Irgendwann sagte Magdalena: »Leute, wenn wir noch auf die Piste wollen, dann jetzt.«

Angelika meinte bestätigend, dass der Schlepplift bald seine Fahrten einstellen würde. Auch gebe es möglicherweise noch Schnee.

»Hanno, kommst du?« Magdalenas Stimme klang trotzig, und ich erschrak.

Hanno und ich hatten im Auto ausgemacht, gemeinsam den Lift zu benützen. Hanno wusste, dass ich ein wenig ängstlich war, und ritterlich wollte er mich beschützen.

»Ich«, sagte er und legte den Arm um meine Schulter, »fahre zusammen mit Lilofee hinauf. Ist schon abgemacht.«

Magdalena stand auf, verschüttete dabei den Rest von Simons Bier und warf uns einen bösen Blick zu.

»Mir soll es recht sein.«

Ihre Stimme klang wie ein Reibeisen, und ihre Augen funkelten kalt. Obwohl ihr Anorak verblichen aussah und sie Skier vom Trödelladen hatte, wirkte sie wie eine grollende Königin.

Inzwischen hatte die Sonne sich hinter den Bergen verkrochen, und es war empfindlich kalt geworden. Der Himmel über uns wölbte sich fliederfarben. Wir fuhren zweimal mit dem Schlepper hinauf – Hanno hielt dabei getreulich meine Hand, das Herz unter meinem Wollpulli pochte stürmisch – und mit den Skiern nebeneinander wieder hinunter.

»Letzte Fahrt!«, rief Geli uns zu.

Meine Haare klebten an meinen Wangen, und mein Körper schmerzte von der ungewohnten Anstrengung. Aber ich war glücklich.

»Lilofee, du und ich sind jetzt dran. Hanno und Simon fahren hinter uns.«

Schon packte Magdalena mich am Arm und zog mich zum Schlepplift. Der scharfe Bügel schnitt ins Fleisch meiner Oberschenkel. Die Welt um uns war blendend weiß, und ich konnte den Schnee unter meinen Skiern knirschen hören.

»Hanno hat versucht, mich zu küssen«, flüsterte ich meiner Freundin aufgeregt zu.

Magdalena lachte und stieß mich grob in die Seite.

Ich schlingerte und konnte mich gerade noch halten.

Es hatte leicht zu schneien begonnen, und die Flocken trieben während der Fahrt immer schneller auf uns zu.

Kurz vor der Bergstation gab es eine Erhöhung, über die ich zuvor fast gestolpert wäre, hätte Hanno mich nicht festgehalten.

Wegen des immer heftiger werdenden Schneefalls konnte ich nicht gut sehen. Ich wischte über mein feuchtes Gesicht, als ich unter mir die Bodenwelle bemerkte.

Festhalten, ermahnte ich mich und spürte plötzlich noch etwas anderes.

Magdalena lachte und boxte mir immer wieder in die Seite.

»Hör auf!«, schrie ich, doch es war bereits zu spät. Beim nächsten Schlag verlor ich das Gleichgewicht.

Ich geriet komplett aus der Spur, und der harte Metallbügel des Lifts schlug heftig gegen meinen Hinterkopf. Benommen landete ich im Neuschnee, verkeilte mich im Bügel und bekam gar nicht mit, dass der Schlepper mich noch etliche Meter weit mit sich zog.

Dann waren die erschrockenen Gesichter des Liftwartes und meiner Freunde über mir. Ich wurde in einem Akia zum Gasthaus gebracht und anschließend von Simons Vater, der bereits auf uns gewartet hatte, direkt ins Unfallkrankenhaus gefahren.

Außer einer leichten Gehirnerschütterung und einer Platzwunde am Hinterkopf hatte ich gottlob keine Verletzung davongetragen.

»Das ist noch einmal glimpflich ausgegangen«, tröstete mich Magdalena, ganz die besorgte Freundin.

»Warum hast du mich aus dem Schlepper gestoßen?«, fauchte ich. »Ich hätte tot sein können.«

»Das kommt sicher von den Medikamenten, Lilofee bildet sich etwas ein«, erklärte Magdalena lachend.

Und der wieder einmal ritterliche Hanno griff den Ball ohne zu zögern auf: »Lilo, so etwas sagt man nicht. Das ist eine schlimme Beschuldigung.«

Ich aber hatte den Stoß deutlich gespürt, ebenso wie ich das böse Funkeln in Magdalenas Augen gesehen hatte.

Jetzt schmelzen die Schneeflocken der Vergangenheit auf meiner hitzedurchglühten Haut. Entschlossen mache ich mich auf den Weg zurück zum Parkplatz. Nicht diese böse Wintergeschichte, nicht mitten im Sommer, und schon gar nicht bei meinen jetzigen Sorgen.

Im Auto kontrolliere ich mein Handy und erschrecke. Zehn

Anrufe in Abwesenheit. Hanno. Anstatt zurückzurufen, trete ich aufs Gas.

»Lilo«, begrüßt er mich unsicher, als ich ins Haus stürme.

In der Küche kauern zwei Gestalten verloren auf zu großen Stühlen.

»Mama!« Ich erkenne meine Tochter in dem kleinen Mädchen, das sich da an die Lehne klammert.

»Lena, Schatz.«

Schon bin ich bei ihr und umarme sie. Alle Vorwürfe sind vergessen, nur noch Erleichterung, dass sie hier in der Küche sitzt, ist in mir. Ein merkwürdiger Geruch, den ich nicht zuordnen kann, geht von ihr aus.

Hanno ist kreidebleich und kippt einen Cognac.

Ich gehe zu ihm und lege meine Hand auf seinen Arm.

»Lass sein, das bringt nichts.« Behutsam nehme ich ihm das Glas aus der Hand.

»Mama.« Lena ist aufgestanden. Jetzt erkenne ich in der zweiten kauernden Gestalt einen Jungen mit dunklen Augen über noch dunkleren Schatten.

Rocky, füge ich eins und eins zusammen, das muss dieser Rocky sein. Die beiden sind hier, um uns mitzuteilen, dass Lena schwanger ist.

»Hanno, wir müssen Rosner verständigen«, fällt mir ein, »sonst läuft die Fahndung nach den Kindern an.«

»Das habe ich schon erledigt.«

Langsam erhebt sich der Junge und nimmt behutsam Lenas Hand. Beide stehen vor uns und schauen uns starr ins Gesicht.

»Mama, Papa. Es ist etwas Schreckliches passiert. Wir haben etwas Furchtbares getan.«

Lena beginnt zu weinen und kann nicht mehr aufhören. Ihr zarter Körper wird von wilden Krämpfen geschüttelt. Die roten Locken umrahmen wie Feuer ihr blasses Gesicht.

Rocky legt beide Arme um ihren bebenden Körper. Der scharfe Geruch ihrer Kleider erfüllt inzwischen den Raum.

»Was ist passiert?«

Und Lena beginnt zu erzählen.

30

Simon Rosner ist verärgert. Heute Nachmittag wollte er mit Alice zu den Möbelhäusern in Tricesimo und anschließend nach Udine fahren, um für die neue Wohnung einzukaufen. Geplant war, den Tag bei einem gemütlichen Abendessen unter freiem Himmel zu beschließen.

Alice hatte das Restaurant ausgesucht, worüber sich Rosner ganz besonders freute, denn Nahrungsaufnahme gehörte für sie lange Zeit zu den lästigen Alltagspflichten, weit entfernt von Lebensqualität.

Und nun ist ihm der Übereifer seiner Kollegin Admira Spahic dazwischengekommen. Statt nach Italien fährt er nach Klagenfurt, zu seiner Arbeitsstelle im Polizeirevier. Warum sie so dringend seine Hilfe braucht, wollte sie am Telefon nicht verraten.

Da Rosner vorhat, nach dem Aufenthalt in der Klinik weiter in seinem Beruf zu arbeiten, nimmt er es zähneknirschend in Kauf, sich während seines Krankenstandes stören zu lassen. Er hat nicht vor, Brunner, seinen Vorgesetzten, der ihn während seiner Abwesenheit vertritt, zu verärgern.

Alice war enttäuscht, als er sie vorhin anrief. Erstaunlicherweise gefiel es ihm, wie sie am Telefon reagierte. Sie schmollte. Ihre Art, ihm ihre Verbundenheit zu zeigen, hat etwas Kindisches und gleichzeitig Anrührendes.

Die Sonne brennt unbarmherzig und lässt die Luft über dem Asphalt flirren. Ungeduldig wartet Rosner auf dem Parkplatz vor der Klinik, sehnt sich nach Schatten. Jedes Mal, wenn sich ein Fahrzeug nähert, hält er instinktiv die Luft an. Hitze, Teer- und Benzingestank ergeben ein unerträgliches Aroma.

Der Polizist, der ihn hier abholen soll, hat sich bereits über eine Viertelstunde verspätet. Missmutig kneift Rosner seine Augen gegen das grelle Licht zusammen. Er tastet seine Taschen ab und flucht, als er seine Sonnenbrille nicht findet. Vergesslichkeit und Konzentrationsmangel scheinen zu den Folgesymptomen des Alkoholentzugs zu gehören.

Rosner ist fester denn je entschlossen, sein Leben zu ändern.

Das heutige Mittagessen fiel karg aus, karg, weil er es nicht anders wollte. Salat, Gemüse und Huhn, sogar Obst, alles Lebensmittel, die früher nicht zu seinen Favoriten zählten, bestimmen seit Kurzem seinen Speiseplan. Und er besucht den Fitnessraum der Klinik.

In shape zu sein, wie es so schön heißt, klingt einfach, aber es fühlt sich verdammt schwer an. Rosner arbeitet hart. Mit seinen Händen am Ton, mit seinem Kopf an seinen Gedanken und Erinnerungen sowie an seinem Entschluss, dem Verlangen nach Alkohol nicht nachzugeben, und ebenso hart an seinen erschlafften Muskeln. Er will den überflüssig gewordenen inneren und äußeren Ballast abwerfen. Leicht sein für ein neues Leben mit Alice.

Kurz verheddert sich die Zeit in seinem Kopf, und er denkt an seine ersten Jahre mit Simone, denkt daran, wie glücklich und zuversichtlich sie waren. Gleich darauf wird er mit einem Ruck in die Realität zurückgeholt.

Ein Dienstauto hält neben ihm, und ein ihm unbekannter Kollege grüßt jovial.

Rosner steigt ein und bleibt die gesamte Fahrt über stumm.

Ohne sich zu verabschieden, betritt er schließlich die Dienststelle. Im Treppenhaus empfängt ihn der vertraute Geruch des Polizeireviers: frisch gebohnerte Dielen, ungelüftete Flure, verschütteter Kaffee neben dem Automaten und der Schweiß wartender Menschen.

Als er die Tür zu Spahics Büro öffnen will, reißt diese sie von innen auf, als hätte sie ihn bereits kommen gehört.

»Entschuldigung, Rosner«, sagt sie heiter und zeigt ein ungezwungenes Lächeln. »Danke fürs Kommen. Brunner hat angedeutet, dass Sie uns womöglich die Gewerkschaft auf den Hals hetzen, wenn wir Sie stören. Ich war mir aber sicher, dass diese Sache Sie interessieren wird.«

Verblüfft stellt er fest, dass Spahic dem sterilen Raum seit seinem letzten Besuch so etwas wie ein Eigenleben verpasst hat. Bilder von hellen Klippen über einem tiefblauen Meer wechseln sich mit bunten Zeichnungen von Blumen und Früchten ab. Grellgelbe Zitronen dominieren.

Spahic bemerkt seinen Blick und lacht verlegen. »Ich musste endlich etwas gegen das alles übertönende Grau unternehmen.«

Grau, denkt Rosner, und unmittelbar taucht Alice in seinen Gedanken auf. Sie jedenfalls will gegen sein vorherrschendes Grau nichts unternehmen. Er lächelt in sich hinein.

»Gute Wahl«, lügt er. »Sind das die Felsen über dem kroatischen Meer?«

»Warum ich Sie so dringend sehen wollte …« Spahic hält inne und wählt eine Nummer. »Ja, jetzt«, sagt sie ins Telefon und wendet sich wieder an Rosner. »Sorry, aber so ist es einfacher.«

Spahic ist zu einer chaotischen und hektischen Person geworden, denkt er und wundert sich über die augenscheinliche Veränderung der früher so zurückhaltenden, fast schüchternen Kollegin.

»Was ist einfacher?«, fragt er irritiert.

»Moment noch.«

»Olivotto«, sagt Rosner kurz darauf zum eintretenden Polizisten, »Sie habe ich schon vermisst.«

Über Olivottos Gesicht huscht ein Grinsen, und Rosner ärgert sich zunehmend über die merkwürdige Inszenierung seiner beiden Kollegen. Sobald er wieder im Dienst ist, wird er ihnen diese Wichtigtuerei abgewöhnen, beschließt er und fordert Olivotto mit einer ungeduldigen Kopfbewegung auf zu reden.

»In den Karawanken, in der Nähe vom Franzi-Bauern, ist vorletzte Nacht eine Hütte in die Luft geflogen. Die illegale Schnapsbrennerei im Keller und eine weggeworfene Zigarettenkippe haben die Explosion ausgelöst.« Olivotto stockt und kratzt gedankenverloren über seinen Bart.

»Und weiter?« Rosner sieht ihn erwartungsvoll an.

»In den Trümmern haben die Ferlacher Kollegen und der diensthabende Arzt der Bergrettung eine verkohlte Leiche gefunden.«

»Rosner, jetzt wird es spannend«, erklärt Spahic aufgeräumt

und faltet übermütig aus einem A4-Blatt, das sie aus dem Drucker genommen hat, einen Flieger.

»Die Kollegen haben nachgeforscht, wem die Almhütte gehört, und sind auf einen Gustav Tschauko, wohnhaft in Klagenfurt, gestoßen«, erzählt Olivotto weiter. »Ich bin also mit einem der Ferlacher zu der angegebenen Adresse gefahren. Keine angenehme Aufgabe, wirklich nicht, aber wir mussten ja überprüfen, um wen es sich bei dem Toten handelt.«

Geschwätziger Narr, ist doch alles Routine, denkt Rosner und spürt die Hitze des Nachmittags unangenehm unter sein Poloshirt kriechen. Der Schweiß bricht ihm aus, und trotz der Beruhigungsmedikamente, die gegen das Toben der Entzugssymptome ankämpfen sollen, fühlt er sich flattrig und giert nach einem großen Glas Bier.

»Als wir an der Tür des vermeintlich Toten geklingelt haben«, sagt Olivotto wichtig, »öffnete er uns selbst, und zwar sehr lebendig.«

Spahic sieht Rosner triumphierend an. »Aufgepasst! Jetzt kommt es.«

Rosner reibt sich genervt die brennenden Augen.

»Der ältere Mann bat uns herein und bedankte sich für unser promptes Erscheinen. Erst vor wenigen Minuten habe er bei uns angerufen, um das Verschwinden seines Neffen zu melden. Der sei am Morgen nicht wie vereinbart am Flughafen erschienen, um ihn abzuholen, und auch danach sei er nicht zu erreichen gewesen.«

Olivotto holt Luft und spricht rasch weiter, ehe Spahic, die schon wieder zum Reden ansetzt, ihn erneut unterbrechen kann. »Die Wohnung war unaufgeräumt und schmutzig, und der Alte erklärte, dass früher sein verstorbener Bruder und zuletzt sein Neffe hier gewohnt habe, weil er, der eigentliche Besitzer, in Neuseeland lebte. Jetzt sei er allerdings zurückgekommen und vermisse seinen Neffen.«

»Haben Sie mit ihm über die Almhütte gesprochen? Das war doch der eigentliche Grund Ihres Besuches. Die Explosion und der Tote«, wirft Rosner ungeduldig ein.

»Natürlich. Der Alte war entsetzt, weil es sich seiner Meinung nach bei dem Toten nur um seinen Verwandten handeln könne. Dort oben ist die Anzahl der möglichen Opfer auch ziemlich überschaubar.«

»Dann haben Sie das Rätsel um die Identität der Leiche also bewundernswert schnell geklärt, Sie schlauer Fuchs«, entgegnet Rosner ironisch.

Olivotto, der das als Kompliment auffasst, errötet, macht eine bedeutungsschwere Pause und wechselt einen konspirativen Blick mit seiner Kollegin.

»Hören Sie zu, Rosner«, bricht es aus Spahic heraus, »in der Küche von Tschaukos Wohnung hing ein Zeitungsausschnitt mit dem Foto der kleinen Grabner an einer Pinnwand. Ihr Vater hatte beim ersten Verschwinden seiner Tochter ja die Zeitungen verständigt und ordentlich gewirbelt. Artikel plus Foto erschienen allerdings erst, als die Ausreißerin schon längst wieder reumütig daheim war.«

Reumütig?

Rosner enthält sich eines Kommentars. Er atmet tief durch und bereut einmal mehr, hierhergekommen zu sein. Für diese Information hätte er den Ausflug mit Alice nicht absagen müssen.

»Olivotto kam das Mädchen gleich bekannt vor.«

»Kein Wunder, Spahic, es wurde schließlich nach ihr gesucht. Warum soll er sich nicht an sie erinnern?« Rosner kommt nicht umhin, ein wenig belehrend aufzutreten. »Olivotto und ich haben sie immerhin gemeinsam abgeholt und zu den Grabners gebracht.«

»Ich fragte den alten Mann, ob er die Grabners kennt«, übernimmt Olivotto nun wieder die Gesprächsführung, »der verneinte aber. Die ganze Sache kam mir zunehmend eigenartig vor, also sah ich mir die Pinnwand genauer an. Und entdeckte eine Aufnahme vom Haus der Grabners und weitere von der gesamten Familie.«

Jetzt wird Rosner doch hellhörig. »Was war noch auf der Pinnwand?«

»Dort nichts, aber Tschauko machte uns auf Folgendes aufmerksam.« Spahic öffnet geräuschvoll eine Lade ihres Schreibtisches und zieht einige Klarsichthüllen heraus. »Es war mir sofort klar«, sagt sie und legt die Hüllen mit dem bunten Inhalt auf den Tisch, »dass an der Sache etwas faul ist, also habe ich die Spurensicherung angefordert.«

Braves Mädchen, denkt Rosner belustigt, du hast deine Lektion gelernt und weißt besser als früher, dich in den Mittelpunkt zu stellen.

»Herr Tschauko zeigte uns außerdem einige zerschnittene Zeitungen, zu denen diese Schnipsel passen, eine Papierschere und einen Briefumschlag, auf dem Lilo Grabners Name und Adresse aufgedruckt war. Es ist naheliegend, anzunehmen, dass die Sachen benutzt wurden, um Erpresserbriefe zu erstellen. Anscheinend hat der Neffe vor seinem Tod, den ich auch ohne Obduktionsergebnis als sicher betrachte, keine Zeit mehr gehabt, die Wohnung zu reinigen und diese Dinge da«, sie fächert mit der Handfläche über die Beweisstücke, »verschwinden zu lassen.«

Spahic holt Luft und schiebt Rosner eine der Klarsichthüllen hin. Olivotto öffnet ungefragt beide Fensterflügel weit.

Mit spitzen Fingern hält Rosner die Folie gegen das Licht und starrt auf ein Foto.

Langsam, ganz langsam sickert in sein Bewusstsein, was er da sieht.

31

Hanno und ich haben, nachdem Rocky nach Hause und Lena endlich zu Bett gegangen ist, die ganze Nacht wach gelegen und miteinander gesprochen. Wir haben hin und her überlegt, wie wir mit der Situation umgehen sollen. Den Kopf in den Sand stecken und nie wieder über das, was die beiden uns gebeichtet haben, sprechen wäre eine durchaus passable Möglichkeit, wäre ganz nach meinem Sinn gewesen.

Hanno unterbreitete mir – nicht ganz unerwartet – den Vorschlag, Rosner anzurufen und ihm alles anzuvertrauen. Er glaubt blindlings an die phänomenale Fähigkeit seines alten Freundes, eine Lösung, mehr noch, einen Ausweg aus dieser im wahrsten Sinne des Wortes brenzligen Situation zu finden.

Ich hingegen bin anderer Meinung.

Rosner wird tun, was er tun muss. Rosner ist durch und durch Bulle, auch wenn er sich den Anschein eines feinfühligen Intellektuellen zu geben versucht. Und Hanno, der Narr, fällt auf diese Maskerade herein. Hanno selbst ist weder intellektuell noch besonders feinfühlig, und Rosner schon gar nicht.

Wir haben Lena schlafen lassen. Das Kind steht unter Schock. Und Rocky ebenfalls.

Außer uns vieren weiß niemand, was geschehen ist. Rocky wird am Nachmittag wieder zu uns kommen, damit wir gemeinsam weiter beraten können. Seiner Familie erzählt er es vorerst nicht, sie erfährt es noch früh genug.

Obwohl er um einige Jahre älter ist als Lena, und in diesem Alter spielt ein Unterschied von sechs Jahren eine große Rolle, kommt der Bursche mir sehr kindlich vor. Allein die Tatsache, dass er sich auf diese furchtbare Sache eingelassen hat, zeugt von seiner geistigen und emotionalen Unreife. Nur weil er sich Hals über Kopf in unsere dreizehnjährige Tochter verliebt hat und bereits ein eigenes Auto besitzt, hätte er sie nie und nimmer bei einer so irrsinnigen Tat unterstützen dürfen. Er hätte ihr alles ausreden müssen. Und wenn es ihm nicht gelungen wäre, hätte er einen von uns verständigen, uns um Hilfe bitten müssen.

»Lilofee«, sagt Hanno hinter mir. Auch er ist wach. Sein Atem kitzelt die empfindliche Haut an meinem Nacken.

Ich drehe mich zu ihm.

»Wir müssen es Rosner sagen. Tun wir es nicht und findet er es unabhängig von uns heraus, geraten wir alle in Teufels Küche.«

»Da schmoren wir ohnehin schon. Mach dir mal lieber nichts vor.«

Meine Narbe zwischen den Fingern beginnt zu pochen.

Ich hasse die Karawanken. Sie haben mir nur Unglück gebracht.

Hanno rückt näher und will mich in die Arme nehmen. Ich weiche zurück und höre, wie er enttäuscht ausatmet.

»Sei nicht verzweifelt, Lilo, wir finden einen Ausweg. Es ist nun mal so, dass wir außer Simon niemanden bei der Polizei oder bei der Bergrettung in Ferlach kennen. Die einzige Person aus dieser Gegend, die wir vielleicht noch fragen könnten, ist die Tochter vom Bodental-Wirt. Aber erstens weiß ich nicht, ob sie nicht inzwischen von hier weggezogen ist, und zweitens habe ich keine Ahnung, ob sie sich an uns erinnert. Sie war doch jünger als wir.« Er runzelt angestrengt die Stirn. »Andererseits waren wir früher einige Male dort.«

»Spinnst du, Hanno?« So eine Ansage bringt mich auf die Palme. Was denkt er sich dabei? »Schlägst du allen Ernstes vor, dass wir Geli ausfragen sollen? Wir haben seit Jahrzehnten nicht mehr mit ihr geredet, und jetzt tauchen wir zufällig aus der Versenkung auf und quetschen sie ganz nebenbei mal ein bisschen aus? Wie soll sie sich da keinen Reim darauf machen? Doof war Geli nämlich noch nie. Die zählt sofort eins und eins zusammen und meldet es der Ferlacher Polizei. Außerdem weiß sie wahrscheinlich nicht mehr als irgendein anderer.«

»Lilo, du übertreibst. Als Lena in der Volksschule war, sind wir mit ihr häufig zum Skifahren dort gewesen. Und im Wirtshaus haben wir danach traditionell Kasnudeln gegessen und hin und wieder auch Geli getroffen. Sie hat sich oft genug zu uns gesetzt und mit uns geplaudert. Hast du das vergessen?«

Das habe ich wohl, denn ich kann mich beim besten Willen nicht daran erinnern. Das liegt vermutlich daran, dass ich beinahe alles, was die Karawanken betrifft, ausblende. Und diese Skiausflüge mit Lena damals waren ein absolutes Zwangsprogramm, vor dem ich mich, so gut es mir möglich war, gedrückt habe. Hanno wird daher wohl allein mit dem Mädel hingefahren sein.

»Das ist kein Grund, Angelika mit hineinzuziehen. Es muss andere Möglichkeiten geben, an Informationen zu kommen.«

Die Haut über meiner Narbe beginnt unerträglich zu jucken. Ich möchte am liebsten aufspringen und sie mit dem Reibeisen so lange bearbeiten, bis ich nichts mehr spüre, oder die Stelle mit einem Hammer schlagen, bis sie taub ist. Natürlich tue ich nichts dergleichen. Hanno meint ohnehin schon seit Jahren, dass ich unter einer massiven Persönlichkeitsstörung leide. Er kann sich nur nicht zwischen Narzissmus und Borderline entscheiden. Also stehe ich stattdessen auf und creme meine Hände sorgsam ein.

Nachdem wir eine Omelette mit Champignons gegessen und zweimal nach der immer noch schlafenden Lena gesehen haben, setze ich mich unruhig ans geöffnete Fenster. Rastlos zupfe ich an der Nagelhaut um meine Fingernägel. Kein Lüftchen weht von draußen herein, nichts vertreibt den ekelhaften Geruch nach verbrannten Klamotten.

Ich springe auf und fege dabei einen Tontopf mit Petersilie vom Fensterbrett. Eben haben sich ein paar lose Puzzlesteine in meinem Kopf zusammengefügt.

Hanno gibt einen erstickten Laut von sich. Ohne zu fragen, was denn in mich gefahren sei, holt er Besen und Schaufel und kehrt Scherben und Erde zusammen.

Mir ist heiß, und das ganze Ausmaß der schrecklichen Geschichte steht mir plötzlich glasklar vor Augen, präsentiert sich mir schonungslos.

Wenn wir auch nur den geringsten Fehler begehen, landet Lena im Jugendknast. Rosner hin oder her. Da kann uns dann keiner mehr helfen. Und er, der mir schon immer eins auswischen wollte, am allerwenigsten.

An der Haustür läutet es Sturm.

»Rocky«, ruft Hanno euphorisch, so als wäre mit dem Eintreffen des Jungen etwas Wohltuendes, Erlösendes und nicht die Fortsetzung des Grauens verbunden.

Ticken denn alle um mich herum nicht mehr richtig, oder bin doch ich es, die durchdreht?

Als Hanno die Tür öffnet, knallt das Fenster im Wohnzimmer durch den entstandenen Luftzug zu. Jetzt erst bemerke ich die düsteren Wolken, die tief am Himmel hängen.

Es herrscht jene klebrige Schwüle, die unweigerlich ein nahendes Gewitter ankündigt.

Und es ist nicht Rockys, sondern unverkennbar Rosners tiefe Stimme, die durch das Vorzimmer hallt.

Jetzt haben sie uns, denke ich, als ich in Rosners Gesicht sehe. Er nickt mir kurz zu, aber seine Züge wirken versteinert. Auch seine verkrampfte Körperhaltung spricht Bände.

Er weiß es.

Ich werfe Hanno einen verzweifelten Blick zu, doch dessen Augen sind starr zu Boden gerichtet.

»Setzt euch bitte. Es gibt etwas, über das wir dringend reden müssen.« Unaufgefordert lässt er sich auf einen Küchenstuhl fallen.

Trotz meiner Panik finde ich es unerträglich, dass er sich wie der Hausherr aufführt.

Hanno setzt sich ihm anstandslos gegenüber, und auch mir bleibt nichts anderes übrig. Mein Herz trommelt wie verrückt, so laut, dass ich befürchte, jeder könne es hören.

»Mama, Papa! Ihr habt mir beide versprochen, der Polizei nichts zu sagen! Wie konntet ihr bloß? Dafür hasse ich euch!«

Von uns zuerst unbemerkt ist Lena, verkrochen in einen übergroßen Bademantel, in die Küche gekommen.

Ich springe auf, nehme sie in den Arm und versuche, sie so am Weiterreden zu hindern. Erstaunlicherweise funktioniert es.

»Papas Freund Simon ist vorbeigekommen, um mit uns etwas zu besprechen. Bitte beruhige dich, Lena.« Gänzlich unerwartet hat meine Stimme einen festen Klang.

Wieder läutet es an der Haustür. Lena zuckt zusammen und reißt sich abrupt von mir los.

»Rocky, das ist Rocky!«, schreit sie und läuft hinaus.

Rosner streckt seine Beine von sich. Erfolgreich meidet er meinen Blick.

Vor dem Fenster fallen erste dicke Regentropfen. Sie klingen wie Paukenschläge in meinen überreizten Ohren. Der Himmel ist noch eine Spur dunkler als zuvor.

»Mama, Rocky möchte ein Geständnis ablegen.«

Alarmiert sehen Hanno und ich einander an.

»Kinder, jetzt wartet doch«, sagt er.

Ich öffne den Mund, um zu retten, was zu retten ist, komme jedoch nicht dazu, etwas zu sagen.

»Was wird hier eigentlich gespielt?«, fährt Rosner dazwischen. »Wie lange wollt ihr mich noch für blöd verkaufen?«

In dem Moment, als der Himmel endgültig seine Schleusen öffnet und der Regen zu prasseln beginnt, fängt Lena zu weinen an.

»Wir wollten dem Mann bloß einen Denkzettel verpassen und ihm keinesfalls wehtun. Er hat meine Mama erpresst und sollte eine Abreibung von uns bekommen, mehr nicht … und dann ist alles schiefgelaufen«, bringt sie unter Schluchzen hervor.

»Es war meine Schuld. Lena hat sich nichts vorzuwerfen. Sie wollte nur ihre Mutter beschützen. Ich habe mir den Kerl gegriffen, als er aus der Kellerluke steigen wollte, und ihm eine reingehauen. Er … er fiel rücklings die Leiter runter und blieb benommen liegen. Als Lena das Feuer im Keller bemerkte, sind wir runter und haben versucht, ihn aufzuwecken, aber … ich … wir konnten ihn da unten nicht schnell genug rausholen …«

Rockys Stimme versagt, und als ich Rosners aufmerksame Augen hinter der unerträglich hässlichen Hornbrille von einem zum anderen huschen sehe, denke ich: Scheiße, schlimmer hätte es nicht laufen können.

Und ich behalte recht.

Als hätte sie nur auf ihr Stichwort gewartet, ertönt genau in diesem Moment Lenas zarte, verweinte Stimme.

»Das Foto, mit dem der schreckliche Mann meine Mama erpresst hat, haben wir auch nicht finden können.«

Mir wird schlecht, ich drücke instinktiv meinen Finger auf die schmerzende Narbe.

Sei endlich still, beschwöre ich lautlos mein Kind, und mein Herzschlag beschleunigt sich um eine weitere Systole. Genau in dem Augenblick, als der erste Donner kracht.

Rosner zieht, gelassen die chaotische Situation beherrschend, ein Foto aus seiner Umhängtasche. Eine alles durchdringende Kälte, die sich in keiner Weise mit der Gewitterschwüle vereinbaren lässt, kriecht in mich hinein.

»*Deswegen* wollte ich mit euch reden«, sagt er und deutet auf das Foto.

Lena reißt es ihm aus der Hand.

»Mama, jetzt verstehe ich gar nichts mehr.«

Rocky sieht Rosner an. Der erwidert düster und aufmerksam seinen Blick.

Hanno, wie stets um Harmonie bemüht, erklärt mit zitternder Stimme: »Lena hat nichts mit der Sache zu tun. Sie ist dreizehn. Noch ein Kind. Und das Ganze war so oder so ein Unfall.« Er stockt, atmet tief durch und kratzt sich verlegen hinter dem Ohr. Dann setzt er zaghaft nach: »Simon, Rocky muss doch nicht ins Gefängnis?«

Draußen peitscht der Wind Blätter von den Ästen der Bäume.

Ich starre gebannt auf das Foto vor mir. Wenn mir zuvor nur übel gewesen war, jetzt ist mir sterbensschlecht.

»Magdalena«, höre ich mich stöhnen und stürze Hals über Kopf in die Vergangenheit.

Ich bin wieder achtzehn und habe eben die Reifeprüfung bestanden.

»Magdalena, mir geht gleich die Puste aus. Ich komme bei deinem Tempo nicht mehr mit. Willst du mich in den Tod hetzen?«

Ja, sie will.

Denn ungeachtet meiner Worte legt meine beste Freundin noch einen Zahn zu. Ich bleibe stehen, beuge mich nach vorn, atme tief in die Brust, strecke mich, dehne meine schmerzenden Glieder und werfe die Arme in die Höhe. All das in der Hoffnung auf Linderung des bereits heftig einsetzenden Muskelkaters.

Sie hingegen läuft unverdrossen weiter.

»Hopp, hopp, kleine, zarte Lilofee. Zeig, was in dir steckt! Prinzesschen sein allein reicht heute nicht. Heute geht es ums Ganze.«

Den Eindruck habe ich auch.

Da will mich jemand quälen, mir eindeutig klarmachen, wer den Ton angibt.

Mein hochgebundener Pferdeschwanz wippt wild auf und ab, die feinen Haarspitzen kitzeln meinen schweißnassen Nacken. Längst sind meine Lippen staubtrocken, und die Augen brennen.

Die Sonne blendet mich gnadenlos und lässt mich das umgrenzende Bergmassiv der Karawanken nur unscharf erkennen.

Beide haben wir unsere Nylonjacken über knappen T-Shirts und kurzen Shorts fest um die Hüften geschlungen, und immer wieder blähen Windstöße deren Stoffe wie türkis- und rosafarbene Ballons auf.

Magdalenas Haar scheint über Nacht eine Spur gewachsen zu sein. Es baumelt in glänzend dunklen Strähnen bis über ihre Schultern und biegt sich an den Enden keck nach außen. Meine dem Pferdeschwanz entfliehenden Haare ringeln sich in verfilzten Locken um mein inzwischen sicher hochrotes Gesicht.

Unbeeindruckt von der beachtlichen Steigung läuft Magdalena wie eine Amazone den Berg hinauf. Obwohl ihre Beine schlank sind, fast dünn zu nennen, zeichnen sich ihre Muskeln klar definiert unter der hell gebräunten Haut ab.

Sie ist, das muss ich neidlos eingestehen, der schönste Mensch, den ich je gesehen habe. Trotz der Narbe an ihrer rechten Augenbraue, trotz ihrer schäbigen Klamotten, trotz der abgenagten Fingernägel, trotz der Nase, die einen leichten Knick wie von einem Boxschlag hat, und trotz des maskenhaft bleichen Gesichts, in dem die mit Kajal schwarz umrandeten

Augen wie dunkle Glasmurmeln leuchten, kenne ich keine, die ihr auch nur im Entferntesten das Wasser reichen könnte.

Ich weiß, dass alle Leute in unserer Schule sie verehren. Lehrer ebenso wie Schüler. Sogar beim mürrischen Schulwart hat sie einen Stein im Brett. Das war immer schon so, schon als Magdalenas Haare wie die Zacken eines Igels in die Höhe stachen. Immer haben alle nur sie geliebt und bewundert.

Aber jetzt ist sie über sich selbst hinausgewachsen. Von Tag zu Tag blüht sie noch ein Stückchen mehr auf.

Und nur ich allein kenne ihr Geheimnis. Da unterscheide ich mich von all ihren Anbetern, von Hanno, von Simon, von all unseren Freunden und Freundinnen. Nur ich weiß, was sie antreibt. Ich allein kann sagen, warum sie so strahlt, warum ihr die Energie nie ausgeht.

Das Hochgefühl, über dieses Wissen zu verfügen, sollte mich eigentlich beflügeln, aber es bewirkt das Gegenteil. Es betrübt mich zutiefst, und die im Sonnenlicht tanzenden Schatten der Bäume verstärken dieses Empfinden noch.

Als ich hinter ihr hertrabe, fühle ich mehr denn je den Zorn, die Wut und einen unerträglichen Schmerz in mir aufwallen. Meine Gefühle rauben mir die wenige Luft, die ich habe. Ich werde so zornig, dass ich mich am liebsten in die Schlucht stürzen würde, ganz tief hinunter, um alles zu vergessen.

Alles.

Den ganzen unerträglichen Kummer.

Es gibt niemanden, dem ich mich anvertrauen könnte.

Niemand ist da, der mich versteht.

Niemand, der kapiert, was hier abläuft.

Eine Oma, wie Magdalena sie hat, müsste ich haben. So eine kenne ich aber nur aus ihren Erzählungen. So eine Super-Omi würde mir vielleicht sagen können, was in diesem Fall zu tun ist.

Leider habe ich nur eine übermotivierte Ballettmutti an meiner Seite. Eine, die mich immer weiter antreibt, eine, die alles tut, um meine vermeintlichen Talente zu fördern.

Meine Mutter ist auf ihre Art, so wie auch mein Vater, schwer in Ordnung. Leider irren beide, wenn sie mich als hochbegabt sehen. Aber das ist nicht ihre Schuld. Sie haben sich bemüht, und das zählt. Ich konnte ihren Erwartungen eben nicht gerecht werden. Egal, darum geht es nicht.

Weit oben sehe ich ein paar Gämsen über die Felsen klettern. In den Karawanken, vor allem hier in der Mela, passiert das häufig. Diese scheuen wilden Ziegen tauchen immer mal wieder auf den schroffen Felshängen auf.

Genauso wild und schroff wie die uns umgebende Bergwelt gestaltet sich Magdalenas und meine Beziehung, wenn es um Hanno geht. Und zwischen uns beiden geht es nur noch um Hanno. Es ist, als wäre er ein geheimes Pfand oder ein mystisches Band, das uns zusammenhält, aber auch voneinander trennt.

»Das ist wahre Dialektik«, höre ich meinen schnauzbärtigen Philosophieprofessor aus dem Gymnasium sagen, bei dem ich gerade so die Matura bestanden habe, und ziehe eine Grimasse.

Obwohl mir im Innersten klar ist, dass Hannos Herz mir gehört, war es Magdalena, die ihn zurückerobert hat.

Und zwar mit links. Mit weniger als einem einzigen Augenaufschlag.

Dieser elende Feigling.

All seine Erklärungen, seine kläglichen Versuche, mich sein Handeln verstehen zu lassen, vergrößerten nur meine ohnmächtige Wut, ließen meinen Zorn zu einem Feuer auflodern und mich nachts die kitschig bestickten Kissen meines Bettes nass heulen.

An jenem Abend, als Magdalena so unerwartet viel zu früh aus Amerika in unserer Disco-Scheune auftauchte und mich keines Blickes würdigte, sich stattdessen unmittelbar an Hanno heranmachte, obwohl sie wusste, dass wir inzwischen ein Paar geworden waren, zerriss etwas in mir. Ein neues, ein bisher unbekanntes Gefühl stieg in mir hoch.

Und Simon, der wie immer alles beobachtete, warf mir höhnische Blicke zu.

Hanno versuchte damals verzweifelt, mit mir Blickkontakt aufzunehmen. Ich sehe sein zerknirschtes Dackelgesicht noch deutlich vor mir. Er musste mir danach nichts mehr sagen oder erklären, ich wusste ohnehin alles.

Verdammt, es ging doch gar nicht um die arme Magdalena mit ihren bösen Kindheitstraumata, nicht darum, sie nur ja nicht zusätzlich zu verletzen. Es ging einzig und allein um Hanno, der wieder einmal hin- und hergerissen war und hingebungsvoll seine Entscheidungsneurose pflegte, es ging um das böse Einflüstern von falschen Freunden wie zum Beispiel Simon, der mich noch nie mochte und selbst unsterblich in Magdalena verliebt war, es ging um Fehlentscheidungen.

Simon, der Idiot, hätte sich damals besser mit mir verbünden sollen.

Und trotzdem trage ich immer noch den Rubinring meiner sogenannten besten Freundin am Finger der linken Hand. Immerhin ist er die unendliche Schleife, die unsere Freundschaft für immer verbinden und besiegeln soll. Das waren ihre Worte. Nicht meine.

Irgendwann nach dem fiesen Bäumchen-wechsle-dich-Spiel von Hanno haben wir uns wieder vertragen. Da waren als treibende Kraft unsere Freunde dahinter, keiner wollte die großzügig zahlende, naive Lilofee in der Runde missen.

Und ich? Ich hatte keine andere Wahl, als mich mit den beiden zu versöhnen, wollte ich nicht als armselige Verliererin dastehen.

Es ist zum Aus-der-Haut-Fahren. Warum habe ich mich bloß auf diese wahnwitzige Unternehmung in den Karawanken eingelassen?

Ich hatte gestern wohl ein Eck zu viel vom billigen Schaumwein intus.

»Gämsen!«, schreit Magdalena und deutet auf eine Felskante.

»Nichts wirklich Neues oder Aufregendes«, erwidere ich verärgert und bleibe endgültig stehen.

»Lilofee?« Magdalena sieht mich fragend an. Aus den Augenwinkeln sehe ich, dass sie ihre Nylonjacke von der Hüfte löst und hineinschlüpft.

»Hast schon richtig gehört. Mich nervt dein Landschafts- und Tiergetue unendlich. Mir wäre es auch egal, wenn Krokodile die Bergwände hinaufkraxeln oder Schlangen von den Bäumen hängen.«

Magdalena ist ebenfalls auf dem Felsplateau stehen geblieben. »Hast du einen Sonnenstich?«

Im Nachhinein glaube ich, es war genau diese Frage, die mich explodieren ließ.

»Nein. Ich bin schwanger.«

»Lilo, das ist doch wunderbar.« Magdalena kommt auf mich zu und nimmt mich in die Arme. »Von wem denn? Doch nicht etwa von Simon?«

Hasserfüllt stoße ich sie zurück. »Von Hanno natürlich. Von wem denn sonst?« Alles bricht aus mir heraus, alles, was sich über Wochen und Monate in mir aufgestaut, sich angesammelt hat. »Hast du allen Ernstes geglaubt, Hanno könnte jemals die Finger von mir lassen? Das zwischen uns war Liebe. Echte Liebe. Kapierst du das? Du bescheuerte Kuh. Dir ging es doch immer nur um Besitz und um Macht.«

Sie ist einen Schritt zurückgetreten und sieht mich fassungslos an. Ihr bleiches Gesicht ist noch eine Spur fahler als sonst.

»Doch nicht etwa von *meinem* Hanno? Das kann nicht sein. Nein, unmöglich.«

»Wieso bist du dir da so sicher?«

»Weil Hanno und ich in Salzburg zusammenziehen werden und weil er mich heiraten will. Ich bin schwanger. Ich. Von ihm. Hast du verstanden?«

»Das weiß ich längst. Von Hanno.«

»Er hat das ausgeplaudert?« Fassungslosigkeit steht in Magdalenas Gesicht. Und dann dämmert es ihr. Endlich. »Ihr trefft euch immer noch? Hinter meinem Rücken?«

»Du Hexe!«, schreie ich sie an, »hast du gehofft, mit deiner Schwangerschaftsgeschichte durchzukommen? Was denkst du denn, wie lange Hanno dir das abgekauft hätte?«

»Lilofee, ich bin *wirklich* schwanger. Der Arzt hat es bestätigt.« Magdalena ist jetzt käseweiß.

»Warum hast du mich dann gestern um Tampons gebeten?«

»Ich habe unregelmäßige Zwischenblutungen. Und ich wollte nicht, dass du das mit dem Baby mitbekommst. Es sollte vorerst Hannos und mein Geheimnis bleiben.«

Mein Herz schlägt wie ein Faustkämpfer gegen meine Brust,

versucht hartnäckig, meine Rippen zu brechen. Alle Hoffnung, Hanno würde endlich durchschauen, wie durchtrieben Magdalena ist, löst sich schlagartig in Luft auf. Meine Absicht, ein für alle Mal aufzudecken, dass die Verbindung zwischen ihm und Magdalena auf Lügen basiert, damit er sich zu mir bekennen kann, verpufft.

Es ist, als würde jemand zu mir sagen: »Dreh dich um. Hinter dir steht dein unerbittlichster Feind.«

Ich blicke in einen Spiegel.

Und alles, was ich sehe, ist mein eigenes Gesicht, das mich hasserfüllt angafft.

Ich selbst bin mein schlimmster Feind.

Denn *ich* wollte Hanno heute Morgen anrufen und ihm fälschlicherweise verklickern, von ihm schwanger zu sein. Zum Glück habe ich ihn nicht erreicht.

Wieder einmal ist sie mir zuvorgekommen.

Und *sie* ist wirklich schwanger von ihm.

Sie hat gewonnen, sie hat ihn damit endgültig in der Hand.

»Lilofee?« Magdalena starrt mich aus diesen verfluchten schwarzen Panda-Augen entgeistert an, und ich kann mich nicht mehr zurückhalten. Ich springe auf sie zu und schlage meine Fäuste in ihr Gesicht.

Ihre Hand schnellt vor und packt meinen Zopf.

Ich schreie und erwische sie an der Jacke.

Sie dreht sich weg und umklammert jetzt meinen Ringfinger.

»Gib mir den Rubin zurück!«, brüllt sie. »Unsere Freundschaft ist für immer beendet.«

Ich stoße sie heftig von mir weg, verheddere mich dabei in einer metallenen Öse ihrer türkisfarbenen Nylonjacke und spüre auf einmal einen unerträglichen Schmerz zwischen Mittel- und kleinem Finger. Erschrocken sehe ich, dass mein Ringfinger nur noch von einem Hautfetzen gehalten wird.

Genau dieser Moment ist auf dem Foto abgebildet. Abgebildet für immer. Meine Hand an Magdalenas Jacke, seltsam verdreht, während mein Gesicht vor Schmerz verzerrt ist. Magdalena dehnt sich beim Zurückspringen wie ein Flitzebogen nach hinten durch. Es hat den Anschein, als würde ich sie von mir weg und in den Abgrund stoßen.

Ich schluchze trocken auf.

Lenas Hand liegt auf meiner Schulter.

»Mama?«, fragt sie, und dann bricht ihre Stimme.

Totenstille im Raum.

32

Simon Rosner muss sich nicht hochtrabender technischer Mathematik oder einer diffizilen Analyse bedienen, damit sich ihm die Situation erschließt.

Diesmal ist es sehr einfach.

Eine Weile sitzen alle still und blicken betreten aneinander vorbei. Der Regen prasselt unvermindert heftig gegen die Fensterscheiben.

»Möchte jemand Kaffee oder Tee?«, fragt Hanno in das Schweigen hinein.

Rosner erinnert sich, dass der Freund auch früher schon verwirrende, nicht einschätzbare Situationen schlicht nicht aushalten konnte. Er neigte dann zu Übersprunghandlungen wie etwas zu holen oder zu kochen oder jemandem etwas Gutes zu tun. Im Gymnasium nannten sie ihn daher »den Kümmerer«.

»Gern, danke«, antwortet er, um die spannungsgeladene Atmosphäre zu entschärfen, »hast du grünen Tee?«

Jetzt löst Lilo sich aus ihrer Erstarrung und wirft ihm einen Blick zu, als wolle sie seinen Sonderwunsch schnoddrig kommentieren.

Rosner irrt.

»In der obersten Lade sind noch ein paar Grünteebeutel«, sagt sie, und ihre Stimme geht in ein heiseres Flüstern über.

Hanno springt auf, reißt von einer Pflanze in einem der Tontöpfe auf dem Fensterbrett grüne Blätter ab und wirft sie in den Teekocher.

»Papa, doch nicht so«, kreischt Lena, die ihre Sprache wiedergefunden hat, »danach schmeckt doch jeder Tee nach Pfefferminze.« Sie verdreht ihre Augen.

Rocky beginnt zu lachen, und Hanno fällt teils überspannt, teils erleichtert in sein Gelächter ein.

Rosner kennt solche Situationen aus seinem Berufsalltag nur zu gut und hat nichts dagegen, dass die Spannung ein wenig abgebaut wird.

Hanno stellt Tassen auf den Tisch.

In diesem Haushalt lassen die Frauen sich anscheinend bedienen, denkt Rosner belustigt.

Als ihr Vater wieder Platz genommen hat, fragt Lena: »Ich verstehe das Ganze nicht. Warum wollte dieser Mann dich mit so einem Foto erpressen? Ich habe angenommen, er hätte wenigstens Nacktfotos von dir, Mama.«

Auf diese Frage hat Rosner gewartet. Er mustert Lilo aufmerksam, und als sich ihre Blicke kreuzen, sagt er aufmunternd: »Erzähl uns, was es mit dem Foto auf sich hat.«

Hanno, sonst immer um Zustimmung bemüht, wirkt alarmiert. »Sollen wir nicht Christian zu dem Gespräch dazuholen?«

An Rosner gewandt ergänzt er: »Unseren Anwalt, ist wohl besser so.«

Bevor Rosner etwas entgegnen kann, beginnt Hanno auch schon, in sein Handy zu tippen.

Lilo schüttelt abwehrend den Kopf. Mit einer müden Handbewegung nimmt sie ihm das Telefon ab und sagt: »Kein Problem. Für meine Erklärung brauche ich keinen Anwalt. Aber ich fürchte, wir brauchen Christian später für Lena und Rocky.«

Hanno nickt unschlüssig, und Lenas gespenstisch blasses Gesicht läuft hellrot an, während Rocky stumm auf die Tischplatte starrt.

Lilo sieht zuerst Rosner, dann Hanno an. »Ja. Ihr habt recht. So, wie ich damals die Geschichte mit Magdalenas Unfall erzählt habe, hat sie sich nicht zugetragen. Ich habe gelogen, und dich, Hanno, dich wollte ich täuschen.«

Hanno zieht scharf den Atem ein, und Rosner spürt ein Verlangen nach dem Alkohol seiner Jugendjahre. Was gäbe er jetzt für ein Bier in seiner alten Disco-Scheune. Er bemerkt, dass seine Hände zu zittern beginnen, und verschlingt die Finger fest ineinander.

»Was heißt das genau?«, fragt Lena.

Lilos Stimme zittert ein wenig, aber sie spricht gefasst weiter: »Dein Vater und ich haben, nachdem er wieder mit Magdalena, seiner Ex-Freundin, zusammen war, noch einmal miteinander geschlafen. Ein, zwei Wochen darauf hat er mir anvertraut, Magdalena sei von ihm schwanger und er werde sie heiraten.«

Rocky und Lena wirken peinlich berührt.

»Das habe ich vorgehabt. Ich hätte sie doch nicht sitzen lassen können«, fährt Hanno auf.

Lilo sieht Rosner an. »Mir hat Magdalena jedoch erzählt, dass sie nicht schwanger ist, aber gern mit Hanno verheiratet wäre. Immerhin sei sein Vater Baumeister, und die Familie habe Geld. Sie hat sich sogar Tampons von mir ausgeborgt.«

»Sie war nicht schwanger? Aber der Arzt hatte es doch bestätigt. Jetzt verstehe ich gar nichts mehr.« Hanno ist aufgestanden und geht unsicher auf und ab.

»Setz dich und hör mir zu«, herrscht Lilo ihn an, und Rosner sieht Härte in ihren Augen blitzen. »Sie hat dich belogen. Und es ist nicht ihre erste Lüge gewesen. Da dachte ich mir, was die kann, kann ich schon lange, und wollte dir ebenfalls weismachen, dass ich schwanger bin. Ich hätte es getan, um dich zurückzubekommen. Aber du hast nicht abgehoben.«

Sie hält kurz inne und senkt ihren Blick. »Ich weiß«, sagt sie, »ich hätte das nie tun, nicht einmal daran denken dürfen. Es ist abscheulich. Aber ich war unsterblich verliebt in dich und tödlich gekränkt, weil du mich wegen ihr verlassen hattest.«

»Lilofee.« Hanno geht zu ihr. »Du hättest mir reinen Wein über Magdalenas Lügen einschenken müssen.«

»Ich war so blöd damals. So verblendet. Ich konnte nicht logisch denken.« Sie wendet sich an Rosner: »Wahrscheinlich wäre es vernünftig gewesen, mich dir anzuvertrauen. Aber du mochtest mich nicht.«

Rosner ist unangenehm berührt, er fühlt sich ertappt. Lilo hat recht, er hat sie noch nie gemocht. Sein Rat hätte vermutlich gelautet, die beiden in Ruhe zu lassen und ihre kleinen, bösen Intrigen bei jemand anderem zu versuchen. Weit entfernt von ihm, Hanno und Magdalena.

»Mama.« Lena geht zu ihren Eltern und umarmt beide. »Ich dachte, nur wir hätten solche Liebesdramen.«

Lilo lächelt unter Tränen, die nun ungehemmt zu fließen

beginnen. Wasserblau, stellt Rosner interessiert fest, wie Tinte, die aus einem Füller tropft und auf Löschpapier zerläuft.

»Oben auf dem Berg«, erzählt Lilo weiter, »habe ich Magdalena mit ihren Lügen konfrontiert. Wir hatten einen schrecklichen Streit. Sie wollte den Freundschaftsring zurück. Den Rubin. Sie versuchte, ihn mir vom Finger zu zerren. Und genau das ist auf dem Foto verewigt. Sie wurde handgreiflich, und der Rubin verhakte sich irgendwie mit dem Verschluss ihrer Jacke. Ich hing fest. Als ich sie verzweifelt von mir wegstieß, riss sie mir mit dem Ring auch den Finger ab.« Ihr Blick streift wie zufällig ihre linke Hand. »Ja, ich habe gelogen, als ich euch erzählte, ich hätte beim Versuch, sie festzuhalten, sie zu sichern, meinen Finger verloren. Ich wollte nicht so unendlich feige dastehen. Tatsächlich ist es aber bei unserem Gerangel passiert.«

Rosner muss sich räuspern. »Und Magdalena? Wie ist sie …«

»Ich hatte einen Schock, bin hingefallen, habe mir den Kopf gestoßen, und sie hat sich erschrocken, als sie das ganze Blut gesehen hat. Sie wollte Hilfe holen, ist blindlings losgerannt, und dann ist sie gestürzt … in die Schlucht. Ich hätte nichts tun können. Das alles sieht man auf dem Foto nicht mehr.« Lilo deutet auf das Bild. Die Felskante befindet sich im Moment der Aufnahme gut drei Meter hinter Magdalena.

»Und der Ring?«, fragt Lena, und Rosner denkt, dass die Kleine es jetzt schon faustdick hinter den Ohren hat. Die weiß genau, wo man nachhaken muss.

»An dem Ring hatte Magdalena gerissen und gezerrt. Ich habe den Boden nach ihm abgesucht, aber es war alles voller Blut. Er war nirgends zu finden. Und ich stand unter Schock. Ich glaube, er ist mit Magdalena in die Schlucht gestürzt.«

Rosner, die Worte von Magdalenas Mutter im Ohr, sagt: »Der Rubinring wurde nie gefunden, weder auf dem Bergplateau noch unten bei Magdalena«, und Lilo verzieht ihr Gesicht.

Sie reibt, drückt und knetet wie verrückt die Stelle, an der einmal ihr Finger war. Dann hebt sie kurz die Schultern. »Mag sein. Ich denke, außer mir hat wohl auch niemand danach gesucht.«

Nachdem die ganze Geschichte aus ihr herausgebrochen ist,

sitzt sie stumm da. Sie wirkt erschöpft, um Jahre gealtert, aber sie wirkt auch befreit.

»Wir waren so grausam damals.« Hanno nimmt seine Frau in die Arme. »Du musst dich für nichts entschuldigen. Im Gegenteil, wir sind es, die um Entschuldigung bitten müssen. Lilo, verzeih, dass wir in Erwägung gezogen haben, du hättest Magdalena in den Abgrund gestoßen.«

»Habt ihr wirklich geglaubt, ich …« Ihre Stimme versagt.

Hannos schuldbewusste Miene beginnt Rosner zu nerven. »Wir alle waren traurig damals. Jeder mochte Magdalena. Sie war etwas ganz Besonderes. Da fragt man sich so was. Das ist doch normal.«

Rocky zerkleinert akribisch die Schale einer Erdnuss in faserige Teilchen.

Donner grollt, das Gewitter nähert sich.

Rosner gibt seinem alten Freund einen festen Klaps auf die Schulter. Zu Lilo sagt er versöhnlich: »Du hast dir nichts vorzuwerfen. Da gebe ich Hanno recht. Es war ein Unfall. Das Foto zeigt, dass der Abgrund noch einige Schritte entfernt ist. Magdalena war sicher panisch, nachdem dein Finger abriss, du lagst auf dem Boden und hättest das Unglück nicht verhindern können. Aber warum wolltest du uns weismachen, du hättest es versucht? Und warum hast du die Erpressung verschwiegen? Du hättest zu mir kommen sollen. Wir hätten den Erpresser gestellt und eingebuchtet.«

Einen Moment lang verdüstert sich Lilos Gesicht, dann überzieht ein Lächeln ihre Züge. »Der Mann hat mir gedroht, Lena etwas anzutun, wenn ich nicht zahle. Mein Kind ist mir das Liebste auf der Welt. Was hätte ich also tun sollen? Riskieren, dass ihr etwas zustößt? Es war ihm ernst mit seinen Drohungen. Um das Foto ging es mir überhaupt nicht. Ich hatte einfach Angst, dass er sich Lena schnappt. Als du neulich von deinem angeblichen Filmeabend nicht nach Hause gekommen bist«, sie wendet ihr tränennasses Gesicht ihrer Tochter zu, »da dachte ich, er hätte dich bereits in seiner Gewalt.«

Lena drückt sich an Lilo, verdeckt deren Gesicht mit ihren roten Locken. »Wir beide sind ziemlich bescheuert. Rocky und ich haben dich die ganze Zeit über beschattet, daher wussten wir, wo der Mann wohnte. Mama, du wolltest mich beschützen und ich dich. Ich habe dich lieb. Glaubst du, die Fünfzigtausend sind mit verbrannt?«

Lilo nickt stumm.

Hanno umarmt beide. Da er wegen des Geldes nicht sonderlich überrascht wirkt, nimmt Rosner an, dass darüber bereits gesprochen wurde. Diesen Verlust scheint sein alter Freund verschmerzen zu können.

Hanno hustet in Lilos Haare. Lilo runzelt die Stirn und rückt von ihm ab.

»Nachdem das jetzt geklärt ist, Simon, was sollen wir wegen des Brandes und des Toten tun?«, fragt Hanno mit ernster Stimme.

Rosner löst seine verkrampften Finger. »Ich werde mich darum kümmern. Wichtig ist, Rocky, dass du voll geständig bist. Keine Ausflüchte, keine Beschönigungen. Lena, für dich gilt das auch.«

»Christian, unser Freund und Anwalt, wird dir helfen.« Hannos Gesicht ist von einem dunklen Rot, das sich mit seinen Sommersprossen sticht, überzogen. »Er ist der Beste. Du gehst nicht in den Knast. Das kann ich dir versprechen.«

Rosner wendet sich vor so viel Eifer ab.

Trotz des flauen Gefühls in seinem Magen muss er zugeben, sich in Lilo getäuscht zu haben. Keine eiskalte Mörderin sitzt vor ihm, sondern eine charakterschwache, selbstverliebte, egozentrische, aber auch eine bemitleidenswerte Person. Fast steigt so etwas wie Zuneigung in ihm hoch.

Als er die Haustür hinter sich zuzieht, atmet er befreit durch. Es donnert gewaltig, und Blitze zerreißen den dunklen Himmel.

»Alice«, murmelt er.

Dann lacht er gegen den Wind und denkt: Was bin ich bloß für ein übler Romantiker.

33

»Für dich, Cordula.«

E-Dog reicht ihr das Telefon. Sie sieht ihn fragend an.

»Für mich?«

»Jetzt nimm schon.« E-Dogs Stimme hat diesen grollenden Ton, den Cordula nicht mag, und er macht das dunkle Gesicht, vor dem sie sich fürchtet.

»Ja?« Sie presst den Hörer an ihr Ohr und wird blass.

Dann sagt Cordula einige Zeit nichts.

Der Schock hat ihr Begreifen verlangsamt.

Schließlich beendet sie das Gespräch mit einem rauen: »Ja. Ich komme morgen.«

Sie reicht E-Dog mit zitternden Fingern das Telefon und lässt sich schwer auf einen der Küchenstühle plumpsen.

Jetzt ist er es, der fragt: »Was wollten die von dir?«

»Das Geld. Es hat sich das ganze Jahr über keiner beim Fundamt gemeldet. Jetzt gehört es mir. Alles. Stell dir vor. Fünfzigtausend Euro.«

E-Dog setzt sich ihr gegenüber und rührt in seinem Kaffee. Außer dem Schaben des Löffels über den zuckrigen Grund der Tasse ist nichts zu hören. Er schaut sie nicht an.

»Wirst du dir ein Zimmer suchen?« Seine Stimme klingt belegt, und er rührt immer heftiger im Kaffee.

»Möchtest du, dass ich ausziehe?« Cordula wird von einem Gefühl tiefer Traurigkeit überschwemmt.

Sie will hier nicht weg. Die Wohnung ist längst ein Stück Zuhause für sie geworden. Da sie sich vor seiner Antwort fürchtet, hält sie ihre Ohren zu und starrt auf das gewachste Tischtuch. Eine Minute lang bewegt sie sich nicht. Dann schaut sie hoch und sieht E-Dog lächelnd seine Lippen bewegen.

»Du kannst bleiben«, hört sie ihn sagen, als er über den Tisch greift und ihre Hände von den Ohren zieht.

Zuerst kann sie es nicht glauben, doch dann beginnt Cordula zu lachen.

34

Ein sanfter Wind streichelt mein Gesicht. Der Sand ist heiß und wärmt mich durch das Badetuch. Über mir spannt sich ein sommerblauer Himmel mit vereinzelten Wolken an den Rändern. Das entfernte Murmeln der Badegäste mischt sich mit den Schreien der Möwen und dem leichten Rauschen des Meeres, es übt eine einschläfernde Wirkung auf mich aus.

Ein Jahr ist vergangen. Und ich bin wieder in Grado.

In meinem Leben hat sich vieles verändert. Ich stehe mehr zu mir selbst, habe mit alten, lästig gewordenen Gewohnheiten gebrochen und erfinde mich gerade neu. Setze einen Fuß vor den anderen, langsam, aber beständig.

Als ich hier ankam, habe ich als Erstes meine Dauerstrandkarte zur Spiaggia Principale gekündigt. Zu viele Erinnerungen an unsere Familienurlaube waren damit verbunden: gleiche Badehütte, gleicher Bademeister, gleicher Tagesablauf. Schlafen, essen, baden, bummeln. Und wieder essen.

Jetzt bin ich auf den anderen, den erinnerungsfreien Strand der Costa Azzurra im Westen des Ortes gewechselt. Hier wirkt alles wilder, der Sand ist nicht so fein geschliffen und wird von einem kleinen Leuchtturm, unter dem sich eine gefährliche Meeresströmung befindet, begrenzt. Das passt besser zu mir.

Wegen meiner Wohnung bin ich noch unschlüssig, ich weiß nicht, ob ich sie behalten oder weitergeben soll.

Aus meinem Sabbatjahr ist nichts geworden. Nach den schrecklichen Vorfällen im letzten August wäre es nicht möglich gewesen, Zeit in Italien zu verbringen. Lena brauchte mich mehr denn je. Es gab Dutzende Gespräche zwischen uns allen, mit Rockys Familie, mit unserem Anwalt Christian. Und dann gab es selbstverständlich die offiziellen Verhöre und Anhörungen.

Eine Zeitung hatte Rocky und Lena in einer an den Haaren herbeigezogenen Reportage als kaltblütiges Gangsterpärchen à la Bonnie und Clyde dargestellt. Lena und ich hatten daraufhin Probleme an meinem Gymnasium bekommen. Doch Hanno fand einen Weg. Die Zeitung wurde verklagt, es gab eine Richtigstellung, und die Schule entschuldigte sich. In solchen Angelegenheiten funktioniert mein Mann verlässlich wie ein Schweizer Uhrwerk.

Dann kam der Prozess. Unsere zur Tatzeit strafunmündige Tochter konnte weder angeklagt noch vor Gericht gestellt werden. Zu unser aller Erstaunen wurde der jetzt zwanzigjährige Rocky freigesprochen. Christian konnte glaubhaft machen, dass Lenas Freund einzig in der Absicht, das Foto des Erpressers zu bekommen, in die Almhütte eingebrochen war und nicht im Entferntesten daran gedacht hatte, ihn zu verletzen. Mangels Tötungs- oder Verletzungsvorsatzes ging er straffrei aus.

Lena und Rocky hatten sich danach ohne Aufforderung des Richters bereit erklärt, einige Monate lang in einer Jugendschlafstelle unentgeltliche Dienste an den Wochenenden zu verrichten.

Lena ist um einiges nachdenklicher und weniger aufmüpfig als vorher. Wir verbringen viel Zeit miteinander. Von Rocky hat sie sich in diesem Frühjahr getrennt. Einfach so, ohne Drama. Sie hat keinen neuen Freund, sagt, sie will sich Zeit lassen. Das Badehaus am Wörthersee hat Hanno schließlich doch nicht verkauft. Einer muss die alten Dinge ja bewahren, an lieb gewordenen Traditionen festhalten.

Und Rosner? Den sehe ich inzwischen in einem etwas anderen Licht. Es hat mir gutgetan, dass er offen über seinen Verdacht, ich hätte Magdalena etwas angetan, gesprochen und mich dafür um Verzeihung gebeten hat. Freunde aber werden wir nie. Er lebt jetzt mit einer ehemaligen Verdächtigen aus einem seiner Mordfälle zusammen, Alice heißt sie.

Genau so etwas habe ich ihm immer zugetraut: ohne Wimperzucken Grenzen zu überschreiten.

Kinderlachen reißt mich aus meinen Gedanken.

Ich werfe einen Blick auf die Uhr. Ungläubig stelle ich fest, dass es schon später Nachmittag geworden ist.

Ich grinse in mich hinein, als ich bemerke, dass sein Gesicht bereits in meinem Kopf herumschwirrt. Die Vorfreude verursacht ein kribbeliges Gefühl.

Gleich wird er hier sein.

Wie ich mich auf mein neues Leben freue!

Schnell schlüpfe ich in Jeans und T-Shirt.

Ich rolle das Handtuch zusammen, verstaue es in meiner Strandtasche und hänge sie mir über die Schulter. Langsam ziehe ich den kleinen Gegenstand aus der engen Tasche meiner Hose.

Ich trage ihn immer bei mir.

Meinen Talisman.

Jetzt aber ist der richtige Zeitpunkt gekommen, mich von ihm zu trennen.

Ein letztes Mal hole ich die Erinnerung zurück.

»Lilo!«, schreit Magdalena, »hör auf!«

Aber ich kann nicht aufhören. Der Hass ist grenzenlos.

Meine rechte Hand schnellt vor, während die linke blutig an meiner Seite hängt. Die geballte Faust trifft Magdalenas Brust und wirft sie zwei Schritte zurück. Ein weiterer Faustschlag kracht in ihr Gesicht.

Sie schreit. Ich kann ihre Worte nicht verstehen. Mein Blut rauscht in den Ohren, mein Herz rast. Erneut schlage ich zu. Wieder stolpert sie rückwärts.

Die schwarzen Panda-Augen werfen mir einen letzten verzweifelten, ungläubigen Blick zu.

Dann kippt Magdalena nach hinten.

Erstarrt sehe ich, wie sie stürzt. Sie überschlägt sich, immer wieder überschlägt sie sich, dann liegt sie still.

Jetzt erst bemerke ich den roten Freundschaftsring, der an meinem halb abgerissenen blutigen Finger baumelt. Ich streife ihn ab und will ihn ihr hinterherwerfen – halte aber jäh inne.

Sie hat ihn mir schließlich geschenkt, und er passt gut in die knappe Tasche meiner Shorts.

Schmerz spüre ich immer noch keinen, sehe nur das Blut dick und klebrig rinnen.

Ich beginne zu laufen, ich brauche Hilfe.

Eine freche Möwe, die knapp über meinem Kopf schwirrt, holt mich zurück in die Gegenwart. In meiner Handfläche funkelt der Rubin blutrot. Langsam gehe ich über die Meerpromenade zum verabredeten Treffpunkt auf der Mole.

Er ist noch nicht da. Und das ist gut.

Ich drücke meine Lippen ein letztes Mal auf den Rubin.

»Es tut mir leid«, flüstere ich und werfe den Ring weit, weit nach vorn.

Weg von mir.

Andächtig sehe ich zu, wie sein blutrotes Funkeln in den Wellen versinkt.

»Lilofee?«, höre ich hinter mir Hannos samtene Stimme.

Und alles ist gut.

Danksagung

Großer Dank gebührt dem wunderbaren Team von Emons, dem Lektorat im Haus, Christel Steinmetz und Stefanie Rahnfeld, und natürlich dem Lektorat in Berlin, Marit Obsen. Ich möchte mich auch bei jenen bedanken, die im Hintergrund bei Emons am Krimi werken, und bei denen, mit denen ich in der Zeit, in der ich »Tod in den Karawanken« geschrieben habe, viel zu tun hatte und viele tolle Gespräche geführt habe: Dominic Hettgen, Leslie Schmidt, Anne Wißmann, Mike Stirnagel und Mario Seiler. Danke für eure Geduld.

Mein Dank gilt: unseren lieben Nachbarn und Freunden Anneliese und Ernst Höfler, mit denen wir einige Touren in den Karawanken unternommen haben, unseren Freunden Uta und Arno Arthofer, die wahre Karawanken-Kenner sind, Roman Schellander, dem 1 OA des UKH und Bergrettungsarzt in den Karawanken, der mich nach den komplizierten Brüchen wieder zusammengeflickt hat, der Physiotherapeutin Andrea Widmann, die meine Knochen dann unter ihrer Aufsicht heilen ließ, Alexandra und Rudi Sereinig, die am Fuße der Karawanken ihre Gastwirtschaft betreiben und mir wertvolle Tipps gaben, meiner mich in psychiatrischen und neurologischen Fragen beratenden Freundin Christa Rados, meinem Freund Helmut Zechner, der mir immer wieder seine Lese-Plattform bietet, Amuth Kristler für ihre liebevolle Umsicht, Christian Lehner für seine tollen Moderationen, Bezirksinspektor Christian Pöschl vom Posten Arnoldstein, der mir bei den »Ermittlungen« half und tolle Musik macht, unserem Freund Christian Puswald, der mit vorzüglichem juristischen Rat nicht gespart hat, meiner Schwestern-Cousine Barbara Essl, die so beeindruckende Fotos macht, meinem Bruder, Alfred König, der mit spitzer Feder und kritischem Geist hilfreich zur Seite stand, und meinem stets ersten und hinterfragenden Gegenleser, Günther, meinem Mann.

Andrea Nagele
GRADO IM REGEN
Broschur, 240 Seiten
ISBN 978-3-95451-785-5

»Eine tiefgründig ausgearbeitete Geschichte.« StadtZeitung Klagenfurt

Andrea Nagele
111 ORTE IN KLAGENFURT UND AM WÖRTHERSEE, DIE MAN GESEHEN HABEN MUSS
Broschur, 240 Seiten
ISBN 978-3-95451-591-2

»Mit diesem Buch findet man alles, was im mittleren Kärnten interessant, originell, in irgendeiner Hinsicht sehenswert ist: kulturelle Sehenswürdigkeiten ebenso wie naturkundliche Besonderheiten. Bekanntes und Unbekanntes abseits der bekannten Pfade – und so ist dieses Buch gleichermaßen für Touristen wie auch für Einheimische geeignet.« Pressebüro für Reisen

www.emons-verlag.de